테디보이 1

테디보이 1

늘푸른소나무

작가의 말

안녕하세요!

고등학생 작가 유정아예요. 웹 아이디로는 ☆은반지☆죠. 아직 어린 나이에, 제 이름이 인쇄된 책을 낸다는 사실만으로도 마음이 벅차고 기쁩니다.

책을 내면서 '작가'라는 이름을 여기저기서 듣고는 있지만, 아직은 어색하고 부끄럽기만 합니다. 또 사실은 제가 이렇게 소설을 쓰게 되리라는 걸 저 스스로도 생각지 못했거든요.

중학교 때 처음 인터넷의 세상을 알게 되었고, 인터넷 세상에서 노니는 동안 '웹소설'이라는 것을 처음 접하게 되었어요. 그리고 남들이 올린 소설을 하나하나 읽는 동안 '나도 써보고 싶다'는 욕심을 갖게 되었죠. 그렇게 웹소설에 빠지면서 조금씩 내 글을 쓰기 시작했답니다.

소설을 쓰는 동안 웹상에서 제 팬들도 생겼고, 그분들이 제 글을 읽고 재미있다는 글을 올려주실 때는 정말 날아갈 듯 기분이 좋았어요. 때로는 제 소설을 다른 곳에다 옮기면서 마치 자신이 쓴 것처럼 속이는 사람들이 있어서 힘들고 속상한 적도 적지 않았지만, 독자 여러분께서 '그것도 소설이 재미가 있기 때문이 아니냐'며 위로를 해주신 덕분에 오히려 기분이 더 좋아졌답니다.

글을 쓰면서 많은 우여곡절들이 있었지만 이렇게 오프라인에서 출판까지

하게 되니까 즐거운 기억밖에 안 떠오르네요.

    아직은 어린 나이에, 미숙한 부분이 많은 소설이지만 이 글을 읽으시는 여러분들이 조금이라도 풋풋한 미소를 지을 수 있는 책, 환한 웃음을 지을 수 있게 하는 책이 되었으면 합니다. 책을 처음 읽었을 때는 아직 순수하고 때묻지 않은 사랑을 알게 되고, 책을 다 읽고 책장을 덮을 때는 잔잔한 마음의 감동을 드릴 수 있다면….

    끝으로, 제 이름이 걸린 책이 나올 수 있도록 도와준 '늘푸른 소나무' 출판사의 식구 여러분들께 감사의 말씀을 드립니다.

    아울러 지금까지 제게 가장 큰 힘이 되어주었고, 기둥이 되어준 〈반지귀신〉 식구 여러분들께도 감사하다는 말씀밖에 드릴 수가 없네요. 그리고 책장을 여는 순간, 제 소설에 두 눈을 밝혀주실 독자님들께도 진심으로 감사드립니다.

    날마다 좋은 하루 되세요.

2003년 4월 벚꽃 만개한 어느 날

유정아

명문고……. 명문고……. 18011……. 18011…….

좋아!!!!!!!!!! +ㅁ+!!!!!!!!!!

정말 너 용써서 왔다. -_-. - 민지

명문고라고 소문난……. 그리고…… 이름도 명문고등학교인 -_-;
이곳에 입학했습니다. -_-. 정말 죽을 듯이 공부해서 -_- 시설 좋
고 물도(-_-;) 좋은 이곳에 입학했습니다.

회색 정장 느낌의 교복을 입고, 유소은이란 명찰을 달고 학교로 당
당히 걸어오는데, 이 뿌듯함이란……. ㅠ_ㅠ…… 지난 중3 때의 고
생이 밀려오는구나……. ㅜ_ㅜ

왜 눈물까지 흘려? -_-;; 그렇게 좋냐? 학교에 뽀뽀까지 하지 그

래? ㅡ_ㅡ. ㅡ 민지

회색 교복이 너무나 잘 어울리는 몸매에 나와 비슷하게 어깨까지
닿는 헤어스타일이지만 저보다 더 잘 어울리는……. ㅡ_ㅡ…… 손
에 잡는 가죽가방을 들고 저를 한심한 눈으로 쳐다보는 제 친구 신
민지입니다. ㅡ_ㅡ;; 저도 똑같은 가죽가방이지만 ㅡ_ㅡ. (이 학교는
손에 잡는 가죽가방을 규칙으로 하고 있다 ㅡ_ㅡ) 민지에게 더 잘
어울린다는 생각이 드는 건 왜일까요? ㅡ_ㅡ^

니가 어떻게 이 학교에 입학했는지 FBI를 시켜서 조사해 봐야 돼.
ㅡ_ㅡ. ㅡ 민지

니도 마찬가지야. ㅡ_ㅡ. ㅡ 소은

솔직히 ㅡ_ㅡ. 민지는 저보다 잘 놀면서 성적이 좋습니다. ㅡ_ㅡ; 이
명문고에 10등 안에 들어서 입학했다는데……. ㅡ_ㅡ……
저요!? 흠흠 ㅡ_ㅡ;;;;;;; 그야 당연히…… 턱걸이죠……. 네…….
=_=;;;

또 같은 반이냐? ㅡ_ㅡ=33…… ㅡ 민지

ㅡ_ㅡ^ 뭐야, 불만이라는 거야? ㅡ 소은

민지는 당연하지 ㅡ_ㅡ 란 눈빛으로 저를 쳐다봤습니다. ㅡ_ㅡ^

교정에 벚꽃나무가 있습니다. 봄이라 그런지 벚꽃이 날리면서 진
풍경을 만들어 내고 있었지만. ㅡ_ㅡ. 땍땍거리는 저와 ㅡ_ㅡ 귀를 막
고 저를 째려보는 민지 덕분에 ㅡ_ㅡ 등교하는 아이들은 저희를 째
려보면서 가더군요. =_=;;

조용히 해!!!! 진짜 쪽팔려!!!!!! ㅡ_ㅡ+ ㅡ 민지

뭘! 뭘!!!!!! 니가 먼저 시비 걸었잖아!!!!!!! ㅡ_ㅡ+ ㅡ 소은

그래그래. 내가 미안하다. –_–. – 민지

사과한 건 민진데…… 왜 내가 사과한 것 같은 기분이 들지……?

–_–^……

열불 나는 가슴을 추스르고 –_– 다시 앞을 보면서 인상을 살짝 찡그리고 걷는데, –_–. 터 엉~ –_–;;;;; 하고 제 머리가 어딘가에 부딪쳤습니다. –_–;;

소은아!!! 괜찮아!? +ㅁ+;; – 민지

민지가 가만히 만화책을 보다가 –_–. 엎어져 있는 저를 일으켜 세우며 말했습니다. –_–; 뒷머리를 긁적이며 고개를 들어보니…….

제 눈에 보이는 건…… 테디베어……?

신입생이군. – ??

어……. 엄청나게 크다……. =ㅁ=;; 남자새끼가 왜 저렇게 커……!? –_–;; (자신의 키가 작은 거다 –_–)

제 눈에 보였던 테디베어는 그 남자놈의 가방에 걸려 있던 작은 열쇠고리 같은 것이었습니다. 남자가…… 테디베어를 좋아하는 건가……? –_–;;;;

……교복 구겨졌어……. 책임질래…… 신입생……!? – ??

시…… 신입생!? –_–;; 내 이름은 유소은이지 신입생이 아닌데……. –_–^ …….

벌떡 일어나 얼굴을 보니……. 제길…… 내가 약한 미소년이잖아……. –_–;;;;;;;;;;;;

네네……!? *–0–*;; – 소은

–_–…….

귓구멍 막혔냐!? 교복 구겨졌는데 어떻게 할 거냐고!!!!!!!!!! - ??

깜짝이야!!!!!!! =_=;;; 명찰을 보니…… 민서진……. 2학년이었습니다. -_-;; (명찰마다 색깔이 있는데 1학년은 흰색, 2학년은 회색, 3학년은 검은색입니다 -_-)

나…… 나중에 주세요……. 세…… 세탁해 드릴게요……. 죄…… 죄송합니다……. - 소은

그래야지……. -_- ……세탁비는 니가 주겠지? -_-. - 서진

네네……. 그럼요……. -0-;;; - 소은

그…… 그런데……. 별로 안 구겨졌는데……. -_-^

저기요!!!!!!!!!! - 소은

왜? -_-^ - 서진

몇 반이세요……? 알아야지 갖다 드리죠……. -_-;;;; - 소은

저 자식 인상 쓰는데 정말 무섭습니다. -_-;;;

2학년 3반 민서진이다. - 서진

가죽가방을 어깨에 올리고 척척 걸어가는 모습을 멍하니 보고 있는데…….

좋겠네. -_-. - 민지

뭐? -_-; - 소은

민지가 저를 부럽다는 듯 쳐다보며.

명문고의 유명한 테디보이와 얘길 나누셨으니……. -_-…… - 민지

뭐야? -_-; - 소은

민지는 놀란 눈을 지으며…….

너…… 테디보이 보려고 이 학교 온 거 아니었냐? -_-; - 민지

무슨 소리야? -_-; 난 여기 시설 좋고, 명문고라고 해서…… 온 건데……. -_-…… 미래를 생각해서……. -0-…… - 소은

민지는 걸어가면서 저에게 말했습니다.

명문고등학교를 아이들이 왜 많이 가려고 하는지 알아? 5대 보이가 있어서야. -_-. 우선 너랑 말하던 사람은 테디보이라고, 5대 보이 중에서 제일 잘생긴 사람인데……. 테디베어를 가방에 걸고 다녀서 사람들이 테디보이라고 불러……. 추종자가 제일 많아……. -_-…… 단점은…… 성격이 더러워. -_-…… - 민지

너 그런 거 어떻게 알았니? -_-; - 소은

나 이런 거 좋아하는 거 알면서. -_-. - 민지

그럼 5대 보이 누구누구 있는데? O_O. - 소은

우선 테디보이 민서진, 오렌지보이 정우현……. 난 오렌지보이 추종자야. -_- 토끼보이 운진우, 블루보이 이민현 그리고…… 5대 보이 중에서…… 이 4대 보이가 싫어하는…… 플레이보이…… 하민안. 이상이야. -_-. - 민지

대단해 민지야!!!!!!!! +_+!!!!!!!!!!! - 소은

오오오…… 이 학교 좋구만……. -_-;;;

하민안은 -_- 우리랑 똑같은 1학년이야. -_-. 그 새끼 추종자가 이상하게도 많아. 여자랑 자는 데 선수인데 말야. -_-^ -민지

민지는 하민안이 싫은지 괜히 툴툴거리며 말했습니다…….

그런데…… 민지야……. 어떡하지……? -_-;;;;;;;;;;;;;

내 얘기하는 건가……? -_-…… -민안

-_-;;;; - 소은

톡톡 민지의 어깨를 건드리며 살짝 웃는 하민안이란 녀석…….

-_-;;; 그런데…… 절대 플레이보이처럼 안 생겼는데……. -_-;;;

하여튼 잘생겼구만……. O_O……

아직 안 먹어본 이쁜 여자가 여기 있네……. - 민안

민지는 더럽다는 듯 민안놈의 손을 탁 쳐내며…….

꺼져. -_-+ - 민지

민지는 짜증난다는 듯 제 손을 이끌며 무서운 속도로 1-8반에 도착했습니다. -_-;;

그 새끼랑 같은 반이면 성을 간다……. 정말……. -_-^…… - 민지

다행히도 하민안과는 같은 반이 아니었습니다. -_-;;

선생이 나와서 -_- 자기 소개를 하곤 -_- 뭐라뭐라 지껄인 다음에 나갔는데……. 아마도 같이 앉고 싶은 사람과 앉으라는 소리인 것 같았습니다. -_-;

민지가 제 옆자리로 오며……. -_-

널 확실히 전교 100등 안에 들게 하겠어~. +_+!!! - 민지

무리야 민지야……. -_-;;;;;;;; 이 학교는 일본어도 배우나? -_-;

왜 교재를 주는데 일본어 책을 주지? - 소은

일본어, 영어, 중국어, 불어. 네 가지 과목은 선택과목이야. -_-

여기선 다른 학교보다 두 과목 더 배워. -_- 어때 소은아? 니가 오고 싶어하던 명·문·고로 오니까 좋지? -_-. - 민지

그…… 그래……. ㅠ_ㅠ…… 그럼 좋지~. ㅠ_ㅠ;; - 소은

제길…… 괜히 왔구나……. -_-;;;;;;;;

같이 일본어 배우자. -_-. - 민지

그럼요 ~ 일본어 배워야지요~. ㅠ_ㅠ. - 소은

-_-;; - 민지

여기…… 시설 좋고…… 물 좋고……. -_-…… 그런데…… 공부를 너무 많이 하는구나……. -_-;;;; 시간표를 보니…… 눈앞이 컴컴합니다…….

뭐야…… 9교시도 있어? -_-;;;; 목요일은 9교시에…… 자율학습은 매일매일이라……. -_-;; 그리고 한 달에 한 번씩 의무적으로 시험 보네……. -_-…… 학생을 죽이려고 작정을 했구만.

-_-=33…… -민지

민지는 푸욱~ 한숨을 쉬며 말했고……. -_-;; 전 시간표를 찢어버리고 싶은 마음에 손이 부들부들 떨렸습니다……. -_-;;;

나 전학갈래……. -_-…… - 소은

제발 그것만은 참아줘 소은아. -_-;; - 민지

내가 이곳에 오려고 가족들과 떨어져 혼자 사는데……. 이런 생활을 하려고 온 것은 아니란 말이다……. ㅜ_ㅜ……

오늘은 입학식이니까 그냥 보내준대. -_-;; 시내 나가서 놀자. 알았지? 오늘 하루만…… 노는 거니까……. -_-;; -민지

'오늘 하루만 노는 거니까…….' 그 말이 제 심금을 울립니다…….

ㅠ_ㅠ……

테디보이 2

소은아!!!!!! 유소은!!!! 일어나!!!!!!!!!!!! -_-;; 지금 일본어 교실로
가야 돼!!!!!! - 민지

나 양호실에서 잔다고 말해줘……. -ㅠ-…… - 소은

여기서 수업 빠지면 퇴학 당할지도 모른단 말야!! 빨리 일어나! 얼
렁!! - 민지

민지에게 질질 끌려가다시피 해서 -_- 일본어 교실에 도착했습니
다. -_-…… 뚱뚱한 배를 가진…… -_-. 나카타란 이름의 남자 선
생이 일본어 선생이더군요. -_-;; 일본어 반은 별로 없나 봅니
다……. 졸린 눈을 비비고 앞을 쳐다보다가 휘휘 둘러보는데…….
제 옆에…… 테디보이가 떠억…… 하니 앉아 있더군요……. -0-;;

너…… 왜 반에 안 왔어……? -_-^…… - 서진

그…… 그게요……. 어제…… 입학식 날 일찍 갔거든요…….
그…… 그래서……. -소은

아하…… 그래서…… 까먹었다는 말이군……. - 서진

죄…… 죄송해요……. -_-;; - 소은

이 새끼가 무슨 테디보이야……. 테디베어는 따뜻하고 천사 같은
인형인데……. 이 새끼는 완전히 악마잖아……. 돈 뜯어먹는 악
마……. -_-;;;

그럼 세탁비를 줘. -_-. - 서진

돈이 없는데요……. -_-;;; - 소은

장난하냐? -_-^ - 서진

말없는 침묵이 흘렀고……. -_-;;; 서진놈이 저를 째려보는 것
과……. 저의 몸집은 더욱더 움츠러들었습니다. -_-;;;

신입생…… 나 화나면 무서운데……. -_-……. - 서진

저…… 전 신입생이 아니라 유소은이에요. 이름을 부르세요. 신입
생이 제 이름은 아니거든요. - 소은

어억. -0-;; 인상 쓴다. 인상 쓴다. -0-;;(두려움 -_-)

그래……. 유소은……. 세탁비 언제 줄래? -_-^ - 서진

언젠간 꼭 드릴게요. -0-;; - 소은

죽을래? -_-+ - 서진

살고 싶은데요……. -_-;; - 소은

거기!!!!! 거기 두 사람!!!!!!!! 뭐가 그리 재미있어서 속닥속닥거
려!!!! 나와서 이 문장 해석해!! - 일본어 선생 -_-

선생님. -_- 신입생이 일본어를 어려워해서 제가 가르쳐주고 있
었어요. 이해하시죠? -_-. - 서진

그…… 그랬냐? 흠흠 -_-;; - 일본어 선생

민지를 비롯한 여자애들이 저를 부러운 듯 쳐다보더군요…….
제길……. 난 지금 이 자리가 가시방석이란 말이다……. 부러우면
니네가 여기 앉아라. -_-;;;

아무튼……. 세탁비 줄 때까지 넌…… 제대로 이름 못 불릴 줄 알
아……. 2, 3학년한테 유소은이란 이름 대신…… 신입생이라고 불
리게 될 줄 알라고. 알았지…… 신입생……? -_-^ -서진

ㅠ_ㅠ…… 꼭 드릴게요. - 소은

민지야…… 성격 더럽다는 게 정말이구나……. ㅠ_ㅠ…… 잘생긴

사람은 모든 게 용서된다고 하지만……. 난 왜 이 녀석을 용서 못하겠는지……. -_-^

민서진!! 나와서 이 문장 해석해라. 다들 못하는데 니가 나와서 해봐. -_-. - 일본어 선생

네. - 서진

당당하게 나가는구나……. 일본어 잘하나 보네…….

Maria 愛すべき人がいて
마리아 아이스베키 히토가 이테
時に　強い孤強を感じ
토키니 후카이 코도쿠 칸지
だけど　愛すべきあの人に
다케도 아이스베키 아노 히토니
結局何もかも?たされる
켓쿄쿠 나니모 카모 이야사레루…….
-Hamasaki Ayumi의 〈M〉 중에서-

무슨 뜻이냐? -_-. - 일본어 선생

"사랑해야 될 사람이 있어서 때론 깊은 고독을 느끼지만, 사랑해야 할 그 사람에 의해 결국 모든 것이 치유된다……."

좋은 글이네요. - 서진

잘했어. 자리에 들어가라. - 일본어 선생

와…… 대단하다……. 멍……하니 쳐다보니…….

왜. 멋있냐? -_- 그만 쳐다봐. 내가 봐도 나 자신이 멋있으니까.

-∨- - 서진

-_-;;;; - 소은

왜 가운데 손가락이 꿈틀꿈틀거리는 걸까……? =ロ=;; 저놈의 진
실을 만천하에 밝히고 싶다……. -_-;;;;

일본어 시간이 끝나고……. -_-;;

야~. 넌 운 좋게 민서진 옆에 앉냐……. -_-…… - 민지

말 시키지 마……. 신경쇠약 걸릴 것 같아……. -_-^…… - 소은

지끈지끈거리는 머리를 부여잡으며 매점에 도착해서 -_-. 우유
하나 사 먹으려고 치마 주머니를 뒤적거리는데……. 이상한 쪽지
가 보였습니다……. 쪽지를 펴보니…….

'세탁비 내놔…….' -_-;;;;;;;;;;;;;;;;

야. -_- 갑자기 종이는 왜 찢어? -_-. - 민지

어? 뭐 쓸데없는 게 들어 있어서. -_-^ - 소은

전 그 쪽지를 쫙쫙 찢어 -_-. 쓰레기통에 털털 털었습니다. -_-.
아~ 속 시원하다. -_-. 초코우유를 사서 -_- 꿀꺽꿀꺽 먹으면서
가는데……. 민지가 저를 세우고 벽 뒤에 숨었습니다.

꾸엑!!!!!!!! 왜 그래!? =ロ=;; - 소은

어떻게 해!!! 우현이야!!!!! >_<!! - 민지

헉. -_-; 얼음공주 신민지를 저런 표정을 짓게 한 놈이 누구길
래……. -_-;;

제가 벽 뒤에서 힐끔 보니……. 서진녀석이랑 걸어오는…… 오렌
지색 머리칼을 흔들며 장난스럽게 웃는 어떤 남자애가 보였습니

17

다……. 서진……. =ㅁ=;;;; 저도 휙 하고 벽 뒤에 숨었습니다.

어때? 귀엽게 생겼지? 응? - 민지

어어…… 그래……. -_-…… - 소은

나 심장 떨려~. ㅡ,.ㅡ;; - 민지

무사히 두 사람이 저희 둘을 스쳐 지나가고, -_- 민지는 얼굴이 빨개진 채로 오렌지보이라고 불리우는 정우현의 뒷모습을 안타깝게 쳐다보더군요.

-_-. 짝사랑이군. -_-……

학교가 끝난 뒤 민지와 함께 아이스크림을 사들고 먹으면서 가는데 -_-. 어떤 남자아이가 어깨에 토끼를 올리고 마구마구 뛰어오는 게 보였습니다…….

아…… 쟤가 토끼보인가……? -_-;;;

미안해!!!!! 늦어서!!!!!!!!! - 진우

정말 여자같이 생겼다……. ○_○…… 치마만 입으면 여자라고 하겠다. -_-……

쟨 남자들이 좋아해. -_- 언제 한번 남자한테 먹힐 뻔해서 우현이가 운진우 보디가드 해주고 있대…… 우현이 멋있지? - 민지

결국 정우현 칭찬으로 넘어가는구나. -_-……. 집에 가는 길에 민지의 정우현 칭찬에 귀를 막고 갔습니다. -_-.

믿을 수 없네요. -_- - 소은

왜 믿을 수가 없어? -_- 지금 직접 보고 있잖냐. -_- - 서진

등굣길에 서진녀석을 만났는데, -_- 녀석의 서랍에 잔뜩 레터들이 있더군요……. 러브레터……. -_-;; 제길…… 난 받아본 적도 없는 레터들이……. -_-;; 서진녀석은 그 편지들을 -_- 쓰레기통에 우르르르르~ 버리더군요……. +_+;;

그걸 왜 버려요!!!!!!!! +_+;; - 소은

다 쓸데없는 거야. -_-. 왜? 니 것도 여기에 있냐? 그래…… 인심 썼다. 니 것 읽어줄게. -_- - 서진

전 그런 거 쓸 시간 없어요. -_-^ 하지만 너무하잖아요. 서진선배 좋아하는 사람이 얼마나 힘들게 썼겠어요? -_-. - 소은

세탁비나 내놔. -_-. 그리고 서진선배가 뭐냐? 서진 오빠라고 불러. -_- 우리 사이가 보통 사이냐? -_- - 서진

참 나……. -_-…… 세탁비 내놓으라고 소리치는 사이가…… 보통 사이가 아닌가……? -_-;;

닭살 돋아요. -_-……. 그리고…… 저 그만 제 반에 가면 안 될까요……? =_=…… - 소은

니가 나 따라온 거 아니었냐? -_-. - 서진

착각도 지랄병이다 이 새끼야. -_-;;;

전 서진녀석을 약간 정신병자 눈빛으로 쳐다본 다음 -_- 교실로 돌아왔습니다. 민지가 얼굴이 빨개진 채 벙~ 하니 교실 천장만 보

19

고 있더군요. -_-; 저희 반 애들이 민지를 슬슬 피하는 게 보였습니다. -_-;

민지야, 왜 그래? -_-. - 소은

등굣길에 우현이 봤거든. ······*-_-*······ - 민지

그래서 이런 거야? -_-; - 소은

보는 것만으로도 행복해. ······*-_-*······ - 민지

민지는 얼굴이 빨개지며 고개를 푸욱 숙이고 중얼거렸습니다······.

웁수~. -_-;; 왜 너한테 안 어울리는 짓을 하는 거야. -_-;;

전 그런 민지에게 아까 서진녀석을 쳐다봤던 눈을 잠시 보였다가 -_-; 만화책을 펼쳤습니다. -_-. 킥킥거리며 보고 있는데 누군가 제 만화책을 쑤욱 ~ 뽑아가더군요.

누구야? -_-^ -소은

뭘 그렇게 재미있게 보지? -_-. - 민안

내놔. -_-. - 소은

너······. 민서진이랑 친하게 지낸다며? -_- - 민안

민서진이 아니라 민서진선배야. - 소은

그래그래 선배······. -_-······ - 민안

이 새끼 왜 이렇게 친하게 굴어. -_-. 얘랑 지내서 평판 좋은 애 한 명도 없다는데······. -_-······

민안놈은 민지를 보더니······.

앤 또 어벙~ 하게 뭐 하고 있는 거야? -_- 야, 유소은 컨셉트가 어벙이냐? -_-. - 민안

너 그만 니 반으로 가라. -_-. - 소은

전 민안놈한테서 만화책을 뺏으며 말했습니다. -_-. 민안놈은 씨 익 웃으며…….

기대 이상인데……. - 민안

그냥 개무시하고 -_- 의자에 털썩 앉아 만화책을 보는데 -_-. 민 안놈은 가만히 저를 쳐다보다가 휘익 사라지더군요. -_-…… 점 심시간에 -_- 밥을 먹고 학교 벤치에 민지와 앉아 쌍둥으로 만화 책을 큭큭거리며 보고 있는데 ……-_-…… 제 옆에 털썩 하 고…… 누군가 앉는 게 보였습니다……. 씽긋 웃고 있는 민안놈이 었습니다. -_-^…… 민지는 벌떡 일어나서 교실로 가버렸고 저도 따라가려고 일어서다가 다시 벤치에 앉게 되었습니다.

어디 가려고 그래? - 민안

너 없는 곳이면 아무 데나. -_-. - 소은

너…… 이상한 소문 믿고 나 피하는 거 아니야……? - 민안

찔끔. -_-;;

아…… 아니야~. 내 귀가 그렇게 얇은 줄 아냐!? -0-;; - 소은

얇지 그럼~. -_- 약한 바람에도 펄럭펄럭거리는데 뭐. -_-;;

고개를 돌려서 민안놈을 쳐다보는데……. 민안놈이 제 머리카락을 쓸어 넘겨주고 있더군요……. =0=;; 당황해서 피하려고 하는 데…….

이쁘다……. - 민안

나 원래 이쁘다니깐……. -_-;; - 소은

헉. -_-; 이런 소리를 하는데도 웃으면서 제 머리를 넘겨주는 민 안놈입니다.

21

비위 좋은 놈이구만. -_-;;

너 머리 언제 감았냐……? -_-…… - 민안

매일매일 감는다 왜? -_-;; - 소은

그 말을 막 하는데…… 어두운 그늘이 생겼습니다…….

그 정도까지, 그 정도까지가 내가 봐줄 수 있는 한도야. - 서진

서진녀석이 제 손을 거칠게 끌어올리며 저를 옆에 세우고 말했습
니다. =ㅁ=;; 민안놈이 서진녀석을 보고 피식 웃으며…….

내 예상이 맞았네……. - 민안

서진녀석이 제 손을 꽈악 쥐는데, 아파 죽는 줄 알았지만 분위기가
너무 심각해서 -_-;; 그냥 참았습니다. -_-; 민안놈이 제 머리를
툭툭 치며 가버렸고……. 제 생각엔 서진녀석의 표정에 쫄아서 간
걸로 예상됩니다. -_-.

선배 손 좀 놔줘요. -_-; 아프단 말예요. - 소은

제 손을 파악 놔주곤 약간 붉은빛이 나는 부드러운 머리칼을 쓸어
올리며…….

선배라고 부르지 마. - 서진

그럼 뭐라고 불러요? -_-; - 소은

존댓말도 쓰지 마. - 서진

어떻게 안 써요? -0-; - 소은

서진녀석은…… 가만히 저를 응시했는데……. 그 녀석을 쳐다보
니…… 왜…… 녀석이 5대 보이 중에서 가장 잘생겼다고 하는지
이해가 됐습니다……. 하얀 피부에 붉은 입술……. 속눈썹이 꽤 길
구나……. 짙은 검은색 눈…… 훤칠한 키……. 교복이……녀석에

게 굉장히 잘 어울렸습니다…….

유소은……. 넌…… 날 선배로……생각하나 본데…… 날……인간 민서진으로 봐……. 남자 민서진으로 보라고……. – 서진

멀뚱히 녀석을 바라보다가……. 전……힘겹게 입을 떼며 말했습니다…….

저…… 저기……. 서진선배 남자 아닌가요……? 서진선배 남자잖아요……. – _–;;;;;;;;;;;; 남자로 보고 있어요……. 서진선배 남자잖아요……. 그럼 여자예요? – _–; – 소은

서진녀석이 벙~ 한 표정으로 절 보더니…….

너 지금……모르는 척하고 있는 거지……? – _–^…… – 서진

뭘 몰라요? – _–^ 사람을 무시하고 그래 쳇. – _–^…… – 소은

주먹을 꽈악 쥐었습니다. – _–;; 서진녀석이…… 무언가 말하려고 입을 떼는 순간…….

서진아!!!!!!!!!!!!!!!!!!! – 진우

서진녀석의 목에 매달리며 씽긋 웃는…….

앗! – _–; 토끼보이. =ㅁ=;

서진이…… 또 여자애한테 고백 받는 거야? – _– 몇 번째지…… 지금이……? – 진우

내려와. – _– 무거워. – 서진

진우놈을 터억 내려놓더니…… 저를 쳐다보곤 한숨을 푸욱~ 내쉬는 서진녀석입니다. – _–^

누구 닮았군……. – 서진

서진녀석 진우놈과 사라졌습니다. – _–. 저도 괜히 뒷머리를 긁적

이며 교실로 향하는데……. 어떤 남자애가 땅을 유심히…… 뚫어져라 처다보고 있습니다. -_-. 괜히 궁금해서 힐끔 보는데…….
와아!!!!!!!!!!!!! 쇠똥구리다!!!!!!!! ㅇ_ㅇ!!!!!!!!!!!!!!!!!!

저도 모르게 그 남자애 옆에 털썩 앉아…….

이거 쇠똥구리 맞지!? 엉!? ㅇㅁㅇ!!! - 소은

아니야. 장수하늘소야. -_-. - 민현

남자애는 툭툭 그 벌레를 건들며 어벙하게 말했습니다.

이거 구워먹으면 맛있는데……. - 민현

먹어봤어? -_- - 소은

응……. 아빠가 잡아줘서 한번 먹어봤어……. 아그작아그작 뼈가씹혀. -_-……. - 민현

무서운 놈이군……. -_-;;;;;;;;;;;;;;; 명찰을 보니…… 2학년이네……. -_-;; 그런데…… 이민현……. 아…… 얘가 블루보인가……? -_-…… 근데 왜 블루보이지……? -_-;;;;;

니 1학년이네……. -_- 괜찮아. 그냥 말 까. -_-……. - 민현

그래……. -_-……. - 소은

서진녀석은 말 놓기가 괜히 쑥스러웠는데…… 왜 이놈은 편하지……? -_-;;;; 민현놈은 갑자기 주머니에서 뒤적거리며 수첩을 꺼냈습니다……. 파란색…… 파란색 볼펜……. -_-;;;;;;; 왜 블루보이인지 조금 짐작이 가는군. -_-;

너 파란색 좋아하니? -_-; - 소은

아니……. 내가 좋아하는 사람이 파란색을 좋아했어……. - 민현

와~ 그 좋아하는 사람 누구야? -_- - 소은

죽었어. - 민현

싸늘하게 식은 눈으로 말하는 민현놈……. -_-;; 괜히 미안해
져…….

미안…… - 소은

괜찮아……. 익숙해. 가끔 죽여버리고 싶긴 하지만. - 민현

미안해. 정말 미안하다……. ㅜ_ㅜ…… - 소은

이 자식 어벙한데 정말 무서운 데가 있구나. -_-;;

민현놈은 정신없이 수첩에 무언가를 적었는데……. 힐끔…… '오
늘 장수하늘소를 봤다'라고 써 있는 것만 봤습니다. -_-;; 빤히 계
속 바라보고 있는데…….

니 이름이 유소은이냐……? - 민현

응. -_- - 소은

건들면 안 되겠네……. - 민현

뭐가? - 소은

너 수업 안 들어가……? -_-……. - 민현

깜짝 놀라서 뒤를 돌아보니……. 하교하고 있는 아이들……. 허걱.
-_-;; 두 시간 동안 이것만 바라보고 있었단 말인가……. -_-;;;;
얼마나 바보같이 보였을까……? =ㅁ=;;

지…… 집에 가야겠다!!!! - 소은

그래…… 잘 가……. - 민현

민현자식은 멀뚱히 계속 장수하늘소를 바라보고 있더군요. -_-;
교실에 들어가자 하민안 녀석이 제 가방을 들고 씨익 웃으며…….

같이 가자. -_- - 민안

싫어. –_–^ – 소은

가방을 휘익!! 빼앗고 저벅저벅 걸어가는데…….

너……. 민서진이랑 무슨 사이야……? – 민안

무슨 사이긴. 좋은 선후배 사이지. –_– – 소은

진짜냐……? – 민안

무슨 대답을 원하냐? –_– – 소은

진짜면…… 이제 너 필요 없으니까. – 민안

민안녀석의 차가운 목소리에 뒤를 돌아보니…….

너…… 민서진 그 자식이랑 친하게 지내면…… 귀찮아질 거야 유 소은……. 내 말 명심해……. – 민안

울컥하는 마음에…….

내…… 내가 서진선배랑 친하게 지내든 말든 니가 무슨 상관이 야!!!!!!!!!! 엿이나 먹어!!!!!!!!!!!!!! –_–+ – 소은

복도로 나오니…… 민지가 보였습니다.

너 수업 빼먹고 어디 갔었어, 응? 양호실 갔다고 구라 까긴 했는데……. ㅇ_ㅇ…… – 민지

미안……– 소은

너……. 서진선배랑 같이 놀았던 거야!? 둘이 곧 사귀겠다~? 그래 그래. 내가 테디보이 하나 넘겨줄게. –_– – 민지

지랄도 병이래. –_–…… – 소은

죽는다. –_–+ – 민지

자꾸만……. 서진녀석과 이상한 관계가 되어 가는 것 같아서…… 기분이 이상합니다……. –_–……. (횡설수설 –_–)

잘 잤나 모르겠네……. -_-…… - 서진

ㅇ_ㅇ?! - 소은

자다가 뒤척이며 얼굴을 들어보니……. 보이는 건…… 단아한 얼굴선을 가진…… 서진녀석. -_-……

최고 신기록. -_-. 10시까지 자는군. - 서진

사…… 상관 마요. -_-; 민지는 먼저 간 건가……? - 소은

우현이가 데리고 갔어. -_-. - 서진

그럼 그렇지. ……-_-…… 그런데 정우현이 왜 민지를 데리고 간 걸까……?

정우현이 왜 민지 데리고 간 거예요? -_- - 소은

너랑 나 같이 있으라고……. - 서진

씽긋 웃는 녀석의 모습에 잠시 다리가 후들후들 떨렸지만…….

-_-;; 곧 안정을 되찾고…….

농담하지 말구요. -_-; - 소은

지금 어두컴컴하잖아……. 자율학습 끝내면 9시니까……. - 서진

선배는 왜 아직까지 남아 있었어요? -_- - 소은

할 일이 있어서……. - 서진

서진녀석은 말끝을 흐리며 말하다가…….

가자. 데려다 줄게. - 서진

서진녀석이 손을 내밀자……. -_-

선배 팬들이 보면 저 죽이게요? 됐어요. 그냥 가요. -소은

이상해. ㅡ_ㅡ 서진

뭐가요? ㅡ_ㅡ 소은

다른 여자들은 이렇게 손을 내밀어 주면 활짝 웃으며 잡아주던데…… . ㅡ_ㅡ…… ㅡ 서진

울컥. ㅡ_ㅡ^…… 저 새끼…… . 바람둥이란 생각은 했지만…… .
미안하게도 전 그렇게 골빈 여자가 아니거든요. ㅡ_ㅡ^ ㅡ 소은

누가 뭐래? ㅡ_ㅡ 서진

저런 싸가지…… . ㅡ_ㅡ+…… . 괜히 터벅터벅 빠르게 걸어가는데…… .

왜 삐진 거야? ㅡ 서진

제가 언제 삐졌다고 그래요? ㅡ_ㅡ 소은

볼 잔뜩 부어서 나를 가자미눈으로 째려보고 있잖아. ㅡ_. ㅡ 서진

제 눈이 왜 가자미눈이에요. 제 눈은 땡글땡글한 방울토마토 같은 눈이에요. ㅡ_ㅡ+ ㅡ 소은

그래그래. ㅡ_. ㅡ 서진

분명히 인정을 받았는데 떨떠름한 기분이 밀려오는 건 왜일까……? ㅡ_ㅡ^……

야. ㅡ 서진

왜요? ㅡ_ㅡ 소은

서진녀석…… . 갑자기 제 손을 꽈악 잡더니…… 우물쭈물하며…… . 제가 처음 보는 모습을 보여주며…… .

내일…… 나랑 어디 가자…… . ㅡ 서진

그…… 그거 말하려고 그렇게 뜸을 들였던 거예요? ㅡ_ㅡ; ㅡ 소은

서진녀석이 얼굴이 빨개지며 저를 뚫어지게 쳐다보고 있습니다.
아이고~ 귀여운 녀석~. ㅡ,.ㅡ……

어디 갈 건데요? 좋은 데면 가고 안 좋은 데면 안 갈게요. - 소은

니가 가고 싶은 곳 말해봐. - 서진

저 북한산 가고 싶은데요……. ㅡ_ㅡ…… - 소은

ㅡ_ㅡ;;;;; - 서진

괜히 말했나……? ㅡ_ㅡ;; 그런데……. 난 정말 북한산에 가고 싶은
데…….

가자……. 뭐 어때. 내일 일요일이니까 뭐……. 내일 등산 차림으
로 와. - 서진

서진녀석은 약간 떨떠름한 표정을 지었지만. ㅡ_ㅡ. 알았다고 말했
습니다. ㅡ_ㅡ. 그리고 대망의 일요일이 되고……. ㅡ_ㅡ…… 노란색
스포티 차림으로 녀석을 기다리고 있는데……. 하늘색 스포티 차
림의 서진녀석이 왔습니다…….

아아…… 미안……. 가자. - 서진

서진녀석은 검은색 가방을 메고 제 손을 잡았습니다. 괜히 그 손을
놓기 싫어서 살짝 잡고 산에 올라갔습니다. 대충 몸수색을 하고 나
서 ㅡ_ㅡ 산을 올라서는데……. 녀석……. 벌써 헉헉대며 바위에 기
대고 있더군요. ㅡ_ㅡ^

뭐예요. 이게 바로 운동 부족이에요! 운동 부족!! ㅡ_ㅡ 소은

니가 여자냐……. 제길……. ㅡ_ㅡ^…… - 서진

서진녀석은 헉헉대며 제가 내민 손을 잡고 걸어왔습니다. ㅡ_ (무
언가 뒤바뀌었다 ㅡ_) 땀이 비 오듯 흐르고 ㅡ_ 숨이 슬슬 차오를

때…….

너 힘들어……? – 서진

아…… 안 힘들어요~. 하하하~. –_–;; – 소은

녀석에게 당했던 자존심을 드디어 당당하게 폈는데……. 힘들다고
하면…… –_–;; 다시 구겨지는데……. 안 되지…… 그럼~. –_–;;
하지만……. 몇 분도 안 돼서 숨이 목까지 차올랐고…….

너 힘들잖아. –_–. – 서진

서진녀석은 어느새 등산에 익숙해졌는지 헉헉거리지도 않고 땀도
별로 안 흘리고 헉헉대는 절 웃긴다는 듯 쳐다보았습니다. –_–;;

괜찮다니깐요~. –_–;; – 소은

너무 무리하게 운동을 했는지 ……–_–…… 다리의 근육이 놀라서
후들후들 떨렸습니다. =ㅁ=;;

서진녀석은…….

마지막으로 기회 준다. –_– 힘들어, 안 힘들어……? –_–…… – 서진

히…… 힘듭니다……. ㅠ_ㅠ…… – 소은

서진녀석은 피식 웃더니…….

업혀. – 서진

저 무거운데요. =ㅁ=;; – 소은

괜찮아. =_=…… 각오하고 있어. – 서진

–_–^…… 전 잠시 울컥거렸지만 상황이 상황이라……. –_–……
녀석의 등에 업히는데 녀석은 잠시 움찔거렸다가 –_–;; 헉헉대며
저를 업더니……. 몇 미터도 안 가서…….

쓰발……. 너 살 빼……. –_–;; – 서진

남자가 뭐 그렇게 힘이 없어요!!! -_-;; 쪽팔리잖아요!! - 소은

니가 무거운 거야. -_-^…… - 서진

서진녀석이 인상을 쓰자 저도 뭐라고 반박하려다가 입을 꾸욱 다

물곤. -_-……

그냥 걸어가요. -_-…… - 소은

절대 녀석이 무서워서 그런 말 한 거 아임니더. -_-;; 여러분은 저

를 믿지예? -_-;;

와아!!!!!!!! 정상이다!!!!!!!!!!!! 와아!!!!!!!!!!!!! >ㅁ<!! - 소은

제가 정상에서 방방 뛰며 기뻐할 때, 서진녀석 땅바닥에 주저앉아

헉헉대고 있으면서도 입가에 씨익 미소를 짓고 있었습니다. -_-.

선배!! 나 처음으로 여기 올라왔어요!!! 축하해 줘요!! - 소은

그래…… 축하해……. - 서진

서진녀석은 저를 보더니 살짝 웃으며 말했습니다. -_-……

선배. 많이 힘들어요? -_-; - 소은

너 업고 오느라 에너지가 많이 소비됐어. -_-;; - 서진

열을 받았지만 정상에 올라왔다는 기쁨에 아무 말도 안 하고 서진

녀석의 다리를 살짝 밟아 주었습니다. -_-……

녀석 인상을 쓰더니……..

한 번만 봐준다…… 아가야……. -_-+ - 서진

흠흠. 와~ 여기 경치가 다 보이네요~. -_-;; - 소은

서진녀석은 땅바닥에서 벌떡 일어나 툭툭 흙을 털더니 저에게 테

디베어가 그려져 있는 물병을 주며…….

먹어. 목마를 거 아냐. - 서진

선배, 테디베어 정말 좋아하나 보네요? -_- - 소은
좋아한다기보단 집에 이런 게 많아……. - 서진
사람들은 선배 보고 테디보이라고 부르잖아요. -_- 테디베어 캐
릭터를 많이 가지고 있으니까……. - 소은
왜…… 이상하냐……? - 서진
이상하다기보단……. 남자가 테디베어를 좋아한다는 게 좀 신기해
요. 이상할 것이 뭐가 있어요? 난 여자인데 남자같이 굴잖아요. 그
덕분에 남자가 꼬이진 않지만. -_-…… - 소은
맞아……. 넌 편안해……. - 서진
서진녀석은 제 머리를 푸욱 눌러주며…….
하지만…… 넌 충분히 매력이 있어……. - 서진
서진녀석의 살짝 웃는 모습에…… 심장이 또다시 쿵쾅거렸습니
다…….

진짜?! 정말 둘이 등산 데이트를 했단 말야!? ㅇ_ㅇ…… 야…….
부럽다 야……. ㅠ_ㅠ…… - 민지
넌 우현이가 데려다 줬다며. -_-. - 소은
쳇. 무도회장 간다면서 반 정도만 데려다 주고 가버렸어. -민지
민지는 시큰둥하게 말하며 괜히 화가 나 있는 듯했습니다. 그
때……. 갑자기 퍼~ 억!!!!!!! 하는 소리와 함께…… 뒤통수가 욱신
거리며 땡겨 왔습니다……. -_-^……
누구야!!!!!!!!!!!!!!!!!!!! +ㅁ+!!!!!!!!!!! 어……!? -_-; - 소은
무서운 십자눈을 하고 -_- 뒤를 돌아보니 울먹울먹거리며 가방을
꽈악 쥐고 있는…… 토끼보이…… -_-…… 운진우가 보였습니다.

-_-;;; 민지와 제가 놀라서 어리둥절해 있자…….
너 서진이랑 데이트했다며!!!!!!!!!!!!! - 진우
저기요…… 선배……. 소은이는요……. - 민지
민지가 뭐라고 말하려고 하자…… 또다시 퍼억!! 하는 소리가 들리
며…… -_- 민지의 고개가 풀썩 꺾어졌습니다……. 헉! =ㅁ=;;
넌 우현이랑 데이트했다며!!!!!!!!!!! -_-+ - 진우
그때……. -_-…… 민지가 엄청난 속도로 진우놈의 멱살을 움켜
잡으며…….
나…… 때린 거야……? - 민지
ㅡ,ㅡ;;; 큰일났다. 민지 눈이 확 돌았다. -_-;; 말려야 한다. +_+ㅇ!!
미…… 민지야~. 선배한테 그러면 어떻게 해~. 헉. -_-;; - 소은

민지는 저를 보더니……. 진우녀석을 뻐엉~ 발로 깠습니다. −_−;;

진우녀석은 종잇장처럼 땅바닥에 털썩 떨어졌고. −_−;

민지는 얼굴에 검은 그림자가 드리워진 살인자 같은 표정으로……

한 번만 더 때리면 넌 끝장이야……. − 민지

진우녀석……. 그런 민지를 쳐다보더니…… 뚝뚝 울음을 터뜨립니다……. −_−…… 아…… 보는 이도 가슴을 아프게 하는 장면이구나……. −_−…… 꽃소년이 울고 있다……. −_−……(안타까운 −_−;)

멋진데……. − 민현

어느새 바지 주머니에 손을 넣은 채 울고 있는 진우를 한심한 듯 쳐다보는 민현자식입니다. −_−;;

운진우 이 자식아. 일어나 쪽팔려. −_− − 민현

민현아…… 쟤가…… 쟤가……. ㅠ_ㅠ…… − 진우

니 남자 맞냐? 쓰발…… 남자 망신 다 시켜……. −_−^…… − 민현

민현녀석은 울고 있는 진우놈을 질질 끌며 사라졌습니다. −_−. 그리고 민지 곁을 지나가며 민현녀석은…….

태권도부에 들어올 생각 없냐? −_− 나 거기 관장이거든. − 민현

나 관심 없으니까 빨랑 갈 길이나 가!!!!!!!!!!!!!!!! −_−+ 세요……. −_−;; −민지

민지는 반말을 쓰려다가 선배라는 걸 퍼뜩 깨달았는지 어색하게 존댓말을 붙였습니다. −_−.

교실에 들어서며 민지는…….

제길……. 바람둥이는 정말 싫어……. - 민지

-_-? - 소은

민지는 알 수 없는 말을 중얼거리곤 자리에 털썩 앉아서 무시무시한 표정을 짓고 있었습니다. -_-…… 저도 민지의 기분이 완전 땅바닥을 기고 있다는 걸 깨달아서 -_- 그냥 무심히 아무것도 써져 있지 않은 칠판을 멍하니 쳐다봤습니다. -_-.

서랍을 뒤적거리고 있는데……. 헉! ㅇ_ㅇ…… 레터잖아…….

+_+……(기쁨 -_-) 빠른 동작으로 편지를 찢는데…….

협박편지군. -_- - 민지

-_-;;;; - 소은

민지는 편지봉투에서 우르르르 커터 칼이 쏟아지는 걸 보더니…….

테디보이와 가까이해서 생긴 일이야. -_- 쯧쯧쯧…… 불쌍한 것……. -_-. 근데…… 이 놈들 좋나 유치하다. -_-. - 민지

민지는 이런 일을 많이 당해봤다는 듯 제가 엄청난 수의 커터 칼을 바라보고 있는 것을 보더니……. -_-.

걱정 마. 내가 지켜주마. -_- - 민지

내가 널 지켜줘야 할 것 같다 민지야……. -_-……(-_-;) 하지만……. 하마터면 손 벨 뻔했네…….

-_-;;; 치사해. -_- 얼굴도 안 보여주면서 이런 짓하는 애들…….

-_- - 민지

민지야. =_= 정확히 너 3개월 전에 니가 좋아하던 선배 여자친구에게 협박편지 보내지 않았니? =_=…… - 소은

오늘 숙제가 많구나. (-_-) - 민지

민지는 괜히 제 눈을 피하며 교과서를 바라보고 있더군요. -_-.

쳇……. 내가 이런 걸로 기가 죽을 줄 아나 보지……. 오히려 웃음
이 나온다. -_-.

민지야, 나 어떻게 해? ㅠ_ㅠ…… - 소은

쪼그음~ 쪼그음~ 무섭다 뭐……. -_-;…… 쿨럭~. -_-;;

버려. -_- 그거 책상 위에 올려놓고 공부할래? -_-- 민지

전 민지 말대로 커터 칼을 쓰레기통에 우르르~ 버리곤……. -_-

걱정 마. -_- 죽기야 하겠니? - 민지

민지는 이어폰을 끼고 책상에 털썩 엎어졌습니다. -_-……

아이씨…… 귀찮게 됐네……. -_-…… 맞는 건 죽어도 싫은
데……. -_-a……(느긋~ 하다 =_=;)

점심시간이 되어 -_- 교실에 앉아서 민지와 수다를 떨고 있는
데…….

어…… 여기 있네……. - 우현

오렌지 머리칼을 가진 -_-…… 오렌지보이 정우현 드디어 등장이
오. -_-……

어젠 미안했어. =_=…… - 우현

아아아!! 민현선배!!!!!!!!!! 저 할 얘기 있는데요!! =ㅁ=!!! - 민지

민지는 그런 우현놈을 빤히 쳐다보더니……. 교실 밖에서 걸어가
고 있는 민현자슥을 보고 막 뛰어가 버렸습니다. -_-;; 어색한 이
순간……. -0-;;

단단히 삐졌나 보네……. - 우현

뒷머리를 긁적이며 저를 쳐다보더니…….

민지한테 미안하다고 전해줘……. 어제 급한 일이 있어서……. 그냥 시내 한복판에 버리고 갔었거든……. -_-…… - 우현

민지 말론 선배 무도회장 갔다던데요? -0- - 소은

흠흠. 아니야. -_-;; 어…… 어쨌든……. - 우현

그때 민지의 큰 소리가 들렸습니다. 네네네!!!!!! 태권도부 든다니까요~. 정말이에요~. -0-!!! - 민지

민현자식이 살짝 웃으며 민지를 보고 있고……. -_-…… 우현놈은 저를 보며…….

쟤가 왜 태권도부를 든다는 거야? - 우현

민현선배가 민지 스카우트했대요~. -0-. - 소은

민현이가……? -_-;; - 우현

우현놈은 조금 당황한 눈을 짓더니…….

의외네……. -_-…… - 우현

결 좋은 오렌지 머리칼을 살짝 흔들며 가버리는 놈입니다.

-_-…… 민현자식과 민지는 같이 오며…….

나 태권도부 들기로 했어~. -0-!! - 민지

너, 싫다며! -_-; - 소은

내가 언제 그랬니~? 어머!! 얘도 차암~. -0-!! - 민지

가식의 여왕 신민지. -_-;;;

그…… 그래……. 잘해봐. -_-…… - 소은

도복은 무료로 주니까 걱정 말고. -_- 넌 흰띠야……. 드디어 흰띠 하나 생겼네……. - 민현

민현자식이 묘한 미소를 짓더니 갔습니다.-_- 민지는 털썩 자리에 앉으며……

미쳤지…… 내가……. -_-…… - 민지

뭐야? -_-; - 소은

몰라……. 이제 난 끝장났다……. 제길……. -_-;; - 민지

민지는 털썩 책상에 눕더니 아악!!!!!!! 하고 소리를 잠시 지르곤 책상에 다시 엎어졌습니다. -_-;; 다행히 교실에 아이들이 별로 없어서 -_-;; 크게 쪽팔리진 않았습니다. 그런데……. 오늘 서진녀석이 보이지 않네……. -_-……

자율학습시간에 화장실 가려고 나오는데……. 어떤 동아리 교실에서…… 문틈 사이로 살짝 진지한 표정을 짓고 있는 서진녀석이 보였습니다……. 뭔가 해서…… 다가가 보았더니……. 어떤…… 3학년 여자 선배가 보였습니다……. 그때…… 낮은 저음 보이스가 들렸습니다…….

좋아해……. 좋아한다……. - 서진

서진녀석을 보고 살짝 미소 짓는…… 언니를 보곤……. '와…… 이쁘다' 라고 저도 모르게 중얼거렸습니다……. 그리곤…… 비참했습니다……. 조금이나마…… 이상한 마음을 품었던 제가 무척이나 창피했습니다……. 교실로 후다닥 들어오니…….

화장실 간다고 구라 까고 매점 갔다 온 거 아니었냐……? - 민지

어……. - 소은

아~ 이제 1시간만 있으면 집에 간다~. -0- - 민지

민지의 말이 계속 한쪽 귀에서 들리고 한쪽 귀로 빠져나갔습니다.

_ _…… 왜 이렇게 불안하고…… 왜 이렇게 머리 속이 복잡한 걸까……. 그렇게 좋아하는 사람이 따로 있었으면서…… 왜 그렇게 나에게 잘해준 거야……. 그때…… 퍼뜩…… 어제 저에게 편안하다고 말했던…… 녀석의 말이 생각났습니다…….

……. - 소은

난……. 이 정도까지가…… 녀석에게 다가갈 수 있는 선인가……? 지루하게도 안 가던 시간이…… 녀석의 생각으로 벌써 가버리고…….

아 배고파……. 야, 24시 가게 가서 뭐 사먹자. - 민지

나 그냥 집에 가면 안 돼……? - 소은

민지는 저를 보더니…….

어디 아파……? - 민지

아니……. 졸려…… 무척……. - 소은

그래……. 그럼 먼저 가……. - 민지

집으로 터덜터덜 걸어가는데…… 익숙한 실루엣이 보였습니다…….

지금 오네……. - 서진

뛰어왔는지…… 아니면 방금 왔는지 살짝 숨을 고르고 있는 서진녀석이었습니다…….

너 이거 주려고 기다렸어……. 봐봐……. - 서진

서진녀석은 가방에서 테디베어 인형 자그마한 걸 꺼내더니…….

이거 내가 어릴 적부터 가지고 놀던 건데……. 너 줄게……. 소중한 거야……. - 서진

서진녀석이 내민 테디베어는 포근해 보였습니다……

나…… 이런 거 꿩장히 싫어해요……. - 소은

어……? - 서진

살짝 웃고 있던 서진녀석의 얼굴에 약간 당황한 빛이 보였습니다……

아…… 그래……. 인형 싫어하는구나……. - 서진

서진녀석은 그래도 그 인형을 제 손에 쥐어주며……

그냥…… 가지고 있어……. 알았지……? - 서진

인형을 꽈악 쥐었습니다……. 왜 이렇게 잘해주는 거야……

서진녀석은 살짝 웃으며 잘 자라고 말하곤 갔습니다……. 집에 들어와 그 인형을 책상에 올려놨습니다……

하아……. - 소은

그 인형을 손으로 쓰다듬어 보는데……. 눈물이 뚝뚝 떨어졌습니다……. 나…… 어떡하면 좋아요……. 바보같이…… 선배가 좋은가 봐요……. 선배를 밀어내고…… 밀어냈는데도…… 선배가 좋은가 봐요……

죽을 거 같아……. =ㅁ=…… - 민지
니가 자초한 거야. -0-;; - 소은
동아리 활동에…… -_-…… 태권도부를 든 민지는…… -_- 흰띠를 둘러매고, 구경하고 있는 제 앞에 엎드려서 울상 짓고 있습니다. -_- 그 이유는……. -_-……
야!! 흰띠!!! 물 좀 떠와!!! - 빨간띠 -_-
흰띠야. 간식 좀 사와라. -_- - 검은띠
흰띠!!!! 태권도 도복 빨리 다려놔!!! - 노란띠
네……. ㅠ_ㅠ…… - 민지
파이팅! 열심히 해! -_-; - 소은
민현자식이 왜 민지를 태권도부에 들라고 했는지 조금 알 것 같았습니다. -_-; 민지가 좋아서 그런 건 줄 알았는데……. 순전히 힘이 좋아서……. -_-;;
어어. -_- 구경 왔나 본데……. 어때? 들어올 생각 있어? - 민현
하하하~ 무스은~. =ㅁ=;; 미안하지만 난 동아리 활동에 관심 없어~.-_-; - 소은
위기 모면. -_-;; 민현녀석의 눈빛은…… 짱개 한 명 더 구할 수 있었을 텐데…… 하며 아쉬워하는 눈빛이었습니다. -_-;
그럼…… 여기 한번 가보지 그래……. 여기도 꽤 재미있는 덴데……. - 민현
-_-? - 소은

민현녀석이 가르쳐준 곳은…….

너한텐 여성스러움이 필요해. -_- - 민현

안 가!!!!!!!!!!!!!! +ㅁ+;; - 소은

바로…… 십자수부였습니다……. -_-…… 전 끙끙대며 녀석의 손
아귀를 벗어나려고 용을 썼습니다. -_-; 겨우 벗어나 녀석이 던져
준 사이다를 마시고 있는데…….

서진선배…… 무슨 부야……? - 소은

서진이……? -_-…… 아~ 걔……. 드럼. 서진이는 드럼에 반 미
쳐 있어. -_- - 민현

그럼……. 녀석이 그 여자 선배에게 고백했던 그곳이…… 드럼부
였나 보구나…….

그 새끼 드럼 칠 때 건들면 여자고 뭐고 없으니까 조심해야 될
걸……. -_-…… 미친놈이니까…… 한마디로. -_- - 민현

내가 보기엔 민현자식 니가 미친놈 같은데……? -_-……

그런 생각을 하며 -_- 민현자식이 가르쳐준 드럼부를 향해 갔습
니다……. 탕탕탕 하는 경쾌한 심벌즈 소리가 들려왔고……. 살짝
문틈으로…… 서진녀석이 보였습니다……. 스틱을 획획 휘두르며
장난스럽게 북을 두들기는 -_- 서진녀석이 보였습니다…….

아야야……. 하연선배!!! 귀 잡아당기지 마요!!!!!!!!!! -_-^ - 서진

제대로 쳐봐! 제대로!! 아까 전부터 실실대면서……. -_-+ - 하연

아…… 어제 그 언다……. o_o…… 서진녀석……. 하연이란
여자의 부드럽게 웨이브진 머리카락을 스틱으로 살짝 훔치면
서…….

여자는 역시 웨이브가 잘 어울려요. 생머리 여잔 민숭민숭해서 싫더라. - 서진

잡소리 그만하고 -_-+ 제대로 해봐! - 하연

헉. -_-;; 저 생머립니다. -_-;; 괜히 하연이란 여자의 부드럽게 웨이브지면서 결 좋은 머리카락이 한없이 부러웠습니다. -_-……

서진녀석은 살짝 입가에 미소를 지으며…….

하연선배, 정말 학교 그만둘 거예요……? - 서진

하연이란 여자는 피식 웃더니…….

그만두건 말건…… 넌 공부나 열심히 해. - 하연

서진녀석은 하연이란 여자를 살짝 웃으며 쳐다보더니…….

누가 데리고 가나…… 우리 하연선배……. 저 바보같이 순진한 여자를……. - 서진

야! 너 자꾸 장난치지 말고, 빨리 이 음표 안 쳐!? - 하연

녀석이 툭툭 스틱을 돌리며 북을 -_- 치기 시작했고……. 녀석의 경쾌한 음색에 저도 모르게 멍~ 하니 그 모습을 봤습니다……. 한참을 멍하니 보고 있을 때…….

야야 잠깐! - 하연

왜요? 잘 되고 있었는데. -_-^ - 서진

자…… 들어와……. 그렇게 뒤에서 듣지 말고……. - 하연

멍하니 문틈 사이로 들려오는 음색을 듣고 있었는데……. 문이 열리며…… 살짝 웃고 있는 서진녀석의 얼굴과…… 고운 얼굴선과…… 쌍꺼풀이 살짝 진 눈…… 그리고 살짝 웃고 있는…… 하연이란 여자의 얼굴이 보였습니다…….

공짜니까 들어와서 들어라. -_- - 서진

-_-+ - 소은

살짝 녀석을 째려보며 들어오니…….

도둑고양이처럼 누가 그렇게 몰래몰래 들으래? -_- 니 몸집 다 보여. -_- - 서진

서진녀석은 스틱으로 제 머리를 꾸욱꾸욱 찍으며 기분 나쁘게 말했습니다.

-_-^

머리 누르지 마요!! 안 그래도 뇌세포 없는데. -_-+ - 소은

너 뇌세포 원래 없었잖아. -_- - 서진

하연이란 여자는 살짝 웃으며…….

니 이름이 유소은이니? -_- 정말 장군감이네~. -_- - 하연

-_-; - 소은

하연이란 여자는 생긴 건 정말 남자가 지켜줘야 할 것같이 이쁘장하게 생겼지만…… -_- 성격은 남자 버금갔습니다. -_-.

갑자기 제 손을 잡아 들더니…….

너…… 어릴 적에 피아노 배운 적 있었니!? o_O - 하연

네네? -_-;; 예…… 약간……. - 소은

너…… 우리 동아리에 들어오지 않을래? - 하연

회원수 2명……. -_-…… 나와 하연누나. -_- 꼴은 데야. 하연누나가 한 10명 모집한 애들 다 잘라버렸거든. -_- - 서진

닥쳐! -_-+ 그 애들은 니 얼굴 보고 들어온 애새끼들 아냐. -_-

아무튼…… 오르간…… 쳐본 적 있니? - 하연

한 번도 안 쳐봤는데요……. -0- - 소은

베이스는? -_- 하연

베이스가 뭐예요? -_- 소은

아서라 아서. -_-;; - 서진

하연언니는 -_-(언니로 등급 -_-) 저를 보더니…….
니 손은 베이스 배우기 딱 좋은 손인데……. 여기 들어올 생각 없
니? 저 새끼 얼굴 보고 온 아이는 아닌 것 같고……. -하연

쟤가 배우겠어? -_- 자칫 손을 벨 수도 있는데. -_- 서진

아니에요!!!!!! 저 이 동아리 들어올래요!!!!!!!! - 소은

진짜!? ㅇ_ㅇ!! 꺄아!!!!! 좋아!! 좋아!!!!!!!!!!!! ＞ㅁ〈!! - 하연

야!! 너 베이스 배우다 자칫하면 손 벤다니깐!!!!!!! - 서진

손 베도 내 손 베니까 선배는 드럼이나 열심히 치세요. - 소은

쳇. -_-^ 녀석이 좋아하는 여자…… 하연언니……. 내 맘에 드니
까…… 봐준다……. -_-……

그래그래. 이제부터 모집이다. 동아리 이름도 새로 짓고……. 와
와!!!! - 하연

정말 신경 쓰이게 만드는군……. -_-^…… - 서진

서진녀석은 스틱을 제 머리에 콰악!! 찍으며 -_-;; 말했습니다. 전
머리를 문지르며…….

왜 때려요!!!!!! 정말 툭하면 때려!!!!!!!!!!!! -_-+ - 소은

말을 안 들어서 그런다, 말을……. -_-^ - 서진

다음날 저녁. -_- 제 이마에는 때 아닌 푸른 물이 들어져 있었습
니다. -_-^ (-_-;)

뭐⋯⋯? 야!!! 유소은 이 바보야!!!!!!!!!!!! +ㅁ+;; - 민지

시끄러⋯⋯. 내가 선택한 길이니까. -_- - 소은

서진녀석이 하연냥에게 -_- 고백한 것과⋯⋯ 그 두 사람의 동아
리에 든 것⋯⋯ 민지에게 말하니⋯⋯. 태권도 도복을 나르던 민지
는 도복들을 우르르 쏟으며 발광했습니다. -_-.

야!! 유소은!!! 니가 짝사랑을 즐기는 앤 줄 몰랐다!! - 민지

뭐? -_-^ - 소은

야! 흰띠!!! 먹을 거 사와!!!!!!! -0-!! - 검은띠

니가 사와!!!!!!!!!!!!! -_-+ - 민지

뭐!? -0-;; - 검은띠

민지야. -_-;; - 소은

내 말 잘 들어⋯⋯ 유소은⋯⋯. 짝사랑은 바이바이. 넌⋯⋯ 너
무⋯⋯ 바보 같아⋯⋯. 그것만 말해준다⋯⋯. 아아!!!!!! 사⋯⋯ 사
오면 되잖아요!!!!!!!! -0-;; - 민지

민지는 날려차기 준비를 하고 있는 -_- 검은띠 오빠를 보고 허둥
대며 말했습니다. -_-⋯⋯ 저도 드럼부에 가려고 발걸음을 옮기
는데⋯⋯.

오랜만에 얼굴 보네⋯⋯. - 민안

너⋯⋯ 감방 갔다 왔니? -_-;; - 소은

눈앞을 가리던 검은색 머리칼은 어느새 사라지고⋯⋯ -_- ⋯⋯민
숭민숭 머리가 된⋯⋯. -_- 하지만 잘 어울리는⋯⋯ -_-ㅋ;; 하민

안녀석이 보였습니다. -_-.

드럼부 들었다며……? - 민안

어떻게 알았냐? -_-; - 소은

유소은…… 민서진 좋아하게 된 거냐……? - 민안

화끈…… -_-;;; 얼굴이 달아올랐고…….

사…… 상관하지 마!!! - 소은

유소은……. 나도 드럼부 들 거야……. - 민안

아무 말도 안 하고 민안녀석을 쳐다보자…….

너 지킬 거야……. 나…… 니 주위에서 뱅뱅 도는 거…… 그만둘
래……. 더 이상 뺏기지 않을래……. - 민안

민안녀석…… 저를 쳐다보며…….

상처만 받는 짝사랑 개나 줘……. - 민안

니가 무슨 상관이야……. 짝사랑을 하든…… 내가 누굴 사랑하
든……. 그만 말해 하민안……. - 소은

니가 뭐라고 해도 상관없어……. 날 어떻게 생각하든 상관없
어……. 그냥…… 난 내 감정에 충실한 것뿐야……. - 민안

녀석의 눈길을 피해 동아리부 방을 쾅앙 열고 들어왔습니다…….

표정 살벌하네……. 무슨 일 있었냐……? - 서진

소은이 단 거 안 먹어서 그런가? -_-…… 초콜릿 있는데 줄
까……? - 하연

환하게 웃는 하연언니……. 그렇게 웃으면…… 나…… 언니 미워
하지도 못해요…….

어…… 초콜릿이 없네……. 내가 사올게……. ^-^…… - 하연

초콜릿 사러 가는 김에…… 과자도 사와. -0- - 서진

하연언니가 살짝 웃으며 매점으로 갔고…….

무슨 일 있냐……? - 서진

서진선배 하연언니랑 무슨 사이예요……? - 소은

어? - 서진

서진녀석…… 아무 말 없이…… 저를 쳐다보다가…….

사랑하는 사람……. 그래…… 이 말이 내 마음을 다 포함하네…….

^-^…… - 서진

입술을 꽈악 깨물었습니다……. 난 무척 사랑하는데…….

잘 모르겠다……. 저 바보 같은 여자 마음은……. - 서진

나 혼자…… 서진녀석이 나에게 특별 대우한다고…… 착각하면서
살았구나……. 정말 바보같이……. 선배……. 남자로 봐달라고 했
던 소리는…… 어떻게 받아들일까요……? 이렇게 내 마음 휘둘러
놓고……. 나보고 어떻게 하라고…… 나한테…… 이렇게 잘해줬어
요……? 왜 심장 뛰는 말만 했어요……? ……. - 소은

눈물이 뚝뚝 나왔습니다……. 서진녀석……. 저를 품에 안고……
머리카락을 쓰윽쓰윽 쓰다듬어 주면서…….

그렇게 심각하게 받아들일 줄은 몰랐어……. 미안……. 난……니
가 좋더라……. 너…… 사랑한다와…… 좋아한다라는 말의 차이를
아니……? - 서진

전 서진녀석의 교복 윗도리를 꽈악 잡으며…….

나…… 선배가 날…… 사랑하게 만들 거예요……. 난…… 선배 사
랑하게 됐는데……. 포기 못해요……. 나보고…… 어떻게 하라

고……. 겨우…… 알았는데……. - 소은

꺽꺽대며 울고 있는데…… 녀석의 부드러운 보이스가 제 귓가를

울렸습니다…….

그래…… 알았어……. - 서진

눈물이 따악 그치고…… 멀뚱히 녀석을 보고 있자…….

어때. 잘 찍었어 하연 누나? -_- - 서진

한 편의 드라마인걸…… 큭큭……. - 하연

선배. 내가 도와줬으니까 돈 줘요. -_- 오만원. - 민안

시꺼!! -_-+ - 하연

뭐야……? -0-;;;;;;;;;; 황당하단 눈으로 서진녀석을 보자…….

야야…… 무겁다. 내려와라. -_- - 서진

뭐예요……? 이게 뭐예요……? - 소은

뭐긴 뭐야……. 목석 같은 유소은이 좋아서 난리 친 민서진이 꾸민

계략이지……. -_- - 하연

벙~ 하게 하민안 녀석을 쳐다보자…….

너…… 너……. =ㅁ=;; - 소은

아아……. -_-…… 나 원래 드럼부였어. -_- 그리고…… 뭐……

-_-…… 시덥지 않은 부탁받고 한 일이고……. -_-…… - 민안

니가 이런 일은 제일 잘하잖냐. -_.- 하연

완전히……. 나 생쇼 했구만…… 완전히……. -_-^…… 부릅뜬 눈

으로 서진녀석을 쳐다보자…….

그렇게 쳐다보지 마. -_- 뜸들인 니가 잘못이야……. - 서진

서진녀석은 제 머리카락을 툭툭 건들며…….

니가 나 좋아한다고 고백한 비디오, 전교생에게 보여줄까……? 아
니면……나랑 사귈래……? - 서진
저리 가요!!!!!!!!!!!!!!!!! =ㅁ=^ - 소은
아아아……. ㅠ_ㅠ…… 이렇게 허무하게 될 줄이야……. ㅠ_ㅠ……

테디보이8

꼭 비디오까지 찍을 필요가 있었을까요……? -_-^…… - 소은
몰라. -_- 서진이가 이런 거 기념 된다고 찍어두라고 했어. -_-
덕분에 내가 좋~ 은 구경했지만. -_-ㅋ; - 하연
언니! -_-^……. - 소은
흠흠. -_- 어쨌든 민안이 녀석 공이 크지~. 암~. -0-!! - 하연
찡찡거리며 베이스란 기타를 매만지던 민안녀석이 하연냥의 목소
리를 듣고…….
에이 씨. 서진형 각본대로 움직이는 거 싫었는데……. -_-^ - 민안
뭐시냐. ㅡ,.ㅡ…… 너 방금 어제 니가 했던 말을 굉장히 후회하는
걸로 들린다……. -_-……
역시 사람은 거짓말을 하고 살면 안돼……. -_-…… - 민안
넌 기타나 쳐!!!!!!! -_-+ - 소은
속은 것도 쪽팔려 죽을 것 같은데……. -_-^
정확히 1시간 전.
-_-. 언제부터 사귀었냐고 박박 우겼는데, 서진녀석이 착 하고 내
미는 비디오에 저도 모르게 움찔거리자……. -_-……

50

너 나 좋아한다며. -_-. 이 비디오에 정확히 입력되어 있어……. 뒤꽁무니 뺄 생각은 하지 마라. -_- 참, 너 세탁비 언제 줄 거냐? -_-- 서진

이러는데 내뺄 수가 있어야지요……. -_-^…… 툴툴거리며 교실로 돌아오는데 -_- 죽을 상을 하고 있는 민지가 보였습니다. -_-.

어어억…… 배고파…… 죽을 거 같아……. ㅠ_ㅠ…… - 민지

누가 태권도부 들어가래? -_-; - 소은

그런데…… 너 그 드럼부 어떻게 들어갔냐? -_- 서진선배 동아리가 있다는 건 들었지만…… 정말 있을 줄은 몰랐네. -_-- 민지

몰라. -_-; - 소은

드럼부 이름 뭐냐? -_-- 민지

몰라……. -_-;;;;;;;;;; - 소은

뭐야……? -_-; - 민지

민지가 책상에 엎드리며 달콤한 수면에 들어가려고 하는 찰나~.

야야! 흰띠!!!!! 빨리 나와!! 체육관 청소 우리가 뽑혔다!! - 민현

저, 수업할 건데요……. ㅠ_ㅠ…… - 민지

빨리 와. -_-- 민현

민지는 울면서 민현녀석에게 끌려갔습니다. -_-…… 점심시간이 되자…….

밥 먹고 왔어……. -_-…… 죽을 것 같아서……. -_-…… - 민지

그래도 민지는 밥을 먹어서 얼굴색이 조금 밝아졌습니다. -_-

점심시간 때 드럼부로 가자…… -_- 민안녀석과 하연냥이 저를 보더니…….

야야…… -_-…… 우리 부 이름 뭐로 하지? - 하연

그냥 드럼부로 하는 게 어떨까요? -_- - 소은

너무 허접하잖아~. -_- 이래봬도 꽤 실력 있는 애들끼리 모인 건데. -_- -하연

한 사람 빼고. - 민안

민안녀석은 말없이 저를 쳐다보더군요. -_-^

기타를 매만지던 녀석은…….

meet 어때요……? - 민안

밋!? -_-; - 하연

스쳐 지나가는 그룹이란 뜻이에요. -_-. 누나 진짜로 고3 맞아요? -_-^ - 민안

닥쳐! -_-+ 흠흠……. 아무튼…… meet라……. 꽤 좋은데? -_-…… 뜻은 좋아. -_-…… 소은이는 어떠니? o_o - 하연

예예…… 괜찮네요……. -_-…… - 소은

흐음……. 하지만 meet 하나론 이상해……. =_=…… meet up with 어떠냐? -_- 우연히 만나다. - 하연

왜 영어로 해요? -_-; 한글이 있잖아요~ 한글~. - 소은

아이씨!!!!!!! 그냥 드럼부로 해요!!!! 그냥 드럼부!!!!!! -_-^ - 민안

네……. -_-…… 더 이상 의견이 나오지 않은 관계로…… 저희 드럼부는…… 그냥 드럼부로 하기로 했습니다. -_-;; 그런데 우린 꼭 드럼부여야 하는 건가……? -_-…… 음악부도 있는데…… 쩝……. -_-…… (더 유치하다 -_-;)

여어…… 부 이름 지었어? -_- - 서진

서진녀석의 말에……. -_- 부 이름 짓느라 잔뜩 삐져 있는 민안녀
석과 볼따구가 퉁퉁 부어 있는 하연냥은 말없이 전자피아노를 두
들기는 것과 베이스로 찌징 하고 찢어지는 소리를 내는 걸로 대답
을 대신했습니다. -_-;

저 혼자 어색하게 의자에 앉아 있자…….

무슨 일 있었냐? -_-; 살벌한데. - 서진

부 이름 그냥 드럼부로 하기로 했어요. =ㅁ= - 소은

그래? -_- - 서진

서진녀석은 상관없다는 듯 저를 드럼 앞으로 데려와 놓곤…….

여자가 베이스 하는 건 안 좋아. -_-. 넌 그냥 드럼부 정식 멤버
될 때까지 잔심부름이나 해라. -_- - 서진

이씨……. -_-^…… - 소은

기타 치면 여자 손 안 이뻐져. 하연누나가 다른 베이스를 하던
지……. - 서진

얼씨구……. 내 손은 여자 손 아니냐!!!!!!! -0-!! - 하연

누나 남자 아니었어? -_- - 민안

하연냥은 말없이 민안녀석의 머리통을 옆에 있던 마대자루로 내리
쳤고, -_-. 서진녀석도 약간 쫄았는지 스틱을 움찔하며 꽈악 잡더
군요. -_-; 그때 문이 끼익 열리며…….

어어어어!!!! 여기 다 있었네!!!!!!! - 진우

헉. -_-; 토끼보이. =ㅁ=; 진우놈은 저를 보더니…….

왜 얘가 여기 있어!!!!!!!! -_-^ - 진우

쉿쉿……. -_-…… 진우야. - 하연

짜증나……. -_-^…… - 진우

진우놈은 문을 콰앙 닫고 나가버렸습니다……. 제가 잠시 우울한 표정을 짓고 있자…….

저 새끼 맘에 드는 사람한테는 저렇게 툴툴대니까 상처 받을 필욘 없어. -_- 서진

내가 뭐 상처 받는데요? -_- 소은

너 소심하잖아. -_- 서진

제…… 제가 뭘 소심하다고 그래요~. -_- 소은(찔리는 -_-)

넌 분명히 아이스크림 사준다고 했는데 안 사줬다고 삐질 애야. -_- 서진

제길……. -_-;;;;;;;;; 저 녀석 돗자리 펴도 되겠습니다. -_-;

테디보이9

새로 들어온 애? 아아…… 유소은……? -_- 야!! 소은아!! 니 친구 놀러왔다!! - 하연

어떤 여자애와 말하던 하연냥은 -_- 말없이 민지를 부실 안으로 들이더군요. -_-.

놀러왔어. (-_-) - 민지

너 태권도부 빠져나왔지? -_-; - 소은

민지가 태권도 도복을 입은 채로 서 있었기 때문입니다. -_-; 민지는 씨익 웃었고……. -_-. 하지만…… 별로 시간이 안 지나 얼굴이 굳었습니다. -_-

54

어어어…… 광등이 친구 왔네. -_- - 민안

(-_-?) - 민지

-_-+ - 소은

네네……. -_-^…… 민안이 저 자식 저를 광등이라고 부릅니다.
-_- 광등이 뭐냐구요? 형광등이오!! -_-; 자꾸 깜박깜박 잊어먹는
다고 형광등이란 별명을 자랑스럽게 저에게 붙여주었습니다. -_-^

광등아. -_- 저 친구 나 뒤깡 열심히 까던 애지. - 민안

얼씨구. -_-^ - 민지

민지는 민안녀석이 정말 맘에 안 드는 듯 태권도 흰띠를 꽈악 졸랐
습니다. -_-;;

야야야, -_-^ 왜 하필 저 새끼랑 같은 부야? 서진선배가 있어서
안심했더니만. -민지

저 새끼라니……. 하민안이란 좋은 이름이 있는데. - 민안

민안녀석은 턱을 손으로 매만지며 말했습니다. -_-.

너 같은 새끼는 이름으로 불릴 자격이 없어. -_-+ - 민지

민지야. -_- 이래봬도 쟤 꽤 착해……. - 소은

어? 광등이가 웬일이야? -_- - 민안

야야야…… 하던 뒤깡 계속 까라. -_-^ - 소은

민안녀석은 잘해주려고 해도 꼭 태클을 겁니다, 태클을……. -_-^

하연냥은 재미있다는 듯 쿡 하고 웃더니 전자피아노를 매만졌습니
다. 햇빛에 비치는 하연냥의 결 좋은 황금빛 (-_-;) 머리칼과 이쁘
장~ 한 하연냥의 얼굴이 너무나도 잘 어울립니다. o_o……

그때 -_- 문을 박차며…….

아아…… 여기 있었네……. -_-…… - 우현

오렌지색 머리칼을 가진 -_- 우현놈이 나타나자…… 하연냥 갑자기 아무 말 없이 우현놈을 쳐다봤습니다. -_-.

아아…… 하연이 여기 있었구나……. - 우현

하연이!? -_-; 하연냥은 우현놈보다 한 살 많은데? =口=

누나…… 라는 말 왜 안 붙이냐……? - 하연

우현녀석이 하연냥 어깨에 손을 올리며 씨익 웃자 하연냥은 귀찮다는 듯 인상을 찡그리며 말했습니다.

붙이기 귀찮아. 하연아 밥 먹었어? 하연이 카스텔라 좋아하잖아. 사줄까? - 우현

장난스럽게 웃으며 하연냥의 머리카락을 쓰다듬는 우현놈입니다. -_-; 쟤가 미쳤나? -_-;

하연아. - 우현

왜? -_-^ - 하연

우현놈……. 무언가 말하려고 입을 떼려는데…… 누군가 제 손을 잡았습니다. O_O.

민지야……. O_O…… - 소은

맞다……. -_-;; 민지는 오렌지보이 추종자라고 늘 말해왔지. =口=; 갑자기 저를 마구 이끌고 밖으로 나가는 민지. 그리곤 학교 옥상 계단에 앉아서…….

저 두 사람 사이 뭐냐? -_-^ - 민지

몰라. =口=; - 소은

이씨…… 보통 사이가 아닌 듯한데……. -_-^…… - 민지

민지논……. -_-;; 많이 당황한 듯 손톱을 뚝뚝 물어뜯으며 긴장하고 있습니다. -_-;

둘이 사귀는 거 아냐……? 아이씨……그러면 안 돼……. 까아악!!!!!!!!!!!!!!!!!! – 민지

민지야!!!!!!!!!! +口+;; – 소은

어!? -_-; – 서진

민지가 기대고 있던 옥상 문이 콰앙!! 하고 열리며 -_-; 서진녀석이 나타났습니다.

-_-; 민지는 데굴데굴 계단을 구르고 있었고. =口=;;

선배!!!!!!!!!!!!!! – 소은

알았어!! 알았다고!! -_-;; – 서진

서진녀석이 허둥지둥 뛰어가며……-_-…… 민지의 구르기를 저지하였고. -_-…… 옥상에서 민지를 어깨에 메고 걸어오는데……. -_-…… 민지…… 정신이 말짱한지 -_- 내려달라고 소리를 칩니다. -_-.

안 돼. 양호실까지 데려다줄게. 다리 삔 것 같은데……. – 서진

쪼…… 쪽팔려서 안 돼요 선배!!! ㅠ_ㅠ…… – 민지

서진녀석은 잠시 한숨을 쉬더니 민지논을 -_- 품에 안고 척척 내려갔습니다……. 쳇……. -_-^. 양호실로 가니 -_- 민지논…… 다행히도 간단한 타박상을 입었다고 합니다. -_-. 태권도장으로 -_- 서진녀석과 제가 민지를 부축해주며 가자…….

뭐야? -_-^ – 민현

인상 파악 쓰며 민지논을 바라보더니……. 어깨를 꽈악 부여잡았

숩니다. -O-

아악!!!!!!!!!!!!!!! 〉ㅁ〈;;; - 민지

다쳤군……. - 민현

헉!!!! =ㅁ=;; 민현녀석 갑자기 민지의 도복을 벗겼숩니다. +ㅁ+;;
민지 놀라서 굳었고……. 서진녀석…… -_- 나시 티를 입은 민지
를 빨개진 얼굴로 쳐다보다가 -_- 저의 째림을 눈치챘는지 흠흠
거리며 -_- 천장을 바라보더군요. -_-^

부었어……. -_-…… - 민현

민현녀석 파스를 들고 척척 오더니 짜악!! 하고 등에 붙여주고 도
복을 입혀주곤…….

오늘은 그만 가라. - 민현

=ㅁ=……. - 민지

뭐 해? 안 가고. -_- 왜, 더 할래? -_- - 민현

민지논…… -_-;; 얼굴이 빨개져서 후닥닥 탈의실로 가고……. -_-
…… 서진녀석과 저는 드럼부로 가기 위해 발걸음을 옮겼숩니다.

걔 진짜 가볍더라? 걔 50킬로도 잘 안 나가지? -_- - 서진

네. -_-^ - 소은

저 자식이 지금 뭔 소리래? -_-^

뭐……. 니 친구 남자 꽤 꼬이겠다. -_- - 서진

저도 남자 꼬여요…… 뭐……. -_-^…… - 소은

아아…… 거짓말하기 힘들구나……. -_-;;

염병 떠네. -_- - 서진

선배……. -_-^…… - 소은

서진녀석은 드럼부 문을 열고 먼저 들어가 버렸고 -_-^ 저는 이를
부드득 갈며 드럼부 문을 열고 들어가다…… 누군가에게 포옥 안
겼습니다. ㅇ_ㅇ!?

으윽…… 이거 안 놔……!? - 소은

광둥아…… 조금만 참아……. -_-…… - 민안

제길……. -_-^ 전 빠져나가려고 용을 썼지만……. 순간…… 인상
이 종잇장처럼 구겨진 서진녀석과…… 흥미 있게 쳐다보는 하연
냥…… -_-…… 무언가를 세고 있는 우현녀석이 보였습니다…….
-_-…… 에라이 모르겠다. -_- 서진녀석의 얼굴을 보고…… 저도
모르게 민안녀석의 어깨에 얼굴을 묻자……. 서진녀석 성큼성큼
걸어오더니 저와 민안녀석을 따악 떼어놓곤…….

죽을래? -_-^ - 서진

야야!!! 10초!!! 서진이 인내심 10초!!!! 야! 만원 내놔!!! 거봐!! 내가
10초 안 넘는다고 했잖아!!! - 우현

-_-^ - 민안

내기였던가……. -_-…… 서진녀석…… 갑자기 제 손을 잡더
니…….

너…… 나한테는 한 번도 안 안겨 봤는데……. -_-^…… 다른 남
자한테……. - 서진

서…… 선배도 그…… 그랬잖아요. -0-; - 소은

그건 어쩔 수 없는 거였잖아. -_-^. - 서진

그게 그거죠 뭐. -_-^ - 소은

서진녀석과 저 사이에 스파크가 찌지직 하고 흘렀습니다. -_-

사랑싸움 그만해라! 그만!! 서러워서 살겠냐? - _-^ - 우현
서진녀석……. - _-…… 아직도 퉁~ 한 얼굴로 보아 단단히 삐졌
나 봅니다. - _-;;

테디보이10

화났어요? - _-; - 소은
= _=…… - 서진
아씨…… 말 좀 해봐요!!! =ㅁ=;; - 소은
서진녀석……. - _-;; 집에 가는 길에 아무런 말없이 그냥 퉁한 얼
굴로 - _- 걸어가고 있습니다. - _-;
선배! 선배!!!! - _-+ - 소은
서진녀석…… 저를 뚜웅 하게 보더니…… - _-…… 어디론가 끌고
갔습니다……. 도착한 곳은……. = _=
선배……. - _-;;; - 소은
골라. - _- - 서진
테디베어 전문점이었습니다. = _=; 녀석은 테디베어 열쇠고리 앞에
저를 세워놓고 얼쩡거렸습니다. - _-; 전 결국 갈색 옷을 입은 테
디베어를 골랐습니다. - _- 녀석도 똑같은 걸 사더니…….
두 개요. - 서진
테디베어 가게를 나오자…….
선배. 이거 사 주려고 그런 거예요? ^-^; - 소은
얼굴은 웃고 있었지만……. - _-. 마음속으론 '이 개쉐리야 그렇게

삐져 있으면 좋냐!? 데리고 오고 싶은 데가 여기였냐 짜샤!' -0-^!
(-_-;) 이랬습니다. -_-;

서진녀석은 제 가방을 들더니 -_- 가방 열쇠에 그 테디베어를 달
곤……. 녀석의 가방에는 원래부터 달아져 있던 테디베어 인형을
떼고 오늘 샀던 것을 달았습니다.

커플링은 나중에 해줄게. - 서진

서진녀석을 빤히 올려다 쳐다보니…… 얼굴이 빨개져 있었습니다.
ㅇ_ㅇ;; 전 말없이 씨익 웃곤…….

선배. 돈이 없어서 그냥 테디베어 인형 열쇠고리 산 거죠? - 소은
내가 가난한 줄 아냐? -_- - 서진

서진녀석 아직도 삐져 있는지 무표정으로 무덤덤하게 말하지만 녀
석의 눈은 살짝 웃고 있었습니다. ^^;

매일 가지고 다닐게요. 그러니까 그런 표정 짓지 마요. - 소은

내가 뭘. - 서진

서진녀석……. -_-…… 너 그거 아니? 너 지금 얼굴이 장난 아니
게 빨개.-_-;

녀석은 언제나 무표정이었는데 이런 모습을 알게 되어서 기쁩니
다.^-^;

선배 잘 가요. 학교에서 보구요. - 소은

또. -_- - 서진

-_-? +_+! 테디베어 인형 꼭 가지고 다닐게요! ^-^; - 소은

또. -_- - 서진

-_-;; 대체 뭘 원해요? -_-; - 소은

서진녀석은 말없이 저를 포옥 안곤…….

내가 주인이야. - 서진

뭐가요? =ㅁ=; - 소은

니 모든 거…… 다 내가 주인이야……. 내 모든 건…… 다 니가 주인이야……. - 서진

서진녀석은…… 말없이 제 머리카락을 쓰다듬으며…….

나…… 미워하지 마……. - 서진

제가 왜 선배를 미워해요.-_-; - 소은

서진녀석 갑자기 저를 품안에서 떼곤…….

그냥…… 서로 미워하지 말자……. - 서진

씨익 웃으며 고개를 끄덕이자…….

아…… 진짜 귀엽다……. - 서진

아악!!!! 그만!!!!!!!! 스톱!!!!!!!!!!!! 이제 그만 안아요!!! -_-;; - 소은

제가 손을 내저으며 빙빙 돌리자 서진녀석 피식 웃으며…….

기다려라. 언젠간 덮치고 말 테다……. - 서진

ㅇㅁㅇ…… - 소은

서진녀석의 그 황당한 말 때문에 잠도 제대로 못 잔 저입니다. =_=;;

눈이 장난 아닌데? -_-; - 민지

잠을 못 자서 그래.-_-; - 소은

어젯밤에 서진녀석이 했던 말을 해주자 -_- 민지, 먹던 사탕을 툭 떨어뜨리며…….

그…… 그런……. =ㅁ=;; 아…… 제길……. ㅠ_ㅠ…… 그런 페로몬

(-_-;) 넘치는 말을 하다니!! -민지

제발…… -_-; 자제해 줘. =ㅁ=;;

야야야…… 진짜 사귀냐? ㅠ_ㅠ…… 아씨……. - 민지

그럼 진짜지 가짜냐? -_-; - 소은

민지는 떨어뜨렸던 사탕을 다시 주워 먹으며……. (-_-!)

에이씨……. -_-^…… 난 민현새끼 같은 놈밖에 없고……. - 민지

왜. 민현이가 어때서……. =0= - 소은(절대 민현오빠라고 둘 다 안 부르는 -_-;)

네네. -_-. 님들 민현이가 멋있게 안 나와서 그렇지.-_-; 그 녀석도 5대 보이에 드는 녀석입니다. =0=!!!

하긴……. 생긴 건 잘생겼는데…… -_-…… 하는 짓 보면…… 뭘 생각하는지 알 수가 없어. 어쩔 땐 굉장히 어리버리하고……, 어쩔 땐 굉장히 스마트하고……, 어쩔 땐 굉장히 무섭고……, -_-…… 어쩔 땐 굉장히 다정하고……. -_-…… -민지

민지는 갑자기 고개를 끄덕이며…….

미스터리한 녀석. -_-…… - 민지

난 니가 더 미스터리하다 이 놈아. -_-;

테디보이11

동아리 활동에 −_− 드럼부로 가자⋯⋯ 어디선가 들어본 노랫소리가 들렸습니다⋯⋯. 문을 열자⋯⋯ 베이스를 치는 민안놈과⋯⋯ 강하지만 부드러운 선율로 피아노를 치고 있는 하연냥⋯⋯ 그리고⋯⋯ 드럼을 두드리는⋯⋯ 아니⋯⋯ 미친 듯이⋯⋯ 네⋯⋯ 미친 듯이 치고 있는 서진녀석이 보였습니다⋯⋯. 멍⋯⋯ 하니⋯⋯ 그 음악을 듣다가⋯⋯ 드럼 소리를 마지막으로 음악이 멈추자⋯⋯ 저도 모르게 입이 떡 벌어졌습니다⋯⋯. 대단하다⋯⋯.

어어⋯⋯ 광등이 왔네⋯⋯. −_−⋯⋯ − 민안

광등이가 누구야? −_− 서진

큭큭⋯⋯. − 하연

음악이 끝나자⋯⋯ 온통 땀으로 뒤범벅된 세 사람⋯⋯. 민안녀석이 머리를 흔들며 말하자⋯⋯ 눈앞을 살짝 가리는 머리칼을 쓸어 올리는 서진녀석⋯⋯. −_−⋯⋯

광등이 왔잖아. 정말 안 보여 형!? −_− − 민안

그러니까 걔가 누군데⋯⋯. −_−⋯⋯ − 서진

누구긴 누구야. 민서진 마누라지. 큭큭⋯⋯. − 하연

하연냥이 전자피아노를 치면서 말하자⋯⋯ 서진녀석⋯⋯ 얼굴이 굳어지며⋯⋯.

야! 너 내 스틱으로 맞아볼래? −_− − 서진

아아⋯⋯ 잘못했어 형. −_−; − 민안

바⋯⋯ 방금 했던 음악 뭐예요? ㅇ_ㅇ − 소은

하연냥이 씨익 웃으며……. (정말 이쁘게 웃었다 -_-)

요즘…… 뭐지…… 로망슨가……? -_-…… 거기 주제곡…….
Promise BE…… 라던가…… 그거야……. 보컬이 없어서 반주만
했는데 괜찮았어? - 하연

네! 진짜 멋있었어요!! +_+;; - 소은

서진형만 멋있게 보였겠지. -_- - 민안

저 자식…… 족집게네……. -_-;;;;

서진녀석……. 민현놈이 왜 드럼만 만지면 미친놈이 된다고 했는
지 알았습니다. -_-; 정말 서진녀석, 누가 들어오는 줄도 모르고
계속 북만 두드리고 있었습니다. =_=;;

소은이 니가 보컬 좀 구해올래……? 남자 하나 여자 하나, 두
명……. -_- - 하연

그 힘든 일을 애가 어떻게 해! -_- - 서진

그럼 니가 할래? -_-^ - 하연

민안이랑 내가 할게. -_- - 서진

형 왜 나를 끌어들여요? -_-^ - 민안

선배. 나랑 같이 해요! - 소은

그거 힘들어……. -_-…… - 서진

괜찮아요~. 재미있을 것 같은데요 뭐!! - 소은

제가 두 손을 불끈 쥐며 말하자 -_- 서진녀석 피식 웃었습니
다……. 허락의 의미겠지……. -_-……

안 돼. -_- - 서진

왜요!!! -_ㅠ;; - 소은

민서진 -_- 소은이 그만 놀려먹어. 지금 너 소은이 반응 재미있어서 이러는 거 아냐? -_- - 하연
-_-…… - 서진
-_-; - 소은
명문고등학교 드럼부 보컬 두 명 찾기. -_-. 이제부터 실시합니다. =_=! (무슨 벽보 같다 -_-;)

테디보이12

보컬!? O_O. - 민지
응. -_-. - 소은
일주일째 보컬을 발견하기는커녕 그런 느낌이 드는 아이도 보지 못했습니다. -_-^ 손에 턱을 괴고 한숨을 푸욱~ 쉬는데…….
소은아 -_- 가까운 데 있잖니……. - 민지
민지야 -_- 뭘 바라니? - 소은
-_-^ - 민지
민지가 약간 삐지는 게 느껴졌습니다. -_-; 하지만……. 정말 어디 보컬 구할 수 있는 데 없을까……? =_=……
학교가 끝나고…….
오늘은 꼭 찾아보자. -_- - 서진
그래요! 라이브 카페 같은 데 다아~ 뒤져보고!!! +ㅁ+!! - 소은
교복 차림으로? -_- - 서진
-_-; - 소은

66

결국 서진녀석과 저는 사복으로 갈아입고 학교 버스정류장에서 만나기로 하고……. -_- 전 최대한 어른스럽게 보이려고 베이지색 일자 치마에 하얀색 블라우스 입고 녀석을 기다리고 있는데……. 어디선가 삐까번쩍한 -_- 빛을 내며 걸어오는 녀석이 보였습니다.

너 더 어려 보인다. -_- - 서진

말쑥한 스포티형 검은색 정장을 입고 나타난 녀석입니다. =_=. 좋은 말로 하면 어른스러워 보이고 -_- 나쁜 말로 하면 겉늙어 보이는……. -_-…… 하지만 멋있는…… =_=. 녀석과 함께 걸어가고 있습니다. -_-. 녀석……. -_-…… 자신을 힐끔힐끔 쳐다보는 여자들의 시선을 의식하는 듯 -_- 장난스런 말도 안 하고 살짝 미소를 지으며 걸어가고 있습니다. -_-^

선배. -_- 저기 가 보는 게 어때요? - 소은

선배라니……. -_-…… 난 지금 말쑥한 대학생이라고. 서진씨라고 불러. -_- - 서진

네 -_-^ 서진씨. -_-+ - 소은

서진녀석과 저는 10곳의 라이브 카페를 뒤졌지만…… -_-;; 쓸 만한 새끼는 하나도 없더군요. -_-^ 결국 마지막으로 찾은 라이브 카페에 들어가서…….

이번에도 쓸 애 없으면 하연누나한테 맡기자. -_-^ - 서진

서진녀석은 넥타이를 살짝 풀며 말했습니다. -_-.

후우~ 하고 한숨을 쉬며 무대 쪽을 쳐다보는데……. 부드러운 단발머리에…… 살짝 마이크를 쥐고 있는 여자애가 보였습니다.

서…… 선배!!!!!! +ㅁ+; - 소은

서진씨! - _ - ^ - 서진

그…… 그래…… 서진씨……. - _ - ^ …… 저기 무대에 나와 있는 여
자애 노래 한번 들어보자구요. - _ - ^ - 소은

서진녀석……. - _ - …… 힐끔 무대 쪽을 바라봤습니다……. 그 여
자애 머리칼은 부드러운 레몬빛이었습니다…….

周りを見渡せば
주위를 둘러보면

誰もが慌ただしく
모두들 바쁘게

どこか足早に通り過ぎ
뛰어 지나가고

今年も氣が付けば
올해도 문득 보니

こんなにすぐそばまで
이렇게 가까이까지

冬の氣配が訪れてた
겨울의 기색이 다가와 있었어

今日もきっとこの街のどこかで
오늘도 아마 이 도시의 어딘가에서

出會って目が合ったふたり
마주쳐서 눈이 마주친 두 사람

激しく幕が開けてく
격렬하게 막이 올라간다……
-Hamasaki Ayumi의 〈M〉 중에서-

여자 음색이 굉장히 좋습니다……. 서진녀석을 쳐다보니…… 진지
하게 그 여자를 바라보더군요……. 노래가 끝나자…… 어느새 박
수가 꽤 많이 나왔고……. 서진녀석 갑자기 일어서더니 무대 쪽으
로 나갔습니다. 뭐라고 둘이 얘기를 나누더니……. 그 여자애가 씨
익 웃으며 고개를 끄덕이자…… 서진녀석…… 무대 한쪽 편에 있
었던 드럼을 두드렸습니다……. 서진녀석의 반주와 그 여자애의
노래가 카페 안을 부드럽게 울렸습니다…….
서진녀석 씨익 웃으며…….
여자 보컬 찾았다. - 서진
서진녀석은 절 보고 살짝 웃으며 말했습니다.
곧이어…… 그 레몬빛 여자애가 다가왔고……. 그 여자애가 다가
오자 향긋한 레몬향이 풍겼습니다…….
내 이름은 전수진이야……. ^-^……. 넌 이름이 뭐니? - 수진

수진이란 여자아이는…… –_– 서진녀석을 보고 씨익 웃으며 말했습니다. –_–^ (살짝 열받음 –_–)

민서진. – 서진

드럼 잘 치더라……. 너…… 몇 살이니? – 수진

18…… – 서진

서진녀석이 살짝 웃으며 말하자…… 그 여자도 씽긋 웃으며…….

동갑이네. – 수진

전 왠지 저 두 사람만의 분위기가 만들어지는 것 같아 –_–^ 괜히 주스를 마시던 컵을 테이블에 콰앙!!!!! –_–; 내려놨습니다. 두 사람의 시선이 집중……. –_–;

하하하……. –_–;; 저도 모르게 힘이 들어갔네요. –_–; – 소은

힘은 무지막지하게 세서…… 쯧쯧쯧……. –_–…… – 서진

동생? – 수진

쳇. –_–^ 왜 동생이란 눈으로 날 쳐다보는 건데? –_–^

여자친군데요! –_– – 소은

그래? – 수진

왜 째려보는데? –_–+ 왜 째려봐!! –_–^! (살짝 쫄았음 –_–;)

맞아 여자친구. 아…… 너…… 명문고등학교라고 아냐……? – 서진

나, 거기 다니는데……. 흐음……. 전학 왔어……. –_–. – 수진

거기 드럼부 있는데…… 들지 않을래? 이 녀석이랑 꽤 괜찮은 누나, 싸갈빡 새끼 한 명 그리고 나 있는데……. – 서진

그래 갈게. – 수진

쳇. –_–^!!! 저 논 씨익 웃는 거 봐라~. 봐라~. –_–+ (웃는 게 이

삐서 질투함 -_-)

아…… 그리고 한 명 더 추천해도 될까……? -_-…… - 수진

누구? - 서진

우리 오빤데 말야……. -_-…… 전수우라고……. -_-…… - 수진

전수진, 전수우? -_- 쳇. 동생 성격 보니 그 남매 뻔할 뻔자…….

테디보이13

누구야? -_- - 수우

오빠! -_- 명문고등학교 드럼부 알아? - 수진

+_+;;; - 소은

와아……. 와아……. ㅇㅁㅇ……. 서진녀석이 잘생긴 꽃미남이라

면…… 저 수우녀석은…… 미소년……. +_+;;

유소은. 눈깔 돌려라 어? -_-^ - 서진

흠흠……. (-_-) - 소은

보컬……? - 수우

응…… 드럼부라고……. - 수진

명문고등학교 드럼부인데요!!!!!!!! 정말정말 좋은 곳이거든

요!??!?! 제발 거기 남자 보컬 해주시면 안될까요!?>ㅁ<;; - 소은

저 녀석과 함께 동아리생활……. ㅇㅠㅇ…… (-_-;)

그 수우란 남자는 씨익 웃더니…….

너도 그 드럼부냐? - 수우

그…… 그런데요. -0-; - 소은

71

갑자기 반말이라니……. -_-;; 당황해서 쭈뼛쭈뼛대고 있으니까…….

너 거기서 뭐 맡고 있냐? -_- - 수우

자…… 잔심부름꾼인데요……. =ㅁ=…… - 소은

그리고 제 여자친구입니다. -_-^ - 서진

서진녀석 제 자리로 옮겨오더니 -_- 무뚝뚝하게 말했습니다. -_-.

그래. 뭐…… 재미있을 것 같네……. -_-…… 원래 명문고등학교 졸업한 사람인데……. 괜찮지? -_- - 수우

그…… 그럼요오~. =ㅁ=!! - 소은

이제 우리 드럼부는 꽃돌이들만 있습니다~. 크흘흘흘~. +_+;; (이걸 노렸구나 -_-)

광등아 =ㅁ=! 물 떠와!! - 민안

-_-^ - 소은

광등아 -_- 바닥 좀 쓸어라. -_- - 하연

투덜투덜(-_-) - 소은

야!! 애를 무슨 똥개 훈련을 시켜! -_-^ - 서진

동아리 활동이 막 시작되려는 무렵. -_-. 다들 저에게 마구마구 일을 시키고 있습니다. 물론…… =_=…… 이 부에서 할 일이 제일 없는 저이지만……. -_-^ 이래봬도 동아리 방이 깨끗한 이유는 저 때문입니다. -_-v

뭐…… 할 일도 없는 애인데. -_- - 수진

야 소은이 -_- 너 이리 와 봐. 피아노 쳐봤댔지? -_- - 하연

하연냥이 저를 부르며 손짓했습니다. =_= 하연냥은 수진논이 노래

는 잘 부르지만 자기와는 성격이 안 맞는 거 같다며 −_− 저에게
말한 적이 있습니다. =_= 하연냥의 사람 보는 눈은 굉장히 정확합
니다. −_− (−_−;)

이리 와봐. 자, 이 악보 쳐봐. −_−_− 하연

허억! =□=; 이걸 제가 어떻게 쳐요!!! − 소은

이상한 음표들이 왔다갔다하는 −_− 굉장히…… 제 머리 속을 혼
란스럽게 하는 한 장의 악보였습니다. −_−.

쳐봐 −_−^ 천천히. − 하연

제가 자꾸 삑사리를 내자 −_− 하연냥은 짜증을 냈습니다. −_−;

잘 좀 쳐봐!!!!!!!! −_−+ − 하연

왜 이런 거 시켜요……. ㅠ_ㅠ…… 저의 임무는 잔심부름인
데……. ㅠ_ㅠ. −소은

야야야. −_−; − 서진

서진녀석 저에게 오더니……. −_− 제 손을 전자피아노 건반 위에
올려놓곤…….

봐봐……. 따라 쳐봐……. − 서진

못 치겠는데……. −_ㅠ…… − 소은

−_−; − 서진

서진녀석이 제 손을 잡아주며 몇 번씩 같은 음보를 천천히 차분하
게 가르쳐 주자…….

와아아아!!! 쳤다!! 쳤어!! +□+;; − 소은

잘했어. 거봐. −_−_− 서진

야, 유소은. 너, 뭐냐? −_−^ 남자가 가르쳐 주니까 잘 알아듣네.

73

-_-+ - 하연

-_-; - 소은

하연냥의 째림을 뒤로 한 채 =_= 마대 빗자루를 들고 -_- 심심해
서 바닥을 쓰윽쓰윽 쓸고 있는데…… . -_-.

둘이 진짜 사귀는 건가? -_- - 수우

제발 어디선가 불쑥불쑥 나타나지 좀 말아요. -_-; - 소은

저 자식 때문에 심장병 걸리겠습니다. -_-ㅋ;;

밖으로 나와 걸레를 빨고 다시 걸어오자…… .

큰일났군. -_- - 수우

아씨!!!! =ㅁ=;; 불쑥불쑥 튀어나오지 말라고 했잖아요!! =ㅁ=;; - 소은

근데 큰일났다니? -_-

뭐가? =_= 뭐가 큰일나요? -_-^ - 소은

수진이가 민서진 좋아하거든…… . -_-…… - 수우

후욱. ……ㅡ,.ㅡ…… 알고 있었던 사실이지만 당사자와 친한 사람
의 얘길 들으니 열이 좀 받는군…… . -_-^……

그래서요? -_-^ - 소은

도와주겠다고. -_- - 수우

(-_-?) - 소은

내가 니 남자친구 지킬 수 있도록 도와줄게. -_- - 수우

확실히 도와줄 거예요? -_-+ - 소은

괜히…… . 괜히 의심스럽단 말야…… . =_=……

그래. 구라면 내가 너한테 누나라고 부른다. -_- - 수우

좋아요. -_- - 소은

수우녀석이 씨익 웃으며 저에게 손을 내밀자 -_- 전 떨떠름하게
손을 잡았습니다. =_=…… 설마…… 나를 배신하고 동생에게 가진
않겠지……. -_-^……

드럼부에 들어서자…… 서진녀석과 수진논이 서로 웃으며 무언가
를 얘기하고 있더군요. -_-^

거봐. 그치? -_- - 수우

저리 가요. 징그러워요. -_- - 소은

수우녀석이 제 어깨에 손을 올리며 말했습니다. =_=.

쳇. -_-^ - 소은

야! 광등아!! 너 물 좀 떠오라고 했잖……. - 민안

니가 떠먹어!!!!!!!!! -_-+ 넌 손이 없냐 발이 없냐!? -_-+ - 소은

넌 나의 손이자 발이야. -_- 빨리 떠와. - 민안

제길……. -_-^…… 난 저 녀석의 말발에 당할 수밖에 없는 건
가……. ㅜ_ㅜ…… 물을 떠와 민안놈에게 퍼억~ 던지고 -_- 소파
에 앉아 이리저리 둘러보니…….

뭐하냐? -_- - 서진

선배. -_-

수우선배 닮아가요? -_-; - 소은

뭐? -_-? - 서진

아니에요. -_- . - 소은

서진녀석……. -_-…… 수우놈의 어디선가 튀어나오는 짓을 배웠
나 봅니다. -_-.

너…… 이상형이 어떤 사람이냐? - 서진

왜요? -_-. - 소은

그냥. =_= - 서진

곰곰이 생각해보니……. -_-…… 떠오르는 것이라곤…….

음식 잘 만드는 사람이오. -0-! - 소은

어? -_-; - 서진

나는요…… 어릴 때부터 엄마, 아빠가 멀리 출장 같은 걸 자주 가서 저 혼자 밥 차려 먹고 그랬거든요? -_-^ (한이 맺힌 듯 -_-) 그래서 요리 잘하는 사람이 좋아요. -_- - 소은

그래……? -_-; - 서진

왜요. 선배가 나 밥 차려주게요? -_- - 소은

그래…… 뭐……. 차려주지…… 그래……. =ㅁ=…… - 서진

서진녀석의 눈빛이 단호한 걸로 보아……. 저 녀석의 요리솜씨를 기대해도 되겠습니다……. -_-ㅋ;

테디보이14

5…… 5……!? 아악!!!!!!!!! 〉ㅁ〈;; - 소은

55kg……. -_-…… 쪘네……. -_-…… 풋……. 키 160에 55라……. 킥킥……. - 민지

ㅠ_ㅠ…… - 소은

오랜만에 -_- 체중계를 가지고 몸무게를 재보는데……. =_=;; 충격적인 결과가 나왔습니다……. 5…… 5……. -0-;; 흠흠……. 아까 민지의 대사를 읽어보셨으니까 아실 거라 생각합니다. -_ㅠ

어머!! ﹥_〈! 어쩌면 좋아!! ﹥_〈!! 살이 빠져버렸어!! ﹥_〈!! 어쩌지!? ﹥_〈!! - 민지

구려!!!!!!!!! -_-+ - 소은

제길……. ㅠ_ㅠ…… 민지는 저보다 5cm나 크면서…… 45밖에 안 나갑니다……. -_ㅠ 전……전……. =_= 민지보다 5cm 작으면 서…… 5…… 5……. -ㅁ-;;(말이 안 나옴 -_-)

몸매 관리 좀 해라~. 어엉~? ﹥_〈!! - 민지

쳇. -_-^ - 소은

우울한 기분으로 동아리부실 문을 열고 들어오는데……. 하연냥이 반팔 하늘색 하복을 -_- 벗고 속에 나시티를 입은 채 피아노를 띵 띵 두드리고 있습니다. =_=.

와……. ㅇ_ㅇ…… 쭉쭉빵빵이네……. -_-…….

하연언니. ㅇ_ㅇ 몇 킬로 나가요? - 소은

응? -_- 아마…… 47은 안 넘을걸……. -_-…… 왜? - 하연

아니에요……. -_ㅠ…… - 소은

(-_-?) - 하연

씨파……. ㅠ_ㅠ…… 왜 내 주위엔 이쁘거나…… 아니면 쭉쭉빵빵 이거나 이 둘 중 하나냐고……. 왜 평범한 애새끼는 없는 거 냐……. ㅠ_ㅠ. (절망 -_-)

그때 문이 벌컥!! 열리며…….

야야야!! 과자랑 음료수 사왔다!! ﹥_〈!! 먹자!!! 서진형이 한턱 쐈 다!!! - 민안

-_-^. - 서진

에휴…… 무겁다.－＿－ 수진

너 이번엔 청소 안 하냐? －＿ 유소은. － 수우

제가 뭐 만날 청소만 하는 줄 아세요? －＿－ 소은

어느새 －＿ 동아리부의 바닥엔 신문지가 깔리고 과자와 음료
수…… 그리고…… 약간의 알코올들이 (－＿－;) 깔아졌습니다. 사람
들 모두 부어라~ 마셔라~ －＿ 하고 있는데, 전 울상을 지으며 과
자 하나를 아작아작 씹어먹고 있었습니다. －ㅠ…… 네…… 5……
5……. －0－…… (도저히 말을 못함 －＿) 흠흠－＿; 아무튼 제 몸
무게 때문에 심각한 딜레마에 빠졌기 때문입니다. －＿.

너 왜 내숭 떨고 안 먹냐? －＿－ 수우

내숭 떠는 게 아니라 원래 이렇게 먹어요~. －0－ － 소은

－＿－……. － 수우

사실은 몸매 관리 좀 하려구요……. 하하핫……. －＿－;; － 소은

그렇게 무안하게 쳐다보면 진실을 말하게 되잖냐……. －＿;

그래……. 너 그래야겠다. －＿－…… － 수우

－＿－＾ － 소은

눈물을 삼키며 －＿ 과자를 먹는데……. －＿－…… 수진눈이…… 술에
취한 척하며 서진녀석에게 기댔습니다. －＿. 서진녀석…… －＿－……
매정하게 옆자리로 쓰윽 하고 옮겨버리더군요. －＿; 수진눈의 대가
리는 땅바닥에 추락했습니다. －＿;; 돌 깨지는 소리가 나더군요…….
헛헛. －＿ㅋ;;

풋……. － 하연

－＿－＾ － 수진

78

하연냥이 그 꼴을 보고 쿡 하고 웃자…… -_-…… 수진논이 째려

봤습니다. -_-. 하연냥 깡 좋게 =_= 수진논의 입 속에 과자를 처

넣으며…….

먹어. -_- - 하연

우억!! 우억!!!!!!!!!! 〉口〈;; - 수진

저 웃음 참느라 허벅지 무척 꼬집어야 했습니다. -_-ㅋ……

유소은 -_-. 너 왜 우냐? -_-; - 서진

어? 내가 왜요? -_ㅜ…… - 소은

아악!!!!! 허벅지!!!!!!!!!!! 〉口〈;;;; (-_-;)

그렇게 과자가 먹고 싶었냐? -_- - 수우

아니라니깐요!!! -_-; - 소은

내 허벅지……. ㅠ_ㅠ…… 내 허벅지이……. ㅜO̅ㅜ…… 허벅지를

쓰윽쓰윽 문지르며 아픔을 해소하고 있을 때……. -_-…… 어느

새 제 옆에 서진녀석이 와 있더군요. -_-.

야야, 니가 좋아하는 과자도 있잖아. -_- - 서진

새…… 생각이…… 없네요……. -_-; - 소은

그럼 뭐 먹고 싶어? 사줄게. - 서진

선배 가난하잖아요……. -_-…… - 소은

니 먹여 살릴 돈은 있어. -_-^ - 서진

서진녀석은 아까부터 -_- 과자 하나만 가지고 30분을 먹고 있

는…… =_=; 저를 안타깝게 쳐다봤나 봅니다. -_-;

사…… 사실은……. =口=;; - 소은

사실은 뭐……? -_-…… - 서진

서진녀석에게 살쪘다고 말하면…… -_-…… 녀석…… 분명히 비웃겠지……? -_-……

장염이에요……. -_-……. - 소은(장염:장에 염증 생긴 것 -_-)

장염……? 그거 병원에 입원해야 되는 거 아냐? - 서진

금방 낫는대요……. 과자 같은 거 안 먹으면……. =ㅁ=;; - 소은

아아…… 미안하다……. 서진녀석……. ㅠ_ㅠ…… 저 녀석의 순진한…… -_-…… (지랄한다 -_-) 눈동자를 보니…… -_-…… 가슴이 쓰라립니다……. 으윽……. -_ㅠ……

얼마나 처먹었으면 장염이 걸리냐……. -_-=33…… - 서진

씨파……. -_-;; 녀석에게 비웃음 당하는 건 똑같네……. -_-^……

집에 도착하자…… 전 배고픔에 몸을 뒹굴었습니다……. -_-;; 녀석이 저를 집에 데려다 줄 때 -_- 떡볶이 집 앞에서 침 질질 흘리다가 녀석이 빨리 나으려면 안 된다고 해서 질질 끌려 집에 왔고……. -_-……

제길…… 괜히 장염이라고 그랬나……? -_-^…… 그때…… =_=…… 띵동~ 하는 소리가 들렸고……. -_-

민지야!!!!!!!!!!!! ㅠ0ㅠ!!!!!!!!!!!! - 소은

어어어? 얘가 왜 이래? -_-; - 민지

민지의 손엔…… -_-…… 매콤한…… 떡볶이 2인분이 걸려 있었습니다……. =_=…… 민지 말로는 우리 집에서 같이 공부하자고 그러려고 그랬는데, 갑자기 떡볶이가 먹고 싶어서 사왔다고 합니다.

너와 나의 텔레파시가 통한 게야……. -_ㅜ…… - 소은

-_-? - 민지

아무튼 미친 듯이 떡볶이를 먹고 있는데-_-. 누군가 또 띵동 하고
벨을 눌렀습니다. 입가에 묻은 떡볶이 국물 -_-; 휴지로 대충 닦
고 문을 열었는데…….

헉!!!!!!!! 서…… 선배!!!!!!!!!! =ㅁ=;; - 소은

어…… 너 장염이라며. 전복죽 사왔어. -_- - 서진

고…… 고마워요……. =ㅁ=;; - 소은

내가 해줄게. -_- - 서진

아악!!!!!!! 아니에요!!!! 선배!!! 제가 해먹을게요!! +ㅁ+;; - 소은

서진녀석……. -_-…… 잠시 절 쳐다보더니……. -_-

그래 알았어. 꼭 전자레인지에 데워서……. -서진

어머!? 서진선배~!! >ㅁ<!! 선배도 들어와서 떡볶이 좀 같이 먹을
래요!? - 민지

-_-^? - 서진

아아아……. -0-…… ……-_-……

잘못했어요. ……ㅜ_ㅜ…… - 소은

왜 구라 깠어? -_-^ - 서진

그…… 그러니까……. ㅠ_ㅠ…… - 소은

빨리 말해!!!!!!!!!!! +ㅁ+!!!!!!!!! - 서진

사, 살이……. ㅜ_ㅜ. - 소은

얼굴이 화악화악 달아오릅니다……. ㅠ_ㅠ……

살이 뭐? -_-^ - 서진

살쪄서요……. ㅠ_ㅠ…… - 소은

서진녀석…… -_-…… 어벙~ 하게 저를 쳐다보더니…… 푸하하

하!! 하고 웃어젖힙니다. -_-^……

그…… 그러니까…… 사, 살이 쪄서……. 푸풋……. - 서진

서진녀석은 뭐가 그리 웃긴지…… -_-…… 끅끅거리며 배를 움켜
잡고 정확히 3분 동안 웃더니……. -_-…… 다시 무표정으로 돌
아와……. -_-……

얼마나 쪘는데? -_-. - 서진

말 못해요……. -O-;; - 소은

내가 너 도와주려고 하는 거야……. -_-…… 같이 운동하면 좋잖
아. -_- - 서진

서진선배. -_- 교묘하게 알려고 하지 말아요. -_-. 여자는 숨기고
싶은 게 있는 거예요. =_= - 소은

흠흠. (-_-) - 서진

서진녀석은…… 큭큭거리며 저에게 잘 있으라고 말하곤…….

야, 12,000원 내일 줘라. -_- - 서진

네? -O-; - 소은

전복죽 값이야. -_- 꼭 줘. 아…… 그리고…… 세탁비도 포함해
서……. -_-…… 일주일에 300원 이자. -_- - 서진

독한 놈……. -_-;;;;;;;;;

너 생일 언제냐? -_- - 하연

왜요? -_-? - 소은

자율학습이 끝나고 동아리부에 오니 -_- 하연냥이 갑자기 하는 말입니다. =_=

내가 사랑점 전문가잖냐……. - 하연

하연냥은 씨익 웃으며 -_- 말했고, -_-. 제가 주절주절 생일과 생년월일을 말하자 -_-. 하연냥은 서진녀석의 생일을 적고 휴대폰으로 콕콕콕 뭐를 누르더니…….

흐음……. =_=…… - 하연

좋게 나왔어요? O_O. - 소은

좋게 나왔다기보단……. -_-…… 남자가 바람둥이라고 나오네. ……=_=…… - 하연

=_=;; 알아요. - 소은

하연냥은 주절주절 말하기 시작했습니다. =_=.

오늘 남자 곁에 딱 붙어 있으면 다칠 상이라……. =_=…… - 하연

미신이에요. (-_-) - 소은

이거 98%의 적중률을 가지고 있어. -_- - 하연

언니 지금 나 염장 질러요? -_-^ - 소은

염장을 지른다기보단 뭐……. 조심하라고……. -_-…… - 하연

은근히…… 속을 긁네……. -_-^……

짜증나서 청소나 하려고 문을 여는데……. 콰앙!!!!!!!!!!!!!!!!!!!!

-_-;;; - 하연

@ 0 @ ;;;; - 소은

야? 야!! 괜찮냐? 야!! =ㅁ=;; - 서진

아아…… 하늘에 별이 보이는구나……. 저 별은 내 별……. 저 별은……. 아…… 아…… 별사탕 먹고 싶다……. @ _ @…….

흠흠 -_-;; 다시 정신을 차리고…….

괘…… 괜찮아요……. -0-;; - 소은

다칠 상이라……. =_=…… - 하연

귓가에 띠잉~ 하고 -_-; 하연냥의 말이 들렸습니다. -0-; 아…… 제길……. -_-;;;; 마대걸레를 질질 끌며 걸어가고 있는데……. -_-. 문 앞에서 서진녀석이 벽에 기대 서 있는 게 보였습니다……. 햇살에 눈이 부신지 찰랑거리는 검은색 머리칼을 숙이며 서 있었는데……. 그 모습에 뿅~ (-_-;) 가서 멍하니 보다가…….

선배!!!!!!!!!!! - 소은

저 멀리서 수진눈이 서진녀석에게 달려오는 것을 보고 마구마구 뛰었습니다. -_-; 그러다가…… -_-…… 꽈당~ 하고 -_-…… 벌러덩 엎어졌습니다. =_=;;

야야야!!!!!!!!! =ㅁ=;;; - 서진

-_ㅠ……. - 소은

제길……. 아주 하연냥이 말한 대로 착착착 진행이 되는구나……. -_-^…… 절뚝절뚝 서진녀석의 부축을 받으며…… -_-…… 양호실로 가서 반창고를 붙이고 동아리에 도착하자……. -_-.

뭐야? 애 무릎 왜 그래? -_- - 민안

84

나한테 달려오다가 엎어졌어. -_-=33. - 서진

다칠 상……. =_=…… - 하연

아악!!!!!!!!!!!! 하연냥의 입에 수백 개의 테이프를 붙여버리고 싶습
니다!! +_+;

한숨을 쉬며 소파에 앉자…….

얼마나 다친 거냐? - 수우

그…… 그냥…… 간단한 타박상……. =_=…… - 소은

헉! =ㅁ=;; 왜 그렇게 걱정스런 눈으로 쳐다보는 거냐? =_=;;;;

저……. 저 무쇠라서 피가 나도 금방 굳는데요~. =_=; - 소은

어색하게 씨익 웃으며 말하자…… 제 몸이 둥~ 하고 떠올려졌습
니다. 고개를 들어 보니…… 차가운 얼굴을 하고 있는 서진녀
석……. =_=;

제 여자친구입니다. 선배가 상관할 일은 아닐 텐데요. - 서진

아아~ 따뜻하다. ……ㅡ,.ㅡ…… 녀석의 품이 이렇게 따뜻했던가.
……=_=…… (지금 상황파악 못하고 있음 -_-) 심장이 덜컹덜컹
거리며 급속도로 피를 내보내고 있는 걸로 보아…… -_-…… 나
지금 긴장하고 있구나. =_=;;

서진녀석 저를 내리고 무시무시한 얼굴로 목소리를 깔며…….

너 내 옆에 계속 있어. -_-^ - 서진

=_=;;;; - 소은

왜 갑자기 하연냥이 씨익 웃는 걸 보고…… 다칠 상이란 말이 생각
이 나는 거지……? =_=;;

서진녀석과 함께 집에 가는 길. -_-;;; 지금까진 무사히 하루를 지

냈습니다……. 아아…… 사형수의 마음이 이런 건가……. -_-;

자, 들어가서 푸욱 ~ 자라. -_- - 서진

네……. =_=;; - 소은

그때…… -_-…… 차가 와서 차악!!!!!!!!! 하고 -_-;;;; 저에게 흙탕물을 뿌리려는 순간……. -_-; 서진녀석이 제 앞에 오더니 대신 흙탕물을 뒤집어 썼습니다. =_=;;;

선배……. =_=;; 씻고 가요. - 소은

서진녀석은 인상을 잔뜩 찌푸리며 고개를 끄덕였습니다. =_=……

그런데 왜 내 눈에는 녀석이 흙탕물 뒤집어쓴 것도 반짝반짝 빛이 나 보이는 걸까……? =_=;;(미소년의 힘! -_-;)

녀석이 들어간 화장실에 제 옷 중에서 제일 큰 박스 티와 바지를 내놓았습니다. =_=. 허둥지둥 옷을 갈아입고, 과자와 사과주스를 꺼내놓고 녀석을 기다리고 있는데……. -_-.

야아…… 바지가 커……. -_-^…… - 서진

헉! =ㅁ=;;;; 녀석…… 쉒시하구나…… 헐헐헐……. *-_-*……

녀석은 바지가 크다며 골반에 걸치고 -_- 나와서 소파에 푸욱 몸을 기대더니…….

교복은 내일 줘라……. - 서진

그…… 그러지요……. =_=; - 소은

밀폐된 공간에 두 남녀라……. -_-;;; 이거 참……. -_-*';;;; 녀석과 영 가질 수 없었을 듯했던 묘~ 한 분위기가 형성이 됐고……. -_-.

너 살 뺀다면서 과자 먹냐? -_- - 서진

목이 타서 주스를 벌컥벌컥 마시는데……. -_- (무언가 상황이 바

꿨었다 -_-;)

저……. 저 주스 더 꺼내올게요!!!!!!!!! +_+;; - 소은

서진녀석 웃긴다는 듯 쿡쿡 웃으며 제 빨개진 얼굴을 보고…….

토마토주스는 없냐? 니 얼굴과 딱 어울릴 것 같은데? -_- - 서진

서진녀석의 말에 주스를 따라놓고도 제대로 거실에 못 가는 저입니다. -_-; 심호흡을 하고 소파에 가자……. =_=. 녀석…… -_-;; 책을 보고 있더군요……. 웬일이…….

아악!!!!!!!!!!! 선배 뭐 보고 있는 거예요!!!!!!!!!!!! - 소은

전 녀석이 읽고 있던 책을 휘익!!!! 집어들었습니다……. ㅠ_ㅠ……

그건…… 그건……. 저의 일기장이었습니다……. ㅠ_ㅠ…….

나랑 사귀던 날 일기에 써놨네? -_- - 서진

선배!!!!!!!!! 이건 엄연한 프…… 프……. =口=;; - 소은

프라이버시……. -_-…… - 서진

아…… 아 맞다……. 이건 분명히 -_-; 프…… 프라이버시 침해라구요!!!!!!!!!!! - 소은

뭐 어때. -_- 결혼하면 못볼 꼴 다 볼 텐데. -_- - 서진

누…… 누가 결혼을 해요? -_-^;; - 소은

일기장을 제 방에 휘익!!!! 던지고 -_-;; 녀석의 옆에서 한참 떨어진 곳에 앉으며 말했습니다. -_-.

어디까지 봤어요? -_-^ - 소은

뭐 별로……. - 서진

못 믿겠어……. -_-+…… 못 믿겠어……. +_+!!!!!!!!!!!

음……. -_-;;; 그렇게 쳐다보지 마라……. 한 장 읽었다. -_- - 서진

서진녀석은 얄밉게 웃으며 제 머리를 부비적거리면서…….

아이구~ -_-. 7살 때 어떤 남자애한테 사탕 뺏긴 게 그렇게 억울했어!? -_- 서진

이익……. -_-^. - 소은

다 읽었구나……. -_-^…… 그런데…… =_=…… 왠지 아까부터 나만 녀석 앞에서 허둥지둥대고 있는 거 같잖아. -_-.

전 사악한 미소를 씨익 짓곤……. -_-…… 잠이 든 척하고 녀석의 어깨에 기댔습니다. =_=……

야…… 자냐? - 서진

아무 말이 없자…… -_-…… 녀석이 후우~ 하고 한숨을 쉬는 게 느껴졌습니다.

나보고 어떡하라는 건지……. - 서진

제 몸이 둥실 뜨는 게 느껴졌고……, 서진녀석이 침대에 저를 옮기며…… 숨을 가쁘게 쉬는 것도 느껴졌습니다. -_-^ 울컥. -_-^ 내가 무겁다는 건가……? -_-^…… (너 무거워 -_-)

민서진…… 민서진……. 아…… 제길……. - 서진

서진녀석……. -_-…… 자신의 이름을 계속 중얼중얼거리며 바닥에 앉아 주먹을 꽉 쥐고 있었습니다. -_-…… (실눈 떠서 봤다 -_-)

녀석…… 침대로 올라오며…….

아무 짓도 안 하는 거다……. -서진

꼭 무언의 다짐을 하듯 녀석의 말소리가 귓가에 들려왔습니다……. -_-…… 녀석이 저를 안는 게 느껴졌고……. 녀석의 심장이 불규칙한 박자로 움직이는 소리가 들렸습니다……. =_=;;

이 자식 심장마비 걸려 죽는 거 아니야? -_-;

하지만 어느새 녀석의 심장소리가 균일해졌습니다……. 고개를 들어보니…… 새근새근 자고 있는 녀석……. -_-……

선배, 자요? -_-; - 소은

아무 말 없이 눈이 머리칼에 가려진 채……. ……-_-……

왜 심장이 미친 듯이 뛰는 거냐. -_-;; 하긴…… 좋아하는 사람 자는 얼굴을 보면…… 이상한 기분이 들곤 하지……. 헛헛헛. -_-*;;

전 다시 녀석의 품을 파고들며…… 눈을 감고 잤습니다……. 이 순간에 심장의 기분 좋은 고동소리가 들렸습니다…….

테디보이16

일어나요!!!!! 선배!!!!!! - 소은

어젯밤의 -_-* (뭐냐? -_-;) 흙탕물 사건 덕분에 녀석은 제 집에서 자게 되었는데……. =_= 녀석 지각할 판인데 골골골 자고 있습니다. -_-^. 몽롱~ 한 녀석을 이끌고 -_- 밖에 허둥지둥 나오는데 입에 토스트를 문 녀석이…….

야야…… 학교 왜 벌써 가는 거야……? -_-^…… - 서진

아이씨!!! 지금 8시 넘었어요!!!!! +_+; - 소은

내 시계는 분명히…… 6시 30분인데……. -_-^…… - 서진

헉!! =_=;;

녀석은 인상 쓰며…….

더 잘래……. =_=^…… - 서진

하…… 학교 동아리방 가서 자요!! 이왕 나온 거……. – 소은

그때. –_…… 앞으로 걸어가는데 누군가의 가슴에 얼굴을 쿠웅~

하고 박았습니다.

야!!!!!!!!!! 유수영!!!!!!!!!!!!! – 소민

어떻게 해!!! 오빠가 사람 쳤어!! -0-!! – 수영

이마를 문지르며 약간 눈물이 고인 채 고개를 들어보니……. 걱정

스런 눈으로 저를 보고 있는 어떤 여자와…… 무척…… 잘생겼지

만…… 인상을 쓰고 있어서 무서운 남자……. =_=;;;

괜찮니? 아우~. 미안하다고 말 안 해!? 소민오빠!!!!!!! –_+ – 수영

툴툴거리며…… 나에게 오더니…….

미안하다 아가야……. –_–^…… – 소민

네? 네네……. =_=;; – 소은

와아……. O_O…… 잘생겼구나……. 그래……. =_=……. 대학생

인가? 아니…… 교복만 입으면 완벽한 고등학생…….

미안. 아까 내가 장난쳐서……. 이마 괜찮니? – 수영

웃는 게 굉장히 이쁜 여자다…….

야. 빨리 가자. –_–^ 소아 밥 먹고 학교 가야 돼. –_–. – 소민

응? 어엉, 미안. – 수영

그 황당한 커플을 멍하니 보다가……. =_=…….

뭐냐? –_– 아는 사람이냐? –_–^ – 서진

모르는 사람이야. –_– – 소은

그런데 그 남자를 뚫어져~ 라 쳐다보냐? –_– – 서진

서진녀석이 무언가 저에게 말하려고 하는 순간……. =_=…….

어어…… 여기다가 떨어뜨렸는데……. -0-;; - 수영

그 여자가 와서 두리번거렸다……. 서진녀석…… -_- 무언가를 손에 쥐고 있었는지…….

이거 찾아요? -_- - 서진

어? 어어! 그래!!! 고…… 고맙……. ○_○…… - 수영

서진녀석이 내민 것은 작은 사진이었습니다……. =_=…… 슬쩍 사진을 보니……. 뒷장에 '내 사랑하는 친구 한지민과 함께' -_- 라고 써 있더군요. =_=?……. 레즌가……? =□=;;;;; 그런데 그 여자가 서진녀석을 뚫어져라 쳐다보더니……. -_- 뒤에서 신경질적으로 걸어오는 잘생긴 남자를 보곤…….

오빠!!!! 장난 아니다!!!! 오빠랑 눈이 완전히 똑같은데!? - 수영

서진녀석……. =_=…… 그 걸어오는 남자를 보더니……. -_-.

아…… 쓰발 뭐가 똑같다는 거야? -_-^…… - 서진

-_-;; - 소은

서진녀석은 맘에 안 드는 듯 중얼거렸지만……. -_-…… 제가 보기엔 두 사람 이미지가 언뜻 비슷합니다. =_= 성격 더러워 보이는 것까지. -_-;;;

유수영. 헛소리 집어치고 빨랑 따라와. -_-^ - 소민

생긴 건 저 고등학생이 허배 낫다. -_- - 수영

뭐야!? -_-^ - 소민

내가 보기엔 그 잘생긴 남자가 허배 나은 듯한데……. -_-……

너 지금 저기 가는 성격 개딱지인 남자가 더 잘생겼다고 생각하지? -_-^ - 서진

무…… 무스은~. 선배도 참!! 하하하! =_=;; - 소은

언제 한번 아까 만났던 유수영이란 여자 -_- 랑 같이 얘기 좀 나

누고 싶군……. 허헛. -_-ㅋ;;

선배. =_=. 아까부터 왜 그렇게 툴툴대요? - 소은

잠을 충분히 못 자면 이래. -_-^. - 서진

저도 충분히 못 잤어요, 뭐. - 소은

너 때문에 심장 뛰어서……. 헐헐헐……. *-_-*.(-_-!;;)

서진녀석은 아직도 조금 남은 토스트를 우물거리며…….

교복 어떻게 된 거냐? -_-- 서진

아…… 그거요. 제가 세탁기에 돌려서 좀 말렸다가 오늘 다림질한

거예요. -_- 드라이비 안 줘도 되죠? -_-- 소은

서진녀석 씨익 웃더니…….

너랑 정말 결혼해야겠다. - 서진

헉! +_+;; 나야 좋지. 이리 오렴~. 컴온~. ~(+_+)~

너 어디 아프냐? -_-. - 서진

가끔 이러니까 봐줘요. -_-;; - 소은

녀석은 제가 아침에 다림질한 교복이 맘에 드는 듯 -_- 민현놈이

교복을 툭 치자 죽일 듯이 쳐다보며 발로 까더군요. =_=;;

아!!!!! 젠장할!!!!!!! 너 죽을래!? 주름 생겼잖아!!!!!!!! -_-^ -서진

서진녀석은……. =_=…… 무언가 주름이 생긴다는 그 자체가 굉장

히 싫나 봅니다. =_=;;

발로 차면 어떡하자는 거야!! 아우!! 이걸 친구라고!! -_-^ -민현

시끄러 임마. -_-^ - 서진

서진녀석은 누가 툭 치면 멱살을 잡으면서 무시무시한 표정을 짓습니다. =_=;

선배, 그만해요. =_=;; - 소은

처음이란 말이야. 누가 이렇게 해준 건. -_-. 기뻐서 이러는 거니까 말리지 마라. - 서진

오렌지보이…… -_-…… 정우현이 서진녀석의 교복을 보고 감탄하며 툭툭 치면서 말했습니다.

오오오!!!! 오늘 교복발 사는……. 억!!!!!!!! +ㅁ+; - 우현

서진녀석은 말없이 우현놈의 배때기를 가방으로 후려쳤습니다.

=_=…… 왠지…… 내가 무언가 굉장히 잘못했다는 기분이 드는 건 뭐지? -_-;;

교실에 도착하자…… -_-…… 민지가 멍한 눈으로…….

포기했어. - 민지

누굴? -_-. - 소은

정우현……. 포기할 거야……. - 민지

잘 생각했어. -_-. - 소은

민지는 갑자기 우현놈을 포기한다고 하며 멍하니 칠판만 바라보더군요. =_=……

왜 저래? -_-;; 이런 적 없던 아인데……. =_=……

근데 왜 갑자기 포기하려는 거야? =_=. - 소은

하연선배랑…… 사귀는 사이래……. -_-…… - 민지

민지는 또다시 아악!!!!!!!!!!!! -_-;; 하고 발광을 하곤 책상에 털퍼덕 엎드렸습니다……. =_=;;

아아…… 제길……. 이번엔 굉장히 쪽시럽군. -_-;

민지가 아프다고 제가 공갈 까고 양호실에 둘이 같이 갔습니다. -_-.

양호실 문을 열자 -_- 양호선생님은 안 계시고 민현놈이 떠억~ 하니…….

뭐냐? -_- - 민현

-_-;;; - 소은

민현놈에게 민지가 쇼크를 받아서 이런다고 말하곤……. -_-.

무슨 충격인데? -_- - 민현

으음…… 그러니까……. 사랑하는 사람을 포기했어. -_-; - 소은

사랑하는 사람……? - 민현

응……. -_-…… - 소은

혹시…… 나? ○_○…… - 민현

착각은 자유니까. (-_-) - 소은

민현놈은 피식 웃더니…….

사춘기군……. -_-…… - 민현

민현놈……. 그러고 보니…… 검은색이던 머리가…… 블루블랙으로 바뀌어 있었습니다……. -_-……

그래……. 너 블루보이란 거 확실하게 증명하는구나. -_-.

머리카락 왜 바꿨냐?? -_- - 소은

좋아하는 사람이…… 파란색을 좋아해……. - 민현

그러니까 좋아하는 사람이 누군데……? -_-…… - 소은

그런데…… 나……. 빨간색이 좋아지려고 해……. - 민현

어? -_-; - 소은

94

좋아하는 사람이 빨간색을 좋아하거든……. ^-^…… - 민현

아이씨!!!! 그러니까 좋아하는 사람이 누군데!! -_-; - 소은

민현놈은 피식 웃더니…… 깊게 잠이 든 듯한 민지의 얼굴을 들어 올리며…….

이 여자……. - 민현

ㅇ_ㅇ?! - 소은

너도 좋아해……. ^-^…… - 민현

민지의 말대로 저 녀석은 정말 미스터리한 놈입니다……. =_=……
정확히 아까 전만 해도 건방졌다가……. 지금은…… 부드럽게 살 짝 웃는 걸 보아……. =_=;;

전 할말을 잃고 가만히 있다가…… 입을 뗐습니다…….

나…… 난…… 테디베어가 더 좋아……. - 소은

순간적으로 서진녀석의 얼굴이 떠올랐다가 -_-…… 저도 모르게 나온 말입니다. -_-;;

서진녀석이 아주 전염을 시키는구만. -_-ㅋ; - 민현

다시 건방진 녀석으로 돌아왔구나. =_=;;

그런데…… 정말 민지 좋아해? -_- - 소은

너도 좋아한다니깐! -_-. - 민현

좀 진지해봐!! 좀!!! ㅠㅇㅠ!!! - 소은

울지 마. -_-;;; - 민현

민현놈은 흠흠거리며……. -_-.

넌 몰라……. 알지……? 우리 학교에서…… 5사람…… 5대 보이라 고 하는 사람들……. - 민현

너도 끼어 있잖아. -_-. - 소은

그래……. 서진이도 끼어 있고…… 나……, 우현이……. 진우……, 민안싸가지……. -_-^……. - 민현

민현녀석……. -_-;; 민안놈에게 무슨 한이 있나 봅니다…….

민현녀석은 씨익 웃으며…….

우리 4명이…… 무척 사랑했던 여자가 있어……. - 민현

민현녀석은 잠시 살짝 미소를 지으며…….

그 여자는…… 곰인형을 무척 좋아했고…… 오렌지 과일을 꾱장히 좋아했어……. 파란색을 좋아했고…… 토끼를 좋아했지……. - 민현

전 민현녀석의 말을 계속해서 들었습니다…….

그리고…… 그 여자는…… 가버렸어……. - 민현

어디로……? - 소은

몰라…… 어딘지……. 난…… 지금 그 여자를 기다리고 있는 중이야……. 무척…… 사랑했거든……. - 민현

그…… 여자 이름이 뭐야……? - 소은

말해 줄 수 없어……. 우리 4명 다 말하지 않기로 했거든……. 그래…… 서진이는…… 너에게로 마음을 돌린 듯해……. 원래부터 서진인 그 여자를 그렇게 좋아하진 않았거든……. 그 여잔 서진일 좋아했지만……. - 민현

민현녀석의 눈빛이 쓸쓸해졌습니다……. 녀석이…… 이런 표정도 지을 줄 알았던가……? 민현녀석……, 이 녀석은 수없이 많은 비밀에 싸여 있는 듯합니다…….

개……, 민안…… 이라는 놈…… -_-^…… 잘 감시해라. ……무서
운 놈이니까……. - 민현

도대체 알 수 없는 무언가가 머리 속을 훑고 지나간 듯합니다…….

자율학습이 끝나고…… 동아리부 문을 열자…….

여어……. -_-…… - 하연

하연냥이 웃으며 저에게 초코우유를 건네더군요.

근심 가득한 얼굴인데? - 하연

언니…… 있잖아요……. 그…… 우리 학교 5대 보이라고 하는 남
자들이…… 사랑했던 여자가 있어요……? - 소은

하연냥은 당황하지 않고 저를 보더니…….

응……. 굉장히…… 착하고…… 순수하고……. 천사다. 그래……
갠 천사였어. -_-. - 하연

이름이 뭔데요……? - 소은

서진녀석이 신경 쓰여서 이러는 거라면…… 그만해라. - 하연

뜨끔!! -_-;;

그…… 그냥 궁금해서 그래요~. -0-!! - 소은

그래…… 뭐……. -_-…… 이름이 뭐라더라……? 으음…… 한비
은……. 그래…… 한비은이다……. -하연

한비은……. 왠지 따뜻해 보이는 이름입니다…….

지금이야 5대 보이지……. 옛날엔 그냥 잘생긴 1학년 4명이 들어
왔다고 다들 기뻐했지……. =_=…… 나야 물론……. -_-…… 그
런데 그 4명이 애지중지 아끼는 여자애가 한 명 있었는데……. 그
여자애가…… 그 4명을 놔두고 어디론가 갔다고 하더라……. 지금

우리 학교에서도 한비은이란 여자아이가 도대체 어디로 갔는지 의문이라고들 해……. −_−…… 선생님들도 모르고……. − 하연

그럼…… 그 한비은이란 여자가 오면 어떻게 될까요……? − 소은

하연냥은 제 어깨를 툭툭 치며…….

걱정 마라. −_−. 민서진 그 자식은…… 한비은을 이성으로 생각한 적이 한 번도 없을 거다……. 나머지 3명은 모르겠지만……. 난…… 다른 아이들보다 특히 민현이가 걱정이야……. 제일 둘이 친했으니까……. − 하연

오늘따라……. 이민현…… 그자식이 떠오르는 날입니다…….

테디보이17

새를 사랑한다는 말은
새장을 마련해
그 새를 붙들어 놓겠다는 뜻이 아니다.
하늘 높이 훨훨 날려 보내겠다는 뜻이다 …….
−이정하의 〈누군가를 사랑한다는 것은〉−

선배!!!!!!! 왜 자꾸 내 거 뺏어 먹어요!!!!!! −_−+ − 소은

여자가 쫀쫀하게……. −_−^…… − 서진

서진녀석과 벌써 한 달째 사귀고 있는 중입니다. ^−^…… 나른하고 기분 좋은 하루가 한 달째……. 이런 행복이 계속해서 이어지고 있습니다……. 전 녀석을 쳐다보고…… 녀석도 저를 쳐다보며…… 서로를 조금씩 알아갔습니다……. ^−^…… 물론……. =_=…….

98

선배……. 누가 그러는데 -_-+ 여자 거 뺏어 먹으면 1년이 재수
없대요. -_-+ - 소은

니가 여자였냐? -_-. - 서진

+口+!!!!!!!!!!!!!! - 소은

서진녀석은 제가 뭐라고 말하려는 순간 -_- 제 손에 있던 과자를
뺏으며 저 멀리 가버리고……. -_-^ 짜증나서 막 쫓아가려는 순
간. -_-……

너……. 나 좀 보자. -_-^ - 수진

볼일 없는데요. -_- - 소은

아이씨. -_-^. 너 출연 없는 걸로 알고 있는데. -_-. (-_-;)
난 볼일 있으니까, 와라. -_-+ - 수진

수진눈의 쫘악~ 찢어지는 눈을 보고 =_=; 쫄아서 수진눈의 뒤를 쫄
쫄쫄 따라갔습니다. -_- 옥상으로 올라가자…… 수진눈과 저의 사
이에 차가운 바람이 휘잉~ -_- 하고 불었습니다……. 어엇. -_-
이 장면은 영화에서 많이 보던 장면인 거 같은데. -_-.

유소은. -_- - 수진

-_-? - 소은

수진눈이 숙이고 있던 고개를 들며…….

정식으로 도전한다. -_-^ - 수진

뭘요. =_=; - 소은

니네 아직 뽀뽀도 못해 봤다며? -_- - 수진

언니는 그런 거나 알아보고 다니나 보네요. -_-^ - 소은

수진눈은 살짝 인상을 구기더니……. -_-……

민서진 입술 먼저 **뺏**는 사람이…… 민서진 여자친구가 되는 거다. - _ - ^ - 수진

순간…… 황당함과 약간의 쫄음으로……. = _ =;;;;;

누…… 누구 맘대로요? - _ - ^ - 소은

싫음 말고. - _ - 사귀기 싫다고 해도 내가 먼저 민서진 첫키스 상대가 되는 거 아냐? - _ - - 수진

이거 살살…… 긁네……. - _ - ^ ……

좋아요!!!!!!!! 누가 뭐래요!? +ㅁ+!!!!!!!!!! - 소은

좋아……. - 수진

수진논이 살짝 레몬빛 머리칼을 흔들며 비웃음 비슷한 웃음을 짓자……. - _ -…… 제 치마 주머니에 있던 커터 칼을…… - _ - (그런 거 왜 가지고 다니냐? - _ -;) 던지고 싶은 욕망이 치올랐습니다……. - _ - ^ ……

지금부터 시작이야……. 잘해보자구 유소은……. ^ - ^ - 수진

전 수진논을 살며시 째려본 다음 - _ -. 쿵쾅쿵쾅거리는 발걸음으로 계단을 내려갔습니다……. - _ - ^ ……

아주…… 아주우~ 재수 없는 게 걸렸어……. - _ - ^ …….

야, 땅이 울린다. - _ -. 뭐 화난 일 있었냐? - 서진

- _ - ^ …… + _ +!!!!!!!!!! - 소은

앗싸~ 서진녀석!!!!!!! +ㅁ+!!!(먹잇감 포착! - _ -;) 헛. - _ -; 근데 왜 녀석의 입술만 뚫어져라 보이는 거지……? = _ =;; 전 TV에서 봤던 대로…… - _ -…… 녀석을 벽으로 밀어붙였습니다……. = _ =…… 녀석……. 잠시 눈을 크게 떴습니다……. 심장이 덜컹덜

컹거리며 뛰었고……. 계단에서 저와 서진녀석을 보는 수진논이
보였습니다……. +_+!!

잘 봐라……. +ㅁ+!!!!!!!!!!!!!

제가 까치발을 하며 서진녀석의 얼굴에 제 얼굴을 갖다 대려는 순
간……. =_=……

ㅌㅓ엉 !!!!!!!!!!!!!!!!!

장난 그만 쳐라. 어? -_-. - 서진

아야아야……. -_ㅠ…… - 소은

서진녀석이 제 이마를 터엉~ 하고 때렸습니다……. ㅠ_ㅠ…… 수
진논 피식 웃더니 유유히 거만하게 걸어가더군요. -_-^……

이게 정말 까불고 있어. -_- 어디서 쏠리게 얼굴을 들이밀고 지랄
이야 지랄이. -_-. - 서진

-_ㅠ…… - 소은

이럴 땐 녀석의 병적인 둔함이 괴롭습니다……. ㅠ_ㅠ……

미쳤어 유소은. -_-^ - 민지

왜? -_-. - 소은

수진논과 내기를 했다는 것을 민지에게 말하자……. =_=

그 선배 남자 후리기로 유명하잖아. -_-^ 너 그 사실이나 알고 내
기한…… 거냐…… 유소은? 야!!! - 민지

뭐…… 뭘 후려? -_-^ - 소은

-_-……

잘해봐 이 녀석아. =_=…… - 민지

이래저래 힘듭니다. -_-^…… 여자친군 난데 왜…… 내가 쏠리는

듯한 느낌이 팍팍 드는 거지……? −_−^……

서진아!! 이거 먹을래!? 〉_〈! − 수진

동아리부에서…… =_=…… 수진놈이 서진녀석에게 음료수를 건네
며 살짝 웃고 있습니다……. −_−……

서진녀석…… 수진놈을 빤~ 히 쳐다보더니…….

여기에 뭐 탔냐? −_−…… 방부제라도……. − 서진

−_−^…… 그…… 그런 거 아니니까 먹어……. − 수진

수진놈……. 서진녀석이 떨떠름한 표정으로 음료수를 받는 걸 오
묘한 표정으로 보고 있습니다…….

헛…… 설마……. 저거 미리 먹고…… 주는 거……. 가…… 간접키
스!? +ㅁ+;;

선배!!!!!!!!!!!!!!!! − 소은

쿨럭~. 왜? −0−;; − 서진

서진녀석 막 입을 대려는 순간 제가 버럭 소리치자 놀랐는지 음료
수를 떨어뜨리더군요. =_=……

아…… 아니에요……. −0−…… 그런데 어쩌나~. 음료수가 바닥
으로 떨.어.졌.네. − 소은

그러게……. −_−…… − 서진

정말 떨.어.졌.네? −_−^ − 수진

수진놈이 가자미눈처럼 째려보았습니다. −_−.

하나도 안 무섭다 뭐. −_−ㄴ

내…… 내가 음료수 다시 사올게요 선배!! − 소은

뭐…… 필요없……. − 서진

갔다 올게요!!!!!!!!!! - 소은

서진녀석의 말이 끝나기 전에 문을 콰앙~ 닫고 나왔습니다. =_=.

하연냥과 민안녀석이 같이 안에 있는데 덮치겠어? -_-. 룰루~ 거

리며 6개의 음료수를 사들고 걸어오는데 수우녀석의 모습이 보였

습니다. -_-.

수우오빠 것도 샀는데 하나 드실래요? - 소은

제가 씨익 웃으며 캔을 내밀자 수우놈…… =_=…… 가만히 받아들

며…….

이상한 내기했다면서? - 수우

아~ 수진뇨…… 아니 -_-;; 수진언니가 말했나 보네요? -_-^ -소은

수우놈 피식 웃으며 고개를 끄덕끄덕거리는데……. 녀석의 부드러

운 담갈색 머리칼이 눈앞을 가리더니……. 제 손을 잡곤 자신 쪽으

로 끌었습니다……. 얼굴과 얼굴 사이가 급속도로 가까울 때…….

수우놈이 나긋이 말했습니다…….

나도…… 니네랑 똑같은 내기를 했거든……. - 수우

사고 정지……. 수우놈의 차가운 눈이 저의 눈과 딱 마주쳤습니

다…….

나도……. 민서진이랑 내기했거든……. 너희들과 …… 똑같은 내

기……. - 수우

냐요……. - 소은

도와준다고 할 때부터 알아봤다……. 이 싹수라곤 개뿔딱지도 없

는 놈……. -_-^…….

당신 같은 사람 믿은 내가 정말 바보였어……. -_-^…… - 소은

그래……. 나도…… 너 같은 애…… 한테…… 이상하게 끌리는 거……. 바보 같아……. - 수우

놔!!!!! 절대 싫어!!!!!!!!!!!! - 소은

손목을 비틀며 빼려고 했지만……. 이렇게……남자 힘이 셌었나……? 내가 언제나 남자를 패고 다녀서…… (-_-;) 이렇게 셀 줄은 몰랐…….

싫어!!!!!!!! 싫단 말야!!!! 이 자식아!!! 우어어엉!! ㅠ0ㅠ!!! 서진선배!!!!!!!!!!!! 서진오빠야!!!!!!!!!!! ㅠ0ㅠ!!!!!!! - 소은

안 온다니깐……. -_-^…… - 수우

야 !!!!!!!!!!! 민서진!!!!!!!!!!!!!!!!!!! - 소은

마구마구 손을 흔드니……. 어쩌다…… =_=;; 정말 어쩌다 보니…… =_=;;;; 수우놈에게 어퍼컷을 날렸습니다……. -_-;;; 털썩하고 쓰러진 수우놈을 멍하니 바라보다가 에라이 모르겠다 하고 동아리부 문을 열자……. 하연냥과 민안놈은 어디 갔는지 안 보이고…… 소파에 잠들어 있는 서진녀석……. 그리고 서진녀석에게 얼굴을 들이밀려고 하는 수진논…….

안돼!!!!!!!!!!!!!!! 너 저리 가!!!!!!!!!!! - 소은

수진논을 파악!! 밀쳐내고……. =_=…… 전 서진녀석의 얼굴을 잡고는…….

잘 봐!!!!!! 너 잘 보라고!!!!!!! - 소은

붉은 서진녀석 입술에 제 입술을 콰앙~ 하고 도장 찍었습니다. =_=…… 한 15초간 그렇게 있다가…… 입을 떼며…….

봤지!!! 너 봤……. ㅇㅁㅇ;;;;; - 소은

텅!!!!!! 터터터텅!!!!!!!!!!!!!!!!1

O_O;;; - 민안

큭큭……. - 하연

맥주캔들을 (-_-;) 떨어뜨려버리는 민안놈과…… =_=…… 미친 듯이 배를 부여잡고 웃고 있는 하연냥……. -_-…… 그리고 짜증 난다는 듯 저를 째려보고 있는 수진눈이 보였습니다. -_-.

흐음……. -_-…… - 하연

야!!! 술 먹이지 마!!! -_-^!! - 민안

쓰파……. ㅠ_ㅠ……

저 눈이 나한테 뭐라 그랬는지 알아요? - 소은

저 눈……? -_-^ - 수진

쓰읍!! 너 저리 처박혀 있어!!!!!! -_-+ - 소은

뭐야……? 누가 얘 술 먹였어? =_= - 서진

너 때문에 먹은 거야……. 잘 간수해라……. 큭큭……. - 하연

-_-……?

그건 그렇고……. 수우 형은 어디 갔어……? -_-…… - 서진

자자~ 마셔~. @0@!!! - 소은

수우놈은 저희들의 기억 속에서 사라져 갔습니다. =_=;;

선배. -_-. 수우선배랑 무슨 내기했어요? - 소은

어? -_-; - 서진

무슨 내기했어요!!!!! -_-+ - 소은

됐어. -_- 내가 어제 취소했어. - 서진

아침에 녀석에게 수우놈과 무슨 내기를 했냐고 달달 볶으며 학교로 출발했습니다. =_=…… 녀석의 얼굴이 빨개지는 걸 보면서 씨익 웃으며 녀석과 함께 버스에 올라탔습니다…….

선배. =_=. 더워요? - 소은

뭘? -_-^ - 서진

헉! =_=; 삐졌나……? ㅡ,.ㅡ…….

선배. 첫키스 언제 했어요? -_- - 소은

글쎄……. 뽀뽀가 아니라 키스……? -_-. - 서진

무언가 굉장히 더럽고 찝찝한 기분이 드는데……. -_-^…….

키스라면……. -_-…… 한 초등학교 5……. =_=……. - 서진

하……. -_-^…… - 소은

잘하면 내가 100번째가 넘었을 수도 있겠네……. -_-^……

넌? -_- - 서진

어제 했어요. - 소은

뭐!? - 서진

어~ 제 했어요~. 어~ 제!!! -_- - 소은

서진녀석 갑자기 버스 손잡이를 잡고 있던 제 손을 부숴버리듯 꽈악 잡으며…….

누구랑……. - 서진

누구랑 하긴 누구랑 해요? 남자랑 하지……. 아야…… 아파요! 놔요!! -_-+ -소은

그러니까 누구냐고!!!!!!!!!!!!!!!! - 서진

서진녀석 버럭 소릴 지르며 마구마구 소리치는데……. 버스 안에 있는 온 학생들이 씩씩거리며 잔뜩 열내고 있는 서진녀석과 저를 바라보고 있습니다. =_=; 서진녀석 갑자기 벨을 누르더니 버스 문이 열리자 저를 끌고 내려…….

선배!! 여기 학교 아니에요!!! - 소은

시끄러!!!!!!! 누구야!!!!!!!!!! - 서진

이렇게 화를 내니 말할 수도 없고……. =_=;;;

서진녀석 제가 아무 말도 안 하고 있자 입에서 불이 나올 것같이 입을 꾸욱 다물더니……. -_-……

따라와. - 서진

녀석의 이런 반응이 재미있어서 제가 말 안 하고 있는 건 아닙니다. =_=;; 절대……. -_-;;;;;;;

녀석……. 어느 으슥한 건물 구석으로 저를 데리고 가더니…….

나……. 이런 데서 안 하려고 했는데……. - 서진

서진선배……. =_=;; 노…… 농담이었어요……. 농……. - 소은

서진녀석 제 말은 듣기도 귀찮은 듯 어느새 제 손을 휘어잡곤 미친 듯이 하더군요……. 네……. =_=;;;; 말하기 무안합니다. -_-;;;; 개자식……. -_-;;

내가 어제 한 거 100번째 넘은 거 맞구나……. -_-;; 이렇게 숙달되고 잘 하는 걸로 보아……. -_-^;;

선배!!!!!!!! 자…… 잠깐만요!!!! 아이씨!!!!!!!!! 〉ㅁ〈;; – 소은
서진녀석 저를 빤히 쳐다보았습니다……. 녀석의 은은한 비누향이
제 머리 속을 혼란스럽게 했지만……. =_=;
어…… 어제 한 거 첫키스 맞긴 맞는데요……. –_–;; – 소은
그 새끼 이름 말해……. 족쳐버릴 테니까……. – 서진
서진녀석이 차가운 눈을 보이며 무섭게 말했습니다. –_–;
그 새끼가 너한테 했냐? – 서진
제가 했는디요? =_=…… – 소은
야!!!!!!!!!!!!!!!!!! –_–^ – 서진
서진녀석 짜증난다는 듯 벽에 붙였던 손을 떼며 저에게 소리쳤습
니다. =_=.
왜요? –_– 초등학교 5학년 때보단 낫네요. –_–^ – 소은
너 조용히 안 해? –_– – 서진
꼭 할말 없으면 조용히 하래. –_–^……
서진녀석은 심각한 표정을 지으며…….
내가 아는 녀석이냐? – 서진
그럼요~. 선배가 정말 잘 아는 사람이지요……. =_=…… – 소은
서진녀석의 일그러지는 얼굴을 보며 풋 하고 저도 모르게 웃음이
나오더군요.
나 지금 굉장히 심각해. –_–^ – 서진
서진녀석 짜증난다는 듯 머리카락을 쓸어 올리며…….
누구야……. 도대체……. – 서진
서진녀석 인상을 파악 쓰는 걸로 보아 정말로 화가 났나 봅니다.

= _=…… 왠지 이쯤에서 풀어야겠다는 생각이 물씬물씬 들어
서……. - _-.

선배 이리 와봐요. - 소은

서진녀석 저를 보더니 아무 말도 안 하고 한숨만 푹~ 푹~ 쉽니다.

= _=;; 전 서진녀석에게 가서……. 까치발을 하고 녀석 얼굴을 제
어깨에 묻게 하곤…… 등을 토닥토닥 치며……. = _=

선배……. - 소은

왜. - 서진

선배, 여자한테 속아본 적 있어요? - 소은

야……. - _-^…… - 서진

어제 선배 잘 때 내가 선배한테 해버렸는데……. - 소은

서진녀석 갑자기 고개를 들며…….

뭐? - _-^ - 서진

서진녀석 믿지 못하겠다는 듯 살짝 눈썹을 꿈틀거리며…….
= _=…… 그리고 입가에 살짝 미소를 띠며……. - _-……(이때 가
증스러워 보였다 - _-)

진짜…… 야? - 서진

네에~. = _=. - 소은

서진녀석……. = _=…… 갑자기 싱글벙글 웃더니 버스정류장으로
가서 버스 타고, 학교에 도착하고, 동아리부에서도……. = _=……

야, 유소은. 얘 왜 이래? - _-;; - 하연

하하하…… 글쎄요. = _=;; - 소은

하연냥은 서진녀석이 웃는 게 면역이 안 된다는 듯 저 멀리 피했

고……. =_=;; 민안녀석도 서진녀석에게 감기약을 쥐어주며 '이거 먹고 나으라'고 했다가 서진녀석에게 스틱으로 두드려 맞았습니다. -_-;

나…… 난……. ㅠ_ㅠ…… - 민안

그래그래……. -_-;; - 소은

민안녀석이 불쌍합니다. =_=;;

테디보이19

뭐라고? -_-; - 소은

안 돼……? -_ㅠ…… - 진우

아…… 아니 그건 아니고……. =ㅁ=;; - 소은

눈물을 글썽글썽이며 저를 쳐다보는 토끼보이 운진우놈……. =_=;; 다짜고짜 저에게 오더니 -_-. 토끼를 하루 동안만 맡긴다고 합니다. -_-;

정말…… 안 돼……? - 진우

아악!!!!!!!! 〉ㅁ〈;;; 그렇게 귀엽게 쳐다보지 말란 말이야!!!!! ㅠ0ㅠ!!!!!!

시…… 싫다기보단……. 토끼…… 무서워……. =_=;; - 소은

왜? O_O - 진우

빨간 눈…… 정말 싫어. =_=;; - 소은

부탁할게…… 응? - 진우

그…… 그래……. =_=;; 이렇게 마음이 약한 아이에게 상처를 입힐 순 없어. -_-!

그래…… 하……하루만이다……. 하루우~. =_=;; - 소은

고마워!!!!!!!! 〉_〈!! 이제부턴 내가 너 서진이 여자친구라고 인정해
줄게!!! - 진우

고…… 고맙다……. =_=; - 소은

분명 진우놈은 저보다 나이가 많지만 -_-. 생긴 건 저보다 어려서
반말 찍찍 씁니다. =_= 진우녀석도 뭐 별로 개의치 않는 거 같
고……. -_-…… 아무튼…… 연한 갈색과 흰색 털이 섞인 토끼를
들곤…… 한숨을 쉬며 책상에 앉았습니다. -_-

뭐야. 웬 토깽이야? =_=…… - 민지

응……. -_-…… 어쩌다 보니……. - 소은

토끼고기 맛있더라. =_=…… - 민지

저리 가!! -_-; - 소은

농담이야. (-_-) - 민지

왜 저에겐 민지의 농담이 진실로 느껴지는 걸까요. =_=;; 아무튼
자율학습이 끝나고 동아리부에 토끼를 들고 갔습니다. -_-

토끼? 와아…… 귀엽다……. - 하연

하연냥이 피아노를 치다 말고 후닥닥 오더니 해맑게 웃으며 말했
습니다…. …=_=…… 말로는 해맑게지만…… 졸라 바보같이 웃었
습니다. =_=;;

으음…… 아무리 봐도 진우 거 같은데……? - 하연

맞아요. -_-=33…… 저에게 맡겼어요. - 소은

뭐? -_-^ - 서진

서진녀석 소파에 푸욱 몸을 기대고 있다가 저에게 오며…….

111

진우가 너한테 맡겼다고? - _ -^ - 서진

네. = _ =. - 소은

서진녀석 갑자기 토끼를 잡더니 쿵쾅쿵쾅 나갔습니다. = _ =; 전 놀라서 녀석을 따라나가며…….

왜 그래요 선배!!!!!!!! - 소은

야야!! 운진우!! 나와!!!!!!! 너 혼날래 지금 나올래!!!!!!!!!! - 서진

서진녀석은 복도에서 쩌렁쩌렁 소리쳤습니다. = _ =;; 그런데 신기하게도…… 저쪽 구석에서 입을 대발소발 내밀고 = _ = 나오는 진우놈이 보였습니다.

너 누가 이런 짓 하래! 어!? - _ -^ - 서진

선배. - _ -; 그냥 토끼 맡긴 거 가지고……. - 소은

서진녀석 살벌한 눈을 짓더니……. = _ =.

저 녀석이 너에게 이런 잡식성 토끼를 줬다는 그 자체가 난 이해가 안 돼. - _ -^ 너…… 손 뜯기고 싶었냐? - 서진

ㅇㅁㅇ;;;; - 소은

자…… 잡식성……? = ㅁ =;;;; 하마터면 내 손을 저 토깽이가 먹었을……. 아아…… 생각만 해도 열 받친다. - _ -^

그거 잡식성 아냐. - 진우

그럼 뭐야? - _ -^ 너 비은이한테도 그러더니……. - 서진

서진녀석 갑자기 아무런 말이 없다가…….

빨랑 가지고 가!!!!!! - _ -+ - 서진

쳇. 신경질만 부려. - _ -^ - 진우

진우놈은 토끼를 어깨에 올려놓고 휘익 가버렸습니다…….

=_=…… 서진녀석……. 제가 비은이란 이름을 들었나 하고 생각하
나 봅니다…….

선배. 저 한비은이란 여자 알아요. =_=…… - 소은

어? - 서진

그 여자애가 곰인형 좋아해서 선배가 테디베어 언제나 가지고 다
닌 거였죠……? - 소은

서진녀석 아무런 말도 없이 저를 쳐다보더군요…….

괜찮아요……. 과거인데 뭐……. -_-…… - 소은

서진녀석 피식 웃더니 제 머리를 살짝 툭툭 치며…….

난 니 과거사 다 알어. - 서진

-_-;;; - 소은

남자관계 굉장히 복잡하던데? 은근히……. -_-…… - 서진

뒷조사했니? -_-;;;;

제가 당황하고 있자 서진녀석 약간 쓸쓸한 얼굴로…….

한비은이란 여자애……. 그냥 잊어버려라……. - 서진

서진녀석의 저런 얼굴 때문에 더욱더…… 그 여자의 이름이 새겨
질 것 같습니다……. 어떤 여자이길래…… 이렇게 다들 못 잊
고…… 그리워하는 걸까……?

동아리 방에 안 들어가고 복도를 그냥 걸어다니고 있는데…….

여어…… 오랜만이네……. - 우현

정우현이었습니다……. =_=……

하연이는 동아리 방에 있지? -_- 너 혹시 왕따냐? 왜 혼자 돌아다
녀? - 우현

하나하나 물어봐요. =_=; 하연언니는 동아리 방에 있구요. 저는
좀…… 머리가 혼잡해서 싸돌아다니고 있어요. =_=…… – 소은
흐음……. –_–……. – 우현
우현녀석은 씨익 웃더니…….
이래봬도 알아주는 심리학 박사니까 다 털어놔 봐라. –_–. – 우현
왠지 모르게 이상하게도 믿음이 가는 녀석입니다……. –_–……
녀석에게 좔좔좔 –_– 다 털어놓자…….
그러니까 한비은이란 여자가 무척 궁금하단 거네? –_– – 우현
네. –_–…… – 소은
존댓말 하지 마……. 어색해……. –_–. – 우현
그래. =_=…… – 소은
이 빠른 적응력. –_–v (–_–;)
그래……. 보고 싶다……? 보여주지……. – 우현
우현녀석은 주머니를 뒤적거리더니…… 사진을 꺼내며…….
봐…… 이게 정확히 2년 전에 다 같이 찍었던 사진이야. – 우현
사진 속에는…… 어깨를 살짝 넘는 부드러운 웨이브 머리카락을
하고…… 큰 눈망울에…… 환하게 웃으며……. 서진녀석……, 우
현놈……, 민현이……, 진우놈……. 특히 서진녀석과…… 팔짱을
–_–^ (여기서 열받음–_–) 끼고 웃고 있는데……. 굉장히……. 무
언가 사진 속에 있는 이 다섯 사람을 건들면 안 되겠다는……. 꼭
제가 아는 4명의 남자가 이 여자를 지켜주고 있다는 그런 생각
이…… 자꾸만 들었습니다…….
비은이가 서진이 좋아했지. –_–. – 우현

+_+^;;;- 소은

서진인 아니었지만. -_-. - 우현

-_-…… (안도 -_-;) - 소은

하지만……. 알게 모르게…… 우리 4사람…… 이 여자 기다리고 있는 거…… 같아……. 한비은이란 이 여자를……. 몰라…… 나도 왜 그런지는……. - 우현

제가 아무 말도 안 하고 있자…….

그냥…… 무조건 지켜주고 싶은 여자야……. 나 말고도 다 그럴 걸……. -우현

다들…… 보고 싶나 보네요……. - 소은

우현놈은 살짝 웃으며…….

우리 4사람……한비은한테 중독되어 버렸으니까……. - 우현

하연언니랑…… 사귄다면서요……? - 소은

그래……. 나 하연이 정말 좋아하고…… 사랑하는데……. 그냥…… 지켜주고 싶어…… 비은이는……. - 우현

한비은이란 언니는…… 어디 갔어요……? - 소은

몰라……. ……그만하자……. - 우현

우현놈은 제 어깨를 툭툭 치더니…….

하지만……. 난 서진이가 그렇게 밝게 웃는 거 처음 봤다……. 너 만나고 나서……. 너희들은…… 운명이야…… 운명……. 만나야 하는 운명……. - 우현

우현놈은 제 손을 잡더니…….

데려다 줄게……. - 우현

우현놈의 손은…… 아빠 손처럼…… 따뜻하고 부드러웠습니다……. 그리고…… 굉장히 포근하고 편했습니다……. 하지만 전 우현놈의 손을 놓았습니다……. 서진녀석이 보면 후환이 두렵습니다. =_=;;;

뭐야. 둘이 어디 갔다 온 거야? -_-^ - 서진

내가 덮치기라도 할까 봐? 됐다! -_-. - 우현

우현놈은 제 어깨를 툭툭 치며…….

너희 둘은 만나야 하는 운명이야……. 유소은……. - 우현

우현놈의 그 말을 듣자 괜시리 웃음이 나옵니다……. ^-^

테디보이20

나는 이제
한쪽 눈만 뜨고
한쪽 귀만 열고
한쪽 심장으로만
숨쉴 것이다.
내 안에 있는
당신을 위해……
사랑하는 사람아……
다른 한쪽은 모두
당신 것이다……
-이정하의 〈다짐〉-

한비은……? 아!!! 그 전설적인 우리 학교 미소녀!!! +_+; - 민지

-_-; - 소은

장난 아니었지~. 그 언니 차지하려고 온갖 다른 학교 남자애들 꽃
바치고 선물 던지고……. =_=…… 그런데…… 갑자기 사라졌
지……. =_=…… - 민지

어디로……? - 소은

몰라……. 아무튼…… 내가 아는 바론…… 여기와 별로 안 떨어진
곳 같아……. 서울에 있는 내 친구한테 전화가 왔는데 한비은이란
애가 전학을 왔다네? -_- 거기 여고인데……. =_=. - 민지

너…… 거기 학교 어딘지 알아? +_+! - 소은

당연히 알……. 너……. =_=;; - 민지

꼭 이래야 하냐? -_-; 학교까지 땡땡이 까고……. - 민지

어쩔 수 없어. -_-;; - 소은

확실한 것도 아닌데……. - 민지

아씨~ 그냥 가!! -_-+ - 소은

나중에 한턱 쏴라. -_-. - 민지

민지는 한 1시간 정도 버스를 타고 가다가 저를 데리고 내리더
니……. 어느 여자고등학교 앞에 멈췄습니다.

여기야. =_=…… - 민지

하교시간이 되었는지…… =_=…… 다들 우르르 나오더군요…….

아우씨……. 이래서야 찾을 수 있나……. -_-;;

야야, 못 찾는다니깐. -_-;; 그리고 지금 우리 사복 아니라 교복이
잖아……. =_=. - 민지

민지가 그 말을 마치는 순간……. 저희 앞에 어떤 여자가 따악 서

더군요. =_=……

엇. =_=;; 사진에서 봤던 여자와 엇비슷하다…….

혹시…… 한비은……. - 소은

아…… 맞아……. 내가 한비은이긴 한데……. 명문고등학교 교복
이구나……. - 비은

살짝 웃는데……. 꿍장히 예뻤습니다……. O_O……. 민지도 좀
놀랐는지 쳐다보더군요……. =_=……

나 보러 온 거 같은데……. - 비은

살짝 웃으며 저와 민지에게 말하는데……. 그 웃음에 저도 모르게
얼굴이 빨개지더군요. =_=;;

학교 앞 카페에 갈까? 나도…… 할 얘기 있거든. ^-^…… - 비은

네네……. - 소은

민지를 질질 끌고 =_=. 카페에 앉아서 오렌지주스와 살구주스 2개
시키고 앉아 있는데……. 턱을 손에 괴고 창을 바라보는 비은의 모
습이 정말 그림 같고 청순해 보여서 민지와 저는 멍하니 바라만 봤
습니다…….

왜 그렇게 남자들이 열광했는지 알겠다……. =_=;;

나…… 부터 물어볼게……. - 비은

그…… 그러세요. =_=; - 소은

민서진이라고 아니……? - 비은

네……. - 소은

민지가 저를 약간 불안한 눈으로 쳐다보는 걸 보아…… 걱정이 되
나 봅니다…….

잘 지내니……? 밤 12시 안 넘어서 자고…… 학교 꼬박꼬박 다니
고 있지……? 키 많이…… 컸겠지……? 그래…… 담갈색 머리도
많이 자랐을 거야……. - 비은

살짝 눈물이 고인 눈으로 저를 쳐다보는데……. 같은 여자가 봐도
너무 아름답고 슬퍼 보여서…… 무어라 말할 수 없었습니다…….
하연냥이 천사 같다고 한 게…… 정말이었습니다……. 정말 날개
만 있다면…… 천사일 것 같습니다…….

서진이……. 언제나 수업시간마다 자고 그랬는데……. 아직도 그
러니……? ……. 내가…… 언제나 깨워주곤 했는데……. - 비은

민지가 제 손을 꽈악 잡았습니다……. 그러곤…….

아이씨!!!!!!!! 왜 이렇게 주스가 안 나와요!!!!!!!!! 더워 죽겠구
만……. -_-^…… - 민지

분위기 깨는 민지였습니다. =_=;;;

그 여자는 살짝 웃으며 저를 보았습니다…….

나에 대해서 궁금한 게 많을 거야……. 말해봐……. - 비은

아니오……. 궁금한 거 없어요……. 그냥……. 한비은이란 선
배…… 보고 싶었어요……. 그냥……. - 소은

속에서 수없이 많은 질문들이 날뛰고 있었지만……. 그냥…… 가
만히 있기로 했습니다…….

나…… 만난 거…… 아무한테도 말하지 말아줄래……? - 비은

네……. - 소은

왜…… 서진녀석이…… 한비은이란 여자를 그리워하고 기다리는
지…… 조금이나마 알겠네요……. 당신이란 사람…… 순수하니

까……. 깨끗하니까…….

주스가 나오자 민지는 벌컥벌컥 마시더니 저를 붙잡고…….

먼저 가보겠습니다. - 민지

휘익 나왔습니다…….

마구마구 뛰어가더니…… 버스정류장에 멈춰 서서…….

유소은…… 너 바보냐……? - 민지

몰라……. - 소은

서진선배…… 너 안 버려……. - 민지

학교로 돌아가는 동안…… 아무런 말도 오가지 않았습니다…….

교무실로 불려가…… 조금 -_- 야단맞고…… 동아리실로 가

자…… 아무도 없더군요……. 소파에 몸을 푸욱 기대고 있으

니…… 동아리 문이 열리며 빼꼼히 진우놈이 보였습니다…….

뭐야. 왜 너 혼자 있냐? -_-^ - 진우

진우놈이 제 옆에 앉으며 말했습니다…….

너 왕따구나? -_-ㅋ;;…… - 진우

말 시키지 마……. - 소은

전 소파에 있던 작은 담요를 덮으며 말했습니다…….

너 왜 그래……? 어디 아픈 거야……? - 진우

그냥…… 좀 우울해서……. - 소은

담요 좀 치워봐……. 너 울어……? - 진우

내가 왜 울어 이 보바야……. ㅠ_ㅠ…… - 소은

말없이 침묵이 흘렀습니다…….

한비은이란 여자…… 서진선배 좋아했다며……? - 소은

응……. - 진우

한비은선배가 나타나면……. 나…… 어떻게 될까……? - 소은

조용한…… 그리고 무거운 침묵이 흘렀습니다……. 그리고…….

서진이가…… 비은이한테 가버리면……. 내가…… 널…… 지켜줄

거야……. 걱정 마…… 유소은……. - 진우

테디보이21

普段は 氣に ならない ことも 無意味な ものは ないって
평소엔 마음을 먹지 않으면 안 되는 일도 무의미한 것은 없고

最近 少し ずつ わかりかけて きた
최근에 조금씩 알게 되기 시작했다

君と 出逢えたことも 必然の中の 偶然で
너와 우연히 만난 것도 필연의 가운데 우연으로

未來に 意味を 持つように
미래에 의미를 가지고

賑わう 街には 罪も ないけど
거리에는 나쁜 것은 없지만

靜かな 場所で 君と 話したい
조용한 장소에서 너와 얘기하고 싶어

言葉が まとまらないほど

말이 필요 없을 만큼

大切な 存在に なっていたから
소중한 존재가 되었으므로
-W-inds의 〈Feel The Fate〉 중에서-

뭐……? -_-;; - 소은
-_-=33……
다시 말해줄까……? 너를……. - 진우
그만!!!!!!! -_-;;; - 소은
덮고 있던 담요를 제치고 나오자 보이는 건 뽀로통한 표정을 짓고
있는 진우놈이었습니다. =_=;;;
너 좋아한다고, 유소은……. - 진우
-_-;;;; - 소은
미친……. 그렇게 어리버리한 표정 짓지 마. -_-^ - 진우
어떻게 말해야 할까……. =_=;;; 미치겠네……. 장난은 아닌 거 같
고……. -_-;;;
야야! 그런 표정 짓지 말랬지!!!!!!! -_-^ - 진우
미…… 미안. =_=;; - 소은
진우놈…… 피식 웃더니…….
안 받아줄 거란 거 아니까…… 그렇게 곤란해 죽겠다는 표정 짓지
마라……. - 진우
어리고 약해 보였던 진우놈도…… 남자였구나……. =_=……

전 다시 담요를 어깨까지 덮곤…….

고마워……. - 소은

뭐가……? - 진우

나 좋아해줘서……. - 소은

진우놈…… 가만히 고개를 숙이고 큭큭 웃으며…….

당연히 고마워해야지……. 암…… 나 같은 킹카가 너를 좋아해준 다니 말야……. - 진우

살짝 기분 더러워지는데……. -_-^;;; 그때 진우놈 어깨에 있던 토 끼가 어느새 제 손에서 자고 있더군요. =_=; 진우놈……. 토끼를 제 손에서 가지고 가며 슬그머니 일어서는데……. 키 작아 보였는 데…… 나보다 컸구나…….

그때 줬던 토끼…… 잡식성 아니야……. 선물이었어……. - 진우

응……. - 소은

진우놈……. 무언가를 탁 던졌습니다……. 내가 제일 좋아하 는…… 사과주스…….

먹어……. - 진우

고…… 고마워……. - 소은

힘들면…… 나 불러라……. - 진우

살짝 웃자…… 진우놈도 웃으며 나갔습니다……. 진우놈도…… 남 자였고……오빠였구나……. (몰랐냐? -_-;) 그런데…… 나 은근히 인기 많네……. *o_o*……. 어쩌면 좋아~ 〉_〈!!!!!!!!!!!!! ……. 독자들에게 미친년이란 소리를 듣긴 싫지…… 암……. =_=……

전 말없이 사과주스를 따서 꿀꺽꿀꺽 마셨습니다. −_−……
소파에서 일어나 가방을 메고 아무도 없는 학교를 빠져나가려고
운동장을 걸어 나가는데…… 서진녀석이 보였습니다…….

서진!!!……. − 소은

비은언다……. 한비은……. 멍하니 보고 있는데…… 누군가 제
허리를 휘어 잡았습니다……. 막 소리를 치려고 하는데…….

조용히 해……. − 민현

뚝뚝 정나미 떨어지는 이 소리는……. =_=…… 민현놈이구만……
암……. =_=……

비은이……. − 민현

끝났어……. 한비은, 민서진……. 둘이 참 잘 어울리는 커플이
야……. − 소은

시끄러워 유소은. −_−^ 똥폼 잡고 지랄이야. − 민현

=ㅁ=^;; − 소은

민현자식은 씨익 웃더니…….

말했잖아…… 내가 좋아하는 사람은…… 빨간색을 좋아한다
고……. − 민현

그…… 그게 누군데……? − 소은

너의 절친한 프렌드. −_−. − 민현

민지. =_=;; − 소은

그러고 보니…… 민지가 빨간색 좋아하지……. =_=;;;

야. −_− − 민현

왜? =_= − 소은

너 서진이랑 키스해 봤지? -_-. - 민현

그…… 그렇지……. -_-;; - 소은

뭐 한 번 한다고 니 입술 닿는 거 아니지? -_-- 민현

무슨 소리……. !!!!!! 으읍!!!!!!!!!!!!! - 소은

민현놈은 갑자기 뒤에 있던 벚꽃나무에 =_= 저를 쿠웅~ 하고 큰 소리가 날 정도로 밀어붙이곤 그냥 입만 마주댔습니다……. =_=;; 전 으읍!!! 으읍 @ 0 @ !! 거리며 발버둥을 쳤고……. -_-;; 그때 퍼억 하는 소리와 함께……. 헉헉거리며 위를 올려다보니……. =_=;;; (소은이는 키가 작았다 -_-;)

죽여버릴 거야!!!!!!!!!!!!!!!!!!!!!!!!!!!!!!!!! - 서진`

미친 새끼……. 큭큭……. - 민현

서진녀석이 민현놈 멱살을 집어 들며 말하자…… =_=; 민현놈은 큭큭 웃으며…….

니 마누라 뻔히 보고 있는 데서 다른 여자랑 놀아? 어때…… 기분이……? -_-^ - 민현

민현놈……. ㅇ_ㅇ……. 나 도와주려는 거였나……? =_=;; 그래도 이…… 입술 박치기는 오버다…… 이 자식아. =_=;;;;

뭐……? - 서진

한비은……. 너 또 왜 여기 왔냐……? 우리 또 망가뜨리려고 왔냐……? 민서진 인생 망가뜨리려고 온 거냐……? - 민현

미…… 민현아……. - 비은

민현놈……. 비은언니 제일, 제일 많이 기다렸으면서…….

민서진은 이 유소은이란 여자애랑 잘먹고 잘살고 있으니까…… 민

서진 흔들지 마……. - 민현

비은언니가 저를 놀란 눈으로 쳐다보는 게 보였습니다……. 아…… 제길……. -_-;; 비은언니가 가만히 저를 내려다보는 걸 보았습니다……. 그러다가…….

나중에……. 나중에…… 다시 얘기하자……. - 비은

그러면서 비련의 여주인공처럼 휙~ 사라져 버렸습니다. =_=;; 서진녀석이 막 쫓아가려다가 저를 보더니 멈칫 서더군요. -_-;;;

가봐요. -_-^ 몸이 반응하고 생각이 반응하나 보네요. - 소은

안 가. -_-. - 서진

민현놈은 저와 서진녀석을 보고 피식 웃으며 잘해보라고 하곤 가더군요. =_=;

뭘요~. 정말로 이쁘네요~. -_-^ - 소은

질투하지 마. -_-. - 서진

누가 질투한대요!? 뭐…… 뭐…… 제가 그렇게 속이 좁은 줄 아나 보네요……. -_-;; - 소은 (찔리지? -_-;)

비은이 만난 건……. - 서진

서진녀석은 제 손을 잡으며 말했습니다. =_=

전 녀석의 손을 파악 놓으며…….

비은이요? 아아~ 그렇게 친한 사이였어요? - 소은

-_-…… 너 지금 질투하는……. - 서진

전 질투라는 걸 모르는 여자라니깐요!!!!!!!!!! +ㅁ+;; - 소은

전 질투라는 단어를 백과사전에서 찾아보는 여자입니다. =_=……

서진녀석은 피식 웃더니…….

소은이라고 불리고 싶었어? -_- 그래? 그럼 소은아~ 소은아 불러
줄게. -_- 소은아 내가 집으로 데려다줄게. =_= - 서진
닭살 돋아요!! 그만해요!! =_=;; - 소은
무언가 역효과를 불러일으킨 듯합니다. =_=;;;

테디보이22

いつからか 思ってた 時時 氣付いてた
언제부턴가 생각하게 됐어. 때때로 깨닫곤 하지

他の人を 理解ることって きっと難しいね
타인의 마음을 이해한다는 건 역시 어려워

本當に好きなモノ 手に入れたのは いつ?
정말로 좋아한 것을 손에 넣었던 건 언제?

自分の選ぶ夢さえも たまに見失いそう
스스로 선택한 꿈조차도 때론 혼란스러워

誰かに見せる笑顔も 君だけが見た涙も
사람들에게 보이는 미소도, 너에게만 보였던 눈물도

きっと同じ自分で 僞りない素顔だって この先
모두 같은 나지만, 꾸밈없는 솔직한 나의 모습 앞으로도

どれだけ 君は 見ぬくだろう

넌 얼마나 알아챌 수 있을까

-W-inds의 〈Paradox〉 중에서-

쿨럭~. 뭐, 뭐……!? ㅇㅁㅇ;;; - 민지

미안해……. =_=;; - 소은

어제 민현녀석과 뽀뽀 아닌 뽀뽀를……. =_=;; 물론 민현놈이 민지
를 좋아한다는 사실을 빼곤…… =_= 어제 일을 다 말했습니다. 민
지는 바나나 우유를 =_= 먹다가 사레가 걸렸는지…… 미친 듯이
기침을 하더군요…….

그…… 그런데 니가 나한테 뭐가 미안한데? -_-^ - 민지

너 민현이 좋아하잖아. ㅇ_ㅇ…… - 소은

개뿔!!!!!!!!!! -_-+ - 민지

민지는 그렇게 외치곤 콜록콜록거리며 교실로 다시 들어가더군요.
=_=; 교실로 들어가니……. 민지…… 조용히…… 무언갈 서랍에서
꺼냈습니다…….

어!? ㅇㅁㅇ;; 그…… 그거 뭐야? =_=;; - 소은

하트 모양으로 되어 있는 선물상자를 들고 씨익 웃고 있는 민지를
보고 있었습니다. =_=.

뭐긴 뭐야~. 보시는 대로……. ^-^…… - 민지

민지는 룰루랄라~ =_= 거리며 교실 밖으로 나갔고, 전 어찌할지
몰라 허둥대고 있는데 -_- 제 앞에…….

쟤 어디 가냐? -_- - 민현

어? =_=;; - 소은

민현놈은 환하게 웃으며 나가는 민지를 보았나 봅니다. = _=;

선물까진 못 봤나 보네……. - _-;; 그래……. 어제는 민현놈이 날

도와줬으니까 이번엔 내가……. = _=……

저기…… 화내지 말고 진정하고 들어봐……. = _=…… - 소은

뭔데 그래? - _-. - 민현

민지가 아까 이따시만한 하트 모양의 선물상자를 들……. - 소은

제길!!!!!!!!!!!!!!!!!! - 민현

= _=;;; - 소은

민현녀석은 어느새 쿠당탕거리며 = _= 교실을 나서더군요. - _- 이

제 곧 수업시간인데……. = _=……. 전 시계를 보며 초조하게 기다

리고 있다가……. = _=. 정확히 수업시간 되기 3분 전일 때 멍한 표

정의 민지가 들어왔습니다. - _-;;

뭐야…… 왜 그래……? = _= - 소은

= _=…… - 민지

민지는 책상에 털퍼덕 엎어지더군요. = _=;; 4교시 내~ 내~. = _=

아프다고 민지를 위해 구라까지 까주고…….

점심시간. = _=; 학교 벤치에서 민지를 달달 볶으며……. - _-

뭐야!! 무슨 일이야!! 어?! O_O;; - 소은

당했어. = _=……. - 민지

뭔지 알겠다……. = _=;;; 그러고 보니…… 민지 입술이 약간 부풀

어 올랐구나……. = _=;; 그런데 민지는 버럭버럭 화낼 줄 알았더니

가만히 벙~ 하니 그냥 앉아 있더군요……. = _=;;

민지야……. 민지야야~. 말 좀 해봐아~. -O-;; - 소은

뭘……. -_-…… - 민지

민지는 살짝 입술을 깨물더니…….

나 이상해……. - 민지

심장이 벌렁벌렁거리고 얼굴이 화악 달아 오르겠지……. =_=……

그래……. 너 이상해질 거야……. -_-……

너 지금 민현이 좋아하고 있는 거……. - 소은

그런 거 아니라니깐!!!!!!!!!!! - 민지

그러면서 왜 얼굴이 빨개지는데……? =_=;;; 점심시간 내내 민지의
멍~ 한 얼굴을 바라보다가 -_-…… 자율시간에도 민지의 계속되는
한숨소리에 =_=;; 결국 늦게서야 동아리 방에 도착했습니다. -_-;;

뭐야, 소은아. 왜 이렇게 늦게 왔어? -_-. - 서진

선배…… 제발 그만해요……. =_=;; - 소은

그때 소파에 앉으려고 하는데……. 살벌하고도 무서운…… 그리고
처음 보는 얼굴을 하고 있는 -_-; 민현놈이 보였습니다. =_=

민현놈 옆자리에 걸터앉아서…….

선배. -_- 민지한테 무슨 짓을 한……. - 소은

걔가 뭐라고 하던? - 민현

아무 말도 안 하고 한숨만 쉬던데……. =_=…… - 소은

민현놈은 왼쪽 볼따구를 보이더니…….

어억!! 빨갛게 부었다. =_=;;

맞았어……. -_-…… - 민현

민현놈 한숨 푸욱 쉬면서…….

싸대기 정말 세게 날리더니 '숨차 죽는 줄 알았잖아' -_- 라고 소

리치더라. =_=…… - 민현

하하. =_=;;; 걔가 원래 그래요. - 소은

야야! 유소은. 너 이리 와. -_-^ - 서진

서진녀석은 아직도 민현놈에게 화가 안 풀렸는지 저를 옆으로 끌고 오더니…….

무슨 얘기했냐? -_- - 서진

뭐…… 이러쿵 저러쿵……. -_-…… - 소은

야. -_-+ - 서진

오늘은 서진녀석에게 달달 볶이겠습니다……. -_-=33.

테디보이23

만두 사가지고 가야지……. -_-…… - 소은

오늘은 일요일입니다.^-^ 오랜만에 늦잠을 자고, -_- 무릎까지 오는 하늘색 나시 치마를 입고 -_- 지갑을 들고 대충 나왔습니다. -_-.

아저씨. 고기만두 주세요~. ^O^!! - 소은

만두 사들고 -_- 싱글벙글 웃으며 집으로 가고 있는데…….

=_=…… 옆집에 누가 이사를 왔나 봅니다……. O_O…… (전원주택인 소은이네 집 -_-) 옛날 옆집에는 할머니 살았는데……. -_-…… 욕쟁이 할머니……. -_-……

그냥 무시하고 집으로 들어가려는데…….

선배! -O-!!!- 소은

어어…… 왔냐? ……. 너 옷 꼬라지가 그게 뭐야? −_−^…… − 서진

서진녀석 저에게 뚜벅뚜벅 와서 제 옷차림을 물끄러미 바라보더니 마음에 안 든다는 듯 인상을 쓰더군요. =_=.

선배. −_− 여기 웬일이에요? − 소은

그냥……. − 서진

서진녀석은 갑자기 제 어깨 위에 녀석의 큰 셔츠를 걸쳐 주더니…….

그렇게 입고 다니지 마라. 가슴 속까지 훤히 다 보인다. −_−^ −서진

선배……. 변태 같아 보여요……. −_−;; − 소은

조용히 해. −_−^ 빨리 집에 들어가……. 근데 너 비닐봉지에 있는 거 뭐냐……? −_−…… − 서진

−_−;;;;;; − 소은

잘 먹을게. ^−^…… − 서진

아…… 아니에요……. −_−^…… − 소은

서진녀석은 제 만두 15개 중 7개를 가지고 사라졌습니다. −_−^.

이제 다시 집으로 돌아가려는데……. −_−…… 누군가 제 손을 끌었습니다……. =_= 고개를 들어보니……. 비은언니……. 비은언니는 아무 말도 안 하고 저를 동네 놀이터로 데리고 가더니……. 그네에 앉아 삐걱삐걱거리며 그네만 타고 있더군요……. 어색해서 비닐봉지를 만지작거리며 앉아 있자…….

소은이라고 했지……? − 비은

네……. − 소은

비은언니는 나긋하면서도 부드러운 목소리로…….

너…… 그네 타봤니……? – 비은

지금도 타고 있어요……. -_-;; – 소은

조금 당황했습니다. =_=;;

그네 타면……. 힘차게 발을 굴리면…… 하늘이 보이잖아……. 하지만 몇 초도 안 돼서…… 땅에 닿아버리지……. 그러다…… 다시 발을 굴리면…… 시원한 바람과 함께 하늘이 보인다……. 몇 초도 안 되지만……. – 비은

무슨 소리인지 잘 몰라서 가만히 앉아 있자…….

서진인…… 나한테 그런 아이였어……. 내가 아무리 닿으려고 노력해도…… 단 몇 초밖에 서진이 곁에 있을 수 없었거든……. 미친 듯이 서진이한테 다가서려고 해도……. 결국…… 난 땅에 추락하고 말더라고……. – 비은

비은냥은 결국 눈물을 조금씩 흘리더군요……. 이쁜 사람은 울어도 이쁘구나……. 내가 울면 다들 나 집어던져 버리던데……. =_=……. 그런데…….

난 곁에 있으려고 노력했는데……. 서진인…… 날 피하고…… 너의 곁에 서 있더라고……. – 비은

사랑한 기간…… 사랑하는 마음……. 모든 게…… 비은언니보다 제가 부족한가 봅니다……. 네……. 물론 얼굴까지……. -_-^ (살짝 열받음 -_-;)

비은냥은 눈을 쓰윽쓰윽 문지르더니…….

5년 동안…… 서진이만 바라봤는데……. 그렇게…… 바보같이 기다렸는데……. – 비은

미안해요……. 하지만……나 안 돼요……. 서진선배 포기하는 거…… 저 못해요……. 미안해요……. -소은

당신처럼…… 나도 이렇게 커져버렸는데…. 그 녀석에 대한 마음 주체할 수 없이 커져 버렸는데……. 난…… 줄 수 없어요…….

제가 그네에서 일어나 가려고 하자…….

하루만이라도 좋아!!!!!!!!!!!!!! 하루만……. 하루만이라도……. 안 되겠니……? 이렇게…… 부탁할게……. 제발……. - 비은

착한 여자……. 바보같이 착한 여자입니다…….

미안해요……. - 소은

그때……. 짜악 하는 소리와 함께…… 제 볼이 욱신거리는 게 느껴졌습니다…….

뭐가 그렇게 자신 만만한 거야……. 뭐가 그렇게 널 당당하게 만든 거니……? - 비은

무슨 짓이에요……. - 소은

입에서 비릿한 맛이 느껴졌습니다……. 어금니를 깨물고 있어서 맞을 때 피가 나왔나……? =_=;;; 우선…… 지금 난 맞은 거다……. 정말 어이없는 이유로 맞은 거야…….

주먹을 꽉 쥐고 =_=; 고개를 들어 무슨 말을 하려고 하는데…….

손 펴…… 유소은……. - 서진

선배……. - 소은

서진녀석……. 서진녀석 뒤에서 비은냥이 울고 있더군요……. 정말 서글프게……. 쓰파……. -_-^……맞은 건 나인데……. (너 무쇠잖아 -_-;)

손 펴라고 했어 유소은……. - 서진

전 꽉 쥐고 있던 주먹을 폈습니다……. 서진녀석…… 한숨을 쉬더니…….

비은이 왜 우는 거야……? - 서진

아…… 아니야 서진아……. 나 안 울어……. - 비은

황당해서 하~ 하고 비웃음이 나왔습니다.

비은언니……. 정말 황당하네요……. 아까 내 볼을 때렸던 그 당당함은 어디로 갔어요? - 소은

비은냥……. 아무 말도 안 하더군요…….

서진녀석…… 갑자기 제 얼굴을 잡더니……. 인상을 쓰며…….

너…… 지금 입에서……. - 서진

놔요. - 소은

전 서진녀석의 손을 탁 쳐냈습니다……. 괜히 녀석이 밉습니다……. 절 이렇게 힘들게 하는 녀석이 싫어집니다……. 서진녀석이 이상하게도 슬픈 눈으로 절 쳐다보더군요……. 오히려 아프고 슬픈 건 나인데…….

선배……. 안녕히 계세요……. 나도 이제 지쳤어요……. 영원히 안녕이에요. - 소은

뭐……? - 서진

서진녀석의 목소리가 떨리는 걸로 느껴졌다면…… 잘못 느낀 걸까요……?

유소은……. 너 지금 뭐라고 했냐……? - 서진

지쳤다구요. 그만해요. - 소은

나…… 나 때문에 그런 거라면……. - 비은

시끄러워요. 둘 다 잘먹고 잘살아요. - 소은

뒤돌아서 가려고 하는데…… 서진녀석이 제 손을 잡더니…….

가지 마 유소은……. - 서진

놔요……. - 소은

부탁이다……. - 서진

서진녀석의 목소리에…… 미친 듯이 마음이 흔들렸지만……. 전 녀석의 손을 매정하게 놔버리고 집으로 무작정 뛰었습니다…….

테디보이24

누군가 말했었다……. 사랑은…… 웃음 반…… 눈물 반이라고……. 언제나…… 행복과 슬픔은 교차한다고……. 행복할 수만은 없다고……. 언젠가는 눈물 한 방울 떨구어내야 할 때가 있다고……. 그렇게…… 사랑은……힘든 거라고…….

이렇게 될 줄 알았어…… 유소은……. 정말……. - 소은

녀석의 손을 떼어버리고 무작정 뛰다가 터덜터덜 걷고 있습니다……. 지쳤다는 말……. 심한 건가……. 나도…… 울 줄 아는 여자인데……. 눈물이 뚝뚝 흐르더군요…….

뚝뚝 눈물을 흘리며 그 자리에 주저앉아 울고 있는데…….

뭐 하냐……? - 서진

서진녀석이었습니다……. 뛰어왔는지 숨을 고르며……. 헉헉대는 숨소리와 함께 나긋하게 들리는 녀석의 목소리였습니다…….

다리가 아파서…… 잠깐 앉아 있었어요……. - 소은

전 벌떡 일어났습니다. 서진녀석 어느새 제 앞으로 오더니…….

울었냐……? - 서진

눈에 뭐가 들어갔네요. 먼저 갈게요. - 소은

유소은……. ……지금 잠깐 시간 있냐……? - 서진

없어요. - 소은

녀석과의 어색한 자리를 만들고 싶지 않습니다……. 제가 녀석을
스쳐 지나가는데……. 고개를 숙이고 뭐라 중얼거리며 피식 웃는
게 보였습니다……. 전 그 녀석이 뭐라 중얼거리는 건지 못 들은
채 그냥 집으로 돌아와 미친 듯이 이불을 물어뜯고 =_= 자학을 했
습니다. =_=……

학교에 헤롱헤롱거리며 -_- 늦게 도착하자……. 민지가 허둥지둥
달려오더니…….

서진선배 무슨 일 있었니? +_+; - 민지

뭐가? -_- - 소은

아까 우리 반 교실 문을 주먹으로 콰앙 치고 가던데……. =_=;; 부
서진 거 보이냐? - 민지

그러고 보니……. 나무로 된 저희 반 교실 문 정가운데에 뻐엉~
=_=; 구멍이 뚫려 있습니다. =_=;

장난 아니었다니깐. 절라 살벌했어. =_=; 다 쫄았다니깐. 눈이 진
짜 차가웠어. 아~ 그런데도 멋있더라. *-_-* - 민지

깨졌어. - 소은

그래. 문짝 깨졌잖아.=_= - 민지

−_−^…… 그게 아니라. 서진선배, 내가 찼어. − 소은

−_−……@ O @ !!!!!!!!!!!!!!! − 민지

＝_＝;; − 소은

민지는 계속 종알종알대며 미친 듯이 저를 책망했습니다. ＝_＝……
자율학습 시간에도 빨리 저보고 사과하라고 지랄거리더군요. −_−^
내가 왜 사과를 해야 하는데!!!!!! −0−+ − 소은

에라 이 병신아!!!!!!!!!! 〉口〈!!! 서진선배 너 찾아왔다며!!!!!! 그리고
한비은인가 뭔가가 붙은 거지 서진선배가 붙었냐?! 뭐 이런 게 다
있어!! −_−+ − 민지

그…… 그건……. ＝_＝;; − 소은

가서 사과해 가시나야!!!!!!!!!!! −0−+!! − 민지

움찔……. −_−;; ÷ 소은 (큰소리 지르면 다 무서워함 −_−)

자율학습이 끝나고 동아리 방으로 들어가는데……. ＝_＝…… 괜히
긴장되더군요……. 가방을 꽈악 쥐고 문을 열려는데…… 문이 저
절로 열리더군요. ＝_＝;; 콰앙 하고 열린 문에 부닥쳐서 이마를 문
지르며 고개를 드는데……. 어디론가 미친 듯이 달려가는 서진녀
석이 보였습니다…….

야, 저 병신!!!!!!!!! 야야!! 서진이 잡아!!!!!!!!!! 야!!!!!!!!!! − 우현

우현놈과…… 민현놈……. ＝_＝;; 두 사람이 허둥지둥 서진녀석 뒤
를 따라가는 걸 보았습니다……. 다시 방을 보니…… 심각한 표정
을 짓고 있는 민안놈과 하연냥, 진우놈, 수진논, −_− 수우놈이 보
였습니다. ＝_＝.

너 깨졌냐? −_−^ − 민안

뭐가? =_= - 소은

서진선배랑. - 민안

말없이 고개를 끄덕이자…… 하연냥이 황당하단 듯 피식 웃으며…….

민서진만 혼자 병신 됐네. 병신같이 지 혼자 좋아한다는 애 때문에……. - 하연

누나. - 진우

됐어. - 하연

하연냥 약간 비틀거리며, 약간의 알코올 냄새를 풍기며 =_= 저에게 오더니…….

유소은……. 너 그러는 거 아냐! 알아……? 아냐고……? - 하연

뭐…… 뭘요……. =_=;; - 소은

진짜 둔하네…… 얘……. -_-^…… - 하연

하연냥이 저에게 삿대질을 하며 고래고래 =_= 소릴 지르고 있을 때, 진우놈이 저를 보더니…….

너 그냥 집에 가라. - 진우

뭔데 그래……? - 소은

그냥 가. - 진우

진우놈의 말을 듣고 집으로 오는 길……. 집 앞에 누군가 푸욱 고개를 숙이고 있습니다……. 역시나…….

선배……. - 소은

아무 미동도 안 하는 서진녀석입니다…….

선배…… 일어나요……. 여기서 자면 얼어 죽어요……. - 소은

조심스럽게 흔드니까 녀석이 고개를 드는데……. 동공이 풀렸습니
다……. 서진녀석……. 저를 봤는지 눈에 초점이 돌아오며…… 피
식 웃었습니다…….

유소은……. 이렇게 허무하게 끝나는 거냐……. - 서진

아무 말도 안 하고 고개를 살짝 끄덕이자…… 서진녀석…… 비틀
거리며 일어나더니…….

너는 모를지도 모르지만……. - 서진

서진녀석 주머니를 뒤적거리더니……. 제 손에 은색 링이 걸린 목
걸이를 건네주며…….

우리 100일…… 진심으로…… 축하해……. 잘 지내라……. - 서진

전 비틀거리는 서진녀석을…… 멍청히 바라보고 있었습니다…….
눈에 눈물이 흐르는 것도 모른 채…….

테디보이25

흠흠……. 좋았어……. - 소은

아침에 거울을 보며…… 서진녀석이 준 목걸이를 하고 어색한 듯
씨익 웃어보는 저입니다……. 저…… 그냥 녀석에게 다가가렵니
다……. ^-^…… 비은논에게…… (논으로 등급 업 =_=) 서진녀석
을 주긴…… 정말 싫으니까요……. 저 그 재수 없는 녀석을 사랑하
게 되었으니까요…….

헛헛헛. ……*-_-*…… 쑥스러워라……. =0=;;

학교에 가려고 구두를 신고 밖으로 나오는데…… 진한 라일락 향

기가 바람을 타고 흘러 왔습니다…….

와아……. - 소은

옆집이 온통 라일락 나무로 뒤덮여 있더군요……. ㅇ_ㅇ…… 향긋한 라일락 향기를 풍기면서…… 장관을 이루어 내고 있었습니다…….

옆집 사람이 라일락을 좋아하나 보네……. - 소은

그렇게 중얼거리며 고개를 들었는데…….

어억!!!!!!! +ㅁ+;; 누…… 누구세요……? - 소은

한국 사람인가……?? 일본어 같은데……? =_=;……

재…… 재팬? -_-;; - 소은

오케이……. ^-^…… - ??

마…… 마이 네임 이즈 소은……. =ㅁ=;; - 소은(일본어 못함 -_-)

나 한국말 할 줄 아는데……. ^-^…… - ??

ㅇ_ㅇ!? - 소은

그 남자의 머리카락은 무진장 튀는 금발이었습니다. =_=;;

……한국 이름은 서우진……. 잘 부탁해……. 옆집으로 이사 왔어……. ^-^…… - 우진

으…… 응. 그래…… 반가워……. - 소은

우진인가 뭐신가는 갑자기 제 목을 뚫어져라 쳐다보더니…….

목걸이 이쁘다……. - 우진

으응……? 아아…… 그래……. 이쁘지……? - 소은

전 목걸이를 매만지면서 씽긋 웃으며 말했습니다…….

남자친구……? - 우진

어엉……. – 소은

그런데……. 니네 학교 명문고등학교지……? – _ –…… – 우진

어. = _ = – 소은

니네 학교 개교기념일이 오늘이던데……. – _ –…… – 우진

집으로 들어가 달력을 보니……. = _=;; 정말이네……. – _ –;; 사복
으로 대충 갈아입고 나오자…… 우진놈은 집 앞 정원의 라일락 나
무 그늘에서 의자에 누워 늘어지게 낮잠을 자고 있더군요. – _ –;

자나부네……. = _=…… – 소은

순간…… 그 모습이 서진녀석과 겹쳐 보여서 놀란 눈을 짓곤 고개
를 휘휘 저었습니다. = _=;; 중병이다…… 이거……. – _ –;; 그리고
서진녀석의 집을 민현놈에게서 알아내어 – _ – 찾아갔습니다. 어
억……. =ㅁ=;; 우리 집보다 정확히 2배 크구나……. – _ –;;

흐음……. – _ –;; – 소은

벨을 누를까 말까 하다가 결국 집 앞에 쭈그려 앉았습니다. – _ –;
녀석이 준 목걸이가 찰랑거리며 제 눈에 보였습니다……. 은색 반
지가 걸려 있는 목걸이……. 속을 보니…… S.J……. 서진의 이니
셜인가……?

괜히 눈물이 나와서 쓰윽쓰윽 닦고 있는데…… 굉장히 삐까번쩍하
고 멋진 차가 쓰윽 하고 녀석의 집 앞에 서더군요. – _ –; 쓰파…….
– _ –; 괜히 쫄아서 후닥닥 벽 뒤쪽에 숨었는데…….

ㅇ야!!!!! 너 무슨 방정이야!!! 다시 검은색으로 바꿔!!!! 〉ㅁ〈!! –??

시끄러워. – _ –^ 진짜……. – 서진

떠억……. ㅇㅁㅇ;;; 연한 담갈색이면서 검은색이던 녀석의 머리카

락이 은백색이면서도…… 레몬빛을 띠고 있는……, 그러면서도 검은색 머리칼이 군데군데 보이는……. 정말 멋있게 변한 녀석이었습니다……. o_o;;

녀석의 옆에서 성깔 있게 생긴 여자가 방정맞게 굴며 머리카락을 쭈욱쭈욱 잡아당기더군요. -_-;;

니네 학교 두발 자유라고 지랄 떠는 거 같은데 짜샤!! 엄마랑 아빠 돌아오면 넌 죽었어~. 알아!? -_-+ - ??

그만해 이 난쟁아!!!!!!!! -_-^ - 서진

뭐!?…… 뭐!? @0@ !! 누나보고 뭐라고!? 야!! 나에겐 엄연히 민채정이란 이쁜 이름이 있어!!!!!! +ㅁ+!! - 채정

서진녀석은 시끄럽다는 듯 그 여자의 머리를 손으로 꾸욱 누르며 머리카락을 쓸어 올리더군요……. o_o……(뽕갔다 -_-) 그 여자는 서진녀석보다 키도 작으면서 빼액빼액 대드는데…… 존경스러웠습니다. =_=; 역시 서진녀석의 누나……. -_-;;

야야, 그건 그렇고……. 정장 입는 거 정말 싫어하는 애가 웬 정장을 입고 그래? -_- - 채정

내 맘이니까 참견 좀 그만해. 잔소리 할머니. -_-. - 서진

뭐…… 뭐!? oㅁo;; - 채정

서진녀석은 피식 웃으며 집으로 들어갔는데…….

녀석……. o_o……. 정말 멋있어졌구나……. -_-…… 피식 웃으며 눈과 함께 입이 올라가는데…… 정말 멋있었습니다……. 서진녀석의 누나 채정냥도 집으로 씩씩대며 들어가려고 했습니다……. 전 허둥지둥 달려가 그 채정냥의 옷자락을 잡곤…….

자…… 잠깐만요!!!!!!!! – 소은

어? 뭐야……? ㅇ_ㅇ; – 채정

와아……. 가까이서 보니까…… 성깔 있어 보이면서도 정말 귀엽게 생겼다……. ㅇ_ㅇ……

뭐야? –_–;; 너 정신병자야? 말은 안 하고 멍하니 하늘만 보고 있으니……. – 채정

아…… 아니에요……. 민서진군 누나죠……? ㅇ_ㅇ…… – 소은

아아…… 민서진군 누나라고 하지 마. –_–^ 민씨 가문 첫째 딸이라고 해줘. 그 자식 누나라고 불리는 건 짜증나니까. –_–^ – 채정

네…… 네……. 흠흠……. =_=;;

저…… 저기……. 유…… 유소은이…… 하…… 할말 있다고 전해주실래요……? –소은

채정냥은 갑자기 저를 빤히 보더니…….

니가 유소은이야? –_–; – 채정

그…… 그런데요……? – 소은

채정냥의 얼굴이 갑자기 환하게 밝아지며……. 저를 그 으리으리한 차에 처넣고 –_–; 자신도 타며…….

아저씨!!! 제가 자주 가는 옷가게로 가주세요~. – 채정

저…… 저기요……. =ㅁ=;; – 소은

괜찮아~ 괜찮아~. 서진놈 카드 가지고 왔거든. ^–^. – 채정

–_–;;; – 소은

채정냥은 가는 길에 저를 보며…….

와아…… 대단해……. 철인인간, 냉혈인간, 재수 없는 인간 –_–

민서진을 하루 만에 저렇게 얌전하게 만든 게 너잖아? – 채정

제…… 제가요? – 소은

니가 서진이 찼다며? –_–…… – 채정

네……. 하…… 하지만…… 미안하다고…… 다시 시작하면 안되냐
고…… 말하려고……. – 소은

순간 우울해지는 제 얼굴을 보더니……. 채정냥은 제 등을 퍼억퍼
억 –_–;;; 치면서…… –_–…… (정말 아팠다 –_–;)

괜찮아~. 걔가 워낙 지 감정 표현 못하는 놈이라~. 니가 찰 만도
해~. 암……. –_–…… – 채정

채정냥은 무언갈 곰곰이 생각하더니…….

혹시 니 가방에 테디베어 인형 열쇠고리가 걸려져 있니? – 채정

네……. – 소은

채정냥은 살짝 웃으며…….

서진이 절대 포기하지 마……. 너한테 마음까지 다 줬나 보다야…….
^-^…… – 채정

채정냥은 알 수 없는 말을 혼자 주절주절합니다. –_–. 그리고 저
에게 온통 레이스 달린 이상한 걸 사주곤…….

서진이를 구해야 돼. –_–. – 채정

네? –_–; – 소은

그 목걸이는 서진이도 잘 때도 세수할 때도 어디 놀러갈 때도 하고
다니더라……. 그거 아냐? –_– 서진이 5kg이나 빠졌어. –_– 헬
쑥해진 거 봤지? 원래 좀 마른 녀석인데……. 볼살이 쏘옥~ 빠진
거 있지? 아유~ 부러워 죽는 줄 알았다니깐~. 〉_〈!! – 채정

네……. = _=;; - 소은

같이 있으면 심심하지는 않을 것 같은 여자입니다. = _=;;

레이스 풍의 치마에 카디건을 걸친 저의 모습은……. -_-;; 네……

용 됐습니다. -_-……. 채정냥은 목걸이를 잘 보이게 해놓곤…….

다시 서진녀석의 집으로 가는 길…….

아저씨!! 잠깐만요! 잠깐만!! +_+; - 채정

그 큰 차가 끼이익 서고. -_- 채정냥과 저는 같이 내렸습니

다……. 집 앞에는…… 비은논과…… 서진녀석이 서 있더군요.

비은이구나…….

흐음…… 한비은이라……. 소은이 너 쟤 때문에 서진이와 깨진 거

지? -_-- 채정

족집게시군요. = _=;;

제가 긍정의 의미로 고개를 끄덕이자…….

너무 착하면…… 정반대인 성격도 같이 포함되는 법이지……. 자

신도 모르는 사이에……. 그래서……. - 채정

채정냥이 저를 갑자기 파악!!!!!!!! 밀었습니다……. 전 몇 걸음 걸

어가지도 못하고 꽈당 엎어졌고. = _=;; 정확히 서진녀석과 비은논

에게서 몇 걸음 떨어지지 않은 곳에 처참하게 엎어졌습니다. = _=;;

아야야……. - 소은

뒤를 보니 채정냥이 미친 듯이 배를 부여잡고 웃고 있더군요. -_-;;

살짝 흘겨주고 -_-…… 약간 비틀거리며 일어서니……. = _=……

(네네~ 비틀거리는 거 제 컨셉이었습니다 -_-;) 아무런 표정 없는

서진녀석…… 그리고 똑같이 아무 표정 없는 비은논이 보였습니

다. =_=;;

아하하하하……. =ロ=;; - 소은

다시 뒤를 돌아 울상을 지으며 채정냥을 쳐다보자……. =_=……

채정냥 답답하단 듯 벽 뒤에서 뚜벅뚜벅 나오며. =_=……

어머~ 소은아!! 오랜만이다 얘~. ^ ㅇ ^;;; - 채정

채정냥……. =_=;; 우리 정확히 3시간 전에 만난 사이잖아. =_=;'

-_-;; - 소은

채정냥은 저를 보고 서진녀석을 보더니…….

소은이가아~ 너한테 미안하다고, 다시 화해하면 안 되겠냐고 하

네~. 어쩌지 서진아? ^ㅇ^; - 채정

서진녀석……. 말 없이 채정냥을 쳐다보더니…….

직접 말해. - 서진

어엉? -_-; - 채정

당사자가 직접 말해. - 서진

서진녀석의 눈이 저에게로 향해 왔습니다. =_=;;

전 어색하게 씨익 웃다가……. -_-;; 녀석에게 안 통하자…….

나…… 나 괜히 질투심에 그…… 그런 거예요……. 저…… 정말 미

안해요……. - 소은

서진녀석……. 가만히 제 말을 듣다가…….

결론은 뭐야. - 서진

서진녀석도 저렇게 뚝뚝 얼음덩어리 같은 차가운 말을 할 줄 아는

구나. =_=;

채정냥이 제 옆구리를 쿡쿡 찌르며 빨리 말하라고 합니다. =_=;

그…… 그러니까……. - 소은

그만!!!!!!!!!!!!! 그만해!!!!!!!!!!!!! - 비은

갑자기 소리를 지르는 비은눈입니다……. - _-;; 채정냥의 인상은 구겨질 대로 구겨졌고……. - _-;

민서진. 너 이러는 거 아니야……. 나…… 비참하게 만들려고 그런 거니……? - 비은

니가 원했던 거 아니냐? - 서진

서진녀석…… 정말 재수 없구나……. =_=;;;

그런데…… 갑자기 비은눈…… 서진녀석의 목에 손을 걸고 입을 맞추더군요……. 채정냥은 입을 떠억 벌리고 쳐다보고……. 전 목걸이를 꽈악 쥐었습니다……. 별로 시간이 지나지 않아…… 비은냥의 입이 떼어지고…….

서진녀석…….

이제 됐냐……? - 서진

뭐……? - 비은

이제 됐냐고……. - 서진

서진녀석……. 아무런 표정 변화 없이, 아무런 음정 변화 없이 툭 내뱉었습니다……. 그리고 갑자기 제 앞으로 뚜벅뚜벅 걸어 오더니…….

그 말 진짜지……? - 서진

뭐…… 뭐가요……? =_=;; - 소은

화해하자는 거……. - 서진

네……. =_=;; - 소은

서진녀석……. 갑자기 허리를 숙이더니…….

자……. 니가 소독해줘. - 서진

-0-;;;;; - 소은

뭐 해? 나 지금 굉장히 찜찜한데……. - 서진

서진녀석……. 가만히 허리를 숙이고 제 얼굴에 자신의 얼굴을 살짝 들이대고 있습니다……. 전 침을 꿀꺽 삼키고 =_=; 녀석의 입에 쪼옥 하고 입을 맞추었습니다. 녀석의 입술에서 입을 떼는데……. 녀석이 제 허리를 감더니…… 저를 포옥 녀석의 품에 가두었습니다…….

아프게 하지 마……. - 서진

(ㅠ_ㅠ) (_)(ㅠ_ㅠ)(_) - 소은

그만 좀 질질 짜라……. 이거 비싼 건데……. -_-…… - 서진

서…… 선배도 나…… 나 아프게 하지 말아요……. 다…… 다시는 내가 먼저 사과 안 할 거예요……. - 소은

서진녀석 제 머리카락을 부비부비거리며…….

그만 울어……. 눈 빨개졌어. - 서진

오랜만에 녀석의 웃음을 보니 기분이 굉장히 좋습니다. ……^-^…….

와아~ 멋있다……. ㅜ_ㅜ…… – 민지

눈독 들이지 마. –_–+ – 소은

쳇. –_–^ – 민지

민지가 어제 일을 듣곤 부럽다는 듯 입을 떠억 벌리며 '너 땡잡았
다' =_= '너 운 좋다' 는 등 –_–^ 제 심기를 건드리는 말을 계속했
습니다. –_–^ 그리고 쉬는 시간에 머리 스타일이 바뀐 녀석을 보
곤 입을 떠억 ~ 벌리며…….

장난 아니야……. 세상에……. *–0–*;;; – 민지

눈독 들이지 말라니깐!!!!!–_–+ 넌 민현이가 있잖아!!! =_=! – 소은
왜 이민현을 들먹거려! –_–+ 쳇. – 민지

민지야. –_– 솔직히 니가 튕기는 거 이해가 안 된다. =_=. 솔직히
민현이가 아깝거든? –_–. – 소은

ㅍ ㅓ 억 !!!!!!!!!!!!!!!!!!!!!!!!!!

흠흠……. 아…… 아니야……. 니가 아깝지 아암……. –_–;; – 소은
민지는 말없이 벽을 주먹으로 치는 걸로 마무리했습니다. =_=; 저
눔이 태권도 배웠다고 힘자랑하는 거여 뭐여? –_–;

오늘은 특별히 자율학습이 없어서 룰루랄라거리며 동아리 방의 문
을 벌컥 열었는데……. 찌…… 인한 키스 장면이 보였습니다…….
헉!! =ㅁ=;;

아앗!!!!! 죄송합니다!!!!!!!!!!! =ㅁ=.;;; – 소은

다시 콰앙 문을 닫고 얼굴이 빨개진 채로 서 있는데…… 서진녀석

이 보였습니다…….

아아……. 봐도 봐도 멋있구나……. *o_o*……

뭐 하냐? -_- - 서진

저 말투만 아니면 더 멋있을 텐데……. =_=……

그때 문이 열리며 우현놈이 얼굴이 빨개진 채로 흠흠거리며 -_-;
나오는 것이 보였습니다. =_=; 슬쩍 동아리 방을 보니…… 하연
냥…… 아무런 동요 없이 소파에 앉아 킥킥거리며 만화책을 보고
있더군요. =_=;

누나 오늘은 그냥 쉴까? -_- - 서진

민안이 시켜서 알코올 사오라 그래. =_= 그 새끼 삭아 보여서 괜찮
을걸……. =_= - 하연

그때 민안이 시켜서 걸렸잖아. -_-. 그리고 걔 오히려 어려 보여
서 안될걸……. =_=……. - 서진

그럼 니가 갔다 와!! -_-!! - 하연

서진녀석은 고개를 끄덕이더니…… 정확히 10분 뒤에 민안놈과
같이 오더군요. =_=.

하연냥의 말론 수우놈과 수진논은 하연냥이 짤랐다고 합니다.
=_=; 괜히 속이 시~원하네. =_=……

신문지 깔고 -_- 새우깡에 소주 =_=; (징~ 하다 -_-;) 로 먹고 있
는데 동아리 방 문을 열고 민현놈, 진우놈 -_- 그리고 사라졌었던
우현놈 -_- 민지까지 오더군요.

다들 한 잔씩 걸쳐서 헤로롱~ 하고 있었습니다. =_=; 서진녀석도
분위기에 취해 엄청나게 마셨는지 미동은 없었지만 취한 기운이

느껴졌습니다. -_-;

소은이. 너 이리 와봐. - 서진

왜요? =_=; - 소은

서진녀석 배시시 웃으며 손을 까딱까딱합니다.

그 모습이 귀여워서 후닥닥 갔습니다. =_=; 다들 취해서 신경도 안 쓰더군요. -_-.

너……. 내가 얼마나 자제력 쏟는지 알아, 몰라……? - 서진

선배. =_=;;; 과다 섭취한 거 같은데요? =_=; - 소은

서진녀석 피식 웃더니……. 자신의 어깨에 제 머리를 갖다 대곤…….

졸려……. - 서진

그러곤 벌써 도로롱 잠이 든 녀석입니다. =_=;; 녀석의 자는 모습이 두 번째구나……. 귀여운 것. ……*-_-*…… 그러다가…… 저도 잠이 들어버렸습니다……. -_-;;

뒤척뒤척……. (-_-)…… 꽈당!!!!!!!!!!!!!!!!!!!

아야야……. ㅠ_ㅠ…… - 소은

여…… 여기가 어디다냐……? @_@;;

고개를 휘저으며 정신을 차려보니……. 떠업!!!!!!!!! @ 0 @ ;;; 도…… 동아리 방!!!!!!!!!!!!!!!! 제 옆에는 곤히 자고 있는 서진녀석……. 그리고 주위엔…… 다…… 다 가버렸다……. ㅇㅁㅇ;;;

선배!!!!!!!! 서진선배!!!!!!!!!!! ㅠ0ㅠ!! - 소은

뭐야……. =_=…… - 서진

어떻게 해요~. 학교에 갇혔어요. ……ㅠ_ㅠ…… - 소은

뭐? - _ -;; - 서진

술 취해서 그냥 갔나 봐요……. 어떻게 해요? ……ㅠ_ㅠ…… - 소은

미치겠네……. - _ -;; - 서진

동아리 방에서 나가도…… 이리저리 문이란 문은 다 잠겨 있을 겁니다. ……

ㅠ_ㅠ……

서진녀석은…… 동아리 방 구석에 가서 무언가 꺼내왔습니다……. 전기난로……. 다행히 전기는 들어와서 츠팟 하고 따뜻한 열이 느껴지더군요……. 서진녀석과 저는 담요를 덮고 추위를 피해보려고 노력했습니다.

선배…… 우리 여기서 내일까지 기다려야 돼요? ㅠ_ㅠ. - 소은

어……. - _ -…… - 서진

방법이 없어요? ㅜ_ㅜ. - 소은

어……. - _ -;;; - 서진

서진녀석은 한숨을 푸욱 쉬더니…….

이 학교는 여기서 한 발자국만 나가도 경비 시스템이 발동해서 장난 아닐걸……. 우릴 학교 물건을 훔치러 온 학생으로 볼 거야……. 분명……. - _ -;; 우린 퇴학감이야……. 이건……. = _ =;- 서진

그때……. = _ =;; 전기까지 나갔습니다. 전 어쩔 줄 몰라 덜덜덜 떨고 있었고……. 그때……. 누군가 뒤에서 저를 껴안았습니다……. 울지 마……. 나 있으니까……. 울면 체온까지 떨어져. - 서진

서…… 선배……. - 소은

지금은…… - _ -;; 추운 거보다 녀석 때문에 심장이 쿵쾅쿵쾅거리

며 미친 듯이 발악을 했습니다. =_=;

몇 시간이 흘렀을까요……? 서진녀석은 아무런 미동도 안 합니다…….

선배……? 선배 왜 그래요……? 선배……? - 소은

눈이 어둠에 익숙해졌는지……. 서진녀석에게 몸을 돌렸습니다. 녀석의 등이 굉장히 차갑습니다……. 추울 때 잠들면 죽는다는데……. ㅇㅁㅇ;;;

선배!!! 선배!! 자지 마요!!!!!! 선배!!!!!!!! ㅠ_ㅠ - 소은

서진녀석…… 아무런 미동도 안 합니다……. =_=;; 싸대기를 몇 번이나 날렸지만……. 정말 미동도 안 합니다……. ㅜ_ㅜ…… 전…… 어쩔 수 없이…… 정말 어쩔 수 없이…… (-_-;) 녀석을 꽈악 껴안았습니다…….

1시간 정도 흐른 뒤 제 귓가에선…… 쌔근쌔근 녀석의 숨소리가 들렸습니다……. 전 조용히 읊조렸습니다. "쓰파……. -_-;;"……

선배……. 우리 무슨 방법을 찾아야 하지 않을까요?-_-; - 소은

그래야겠지……. -_-…… - 서진

서진녀석……. -_-…… 자고 일어나서 심각하게 생각하더니…….

아…… 맞다……. 야, 내 손 잡고 따라와. - 서진

서진녀석…… 동아리 방 창문을 열더니…….

2층은 뛰어내릴 수 있지? -_- - 서진

선배…… 무리예요……. =_=;; - 소은

내가 잡아줄게. -_-…… - 서진

저 무거운데요……. =_=;; - 소은

각오하고 있어. -_-; - 서진

서진녀석…… 가뿐하게 뛰어내리더니…….

저에게 뛰라고 소리치고 있습니다. =_=;; 두 눈 꾸욱 감고 뛰어내렸는데……. 꽈앙 하고 아픔이 느껴져야 하는데…… 따뜻한 심장의 고동소리가 느껴졌습니다…….

겨우 받았네……. -_-;; 눈 뜨고 내가 어디에 있는지 보면서 뛰어내려야 할 것 아냐! - 서진

어쨌든……. =_=;; 다행히 학교 탈출은 성공했습니다. =_=;;

테디보이26-1

학교 탈출에 성공하고 -_- 저 혼자 집에 가겠다고 우겨도 =_=; 서진녀석은 끝까지 데려다 주겠다고 고집을 부립니다. -_-; 결국 같이 가는 길……. -_-……

선배…… 고마워요. - 소은

뭐가? -_-. - 서진

그냥요……. 그냥…… 다 고맙네요……. - 소은

서진녀석은 피식 웃더니…….

나도 너한테 무척 고마운 일 많아. - 서진

제가 궁금하단 뜻으로 올려다보자 녀석은 아무 말 안 하고 바람에 살짝 날리는 머리칼 사이로 보이는 웃음을 지어 주었습니다…….
그 모습을 보자 쿵쾅 하고 심장이 뚜욱~ 떨어졌습니다. =_=;; 그리곤 삐익~ 삐익거리며 얼굴에서 김이 올라왔습니다. -_-;

집에 도착할 때쯤…… 어렴풋한 사람의 모습이 보였습니다.

이제 왔구나……. ^-^…… - 우진

나 기다린 거야? - 소은

서진녀석의 인상이 찌푸려지는 게 보였습니다. =_=;

응……. 늦게 왔구나……. - 우진

유소은. 잘 들어가라. - 서진

서…… 선배!!! +_+;; - 소은

억! 삐졌다. =_=;; 전 빠른 걸음으로 걸어가는 녀석의 손을 잡아 몸을 돌린 뒤 녀석의 볼에 살짝 입을 맞추었습니다. =_=; 녀석 어벙하게 절 쳐다보더군요.

자…… 잘 가요……. 좋은 꿈 꾸구요……. …… - 소은

얼굴이 빨개진 채로 씨익 웃자……. 녀석……. 눈이 살짝 흔들리더니…… 웃으며 살짝 고개를 끄덕입니다……. 녀석에게서 은은한 벚꽃 향이 풍겼습니다…….

남자친구구나……. - 우진

어어? 어……. =ㅁ=;; - 소은

있는 줄 몰랐다……. =_=;; 우진놈……. -_-;;

집에 들어가려고 문을 열자 바람에 실려 진한 라일락 향기가 풍겼습니다…….

우진아……? - 소은

제 손에 작은 라일락 꽃가지를 쥐어주는 우진놈입니다…….

잘 자……. - 우진

살짝 웃으며 집으로 들어가는 우진놈입니다……. 손에 쥐어져 있

는 라일락꽃 가지에서 진한 향기가 풍겨왔습니다……. 서진녀석과…… 다른 향……. 전…… 그 꽃가지를 집에 가지고 들어가려다가 그냥 집 앞 마당에 심었습니다……. 그리고…… 조용히 아침이 다가왔습니다…….

아악!!!!!! 지각이다!!!!!!!!!!!! ㅠoㅠ!! – 소은

허둥지둥 교복을 입고 밖으로 나서는데……. 옆집에서 누군가 나오는 게 보였습니다…….

우…… 우진아!!!!!!!!!!!!!! – 소은

갑자기 저희 집 앞에 쓰러지는 우진이……. 열이 심하게 난다……. 전…… 허둥지둥 우진이를 집으로 데리고 와 제 침대에 눕혔습니다…….

몇 시간이 흘렀을까……?

학교 가긴 글렀군……. –_–;; 휴우…… =ㅁ=……. – 소은

미안……. – 우진

어!? 정신 드니!? – 소은

응……. – 우진

부드럽게 미소를 지으며 저를 보고 있는 우진놈입니다…….

나 때문에 학교 못 갔지……? – 우진

아니야……. 뭐…… 괜찮아……. =_=…… – 소은

그때…… 집 전화가 울렸습니다……. 보나마나……. =_=……

야!!!!!!! 너 왜 학교 안 와!!!!!!!!! 서진선배도 안 오잖아!!!!!!!!!!!!!!!! 〉ㅁ〈!! – 민지

뭐? –0–; – 소은

서진선배 안 왔어!! 둘이 같이 있어? +_+; - 민지

아니……. =_=;; - 소은

제가 그 말을 하자마자 민지는 전화를 끊더군요. -_-^……

그런데 학교를 안 왔어……?

그때…… 누군가 집 문을 두드리더군요…….

선배……? - 소은

어……. - 서진

서진녀석…… 씨익 웃고 있습니다…….

선배…… 왜 학교 안 갔어요……? - 소은

너야말로……. - 서진

서진녀석 심하게 기침을 하더니…….

아아…… 괜찮은가 보러 왔어……. 이제 갈게. - 서진

아…… 아니에요 선배. 따뜻한 거라도 먹고 가요. - 소은

서진녀석…… 피식 웃다가…… 일순간 표정이 굳어지며…….

아니…… 가봐야겠다……. - 서진

선배……? - 소은

내일 보자. - 서진

갑자기 차가워졌다……? 서진녀석이 가고 문을 잠근 뒤 뒤를 보니……. 차가운 표정을 짓고 있는 우진놈……?

서…… 설마…….

니네 집으로 가……. - 소은

전 무작정 신발을 신는데……. 피……? 서진녀석이 서 있던 자리에 피가 고여 있습니다……. 전 더욱더 놀라 미친 듯이 아무런 신

158

발이나 신고 밖으로 달렸지만……. 녀석은 보이지 않았습니다……. 전 그냥 미친 듯이 녀석의 집으로 달려갔고……. 그곳에서 보이는 건…….

채정언니!!!!!!!!!! – 소은

어? 소은아……. 너 왜 울어? 어!? – 채정

밖에서 담벼락에 기대 한숨을 쉬고 있던 채정냥이었습니다……. 전 채정냥 품에서 엉엉 울었고, 채정냥은 제 등을 토닥여주며 그만 울라고 했습니다……. =_=…… 얼마 안 지나 제 눈물은 멈추었고 채정냥은 저를 집에 끌고 가더군요. =_= 녀석의 집은 정원까지 있었습니다. -_-;

채정냥의 방에 들어갔습니다…….

우선……니가 왜 우는지부터 알아보자……. – 채정

제가 주절주절 얘기를 하자…… 채정냥은 인상을 찌푸리며…….

서진이 어제 집에 들어오자마자 쓰러졌어. – 채정

네? – 소은

급성 폐렴이야. – 채정

어제……. 나 감싸주다가…… 지 혼자 바보같이 찬 곳에 앉아 있다가…….

그리고 오늘 아침에 갑자기 집에서 링거 맞고 있다가 링거 바늘 빼고 손목 움켜쥔 채 어디론가 가더라……. 말리지도 못했어. – 채정

어떡해요……. ㅠ_ㅠ……. – 소은

그 녀석이 있던 자리에 있던 피가 그 손목에서 흘러나오던 거구나……. 미친 놈…… ㅠㅁㅠ…… 지가 무슨 슈퍼맨이야? 아픈 놈

이 링거나 가만히 맞고 있을 것이지 ……. ㅠㅁㅠ……
서진이 아직까지 안 왔어……. - 채정
몰라요……. 나 어떻게 해요……. ㅠㅁㅠ…… - 소은
그만 울어. -_-; 이제 추해. ……. 아무튼…… 유소은……. 겨우
오해 풀었다 했더니…… 니가 오해거리를 만드냐? -_-; - 채정
쓰러졌는데 어떻게 해요……. ㅠ_ㅠ…… 저 기다리다가 그렇게 된
아인데. -소은
그럼 서진인……? 아프면서도 니 찾아간 서진인? - 채정
아무 말도 못했습니다…….
밝게 보이려고 노력하는 놈이야……. 니 앞에선 밝게 웃으려고 노
력하는 놈이라고……. 몰라…… 민서진 어디로 갔는지……. 종잡
을 수 없는 놈이니까. -채정
채정냥은 저를 침대에 눕히며…… 푹 자라고 말하더군요……. 많
이 지친 상태라서 침대에 몸을 눕히자마자 잠이 들었습니다…….
서진녀석에게 미안하단 말을 되풀이하며.

테디보이27

소은아!! 유소은!! 일어나 봐!!!! >ㅁ<!! - 채정
으음……. 왜…… 왜요……. =ㅁ=;; - 소은
저 새끼 방금 집에 왔다가 또 나간단 말야!! 니가 좀 말려!! - 채정
서, 선배 왔어요? ㅇㅁㅇ;; - 소은
채정냥이 고개를 끄덕였고, 전 후닥닥 침대에서 일어나 방문을 열

었지만 녀석이 안 보입니다. +_+;

어…… 언니. 없는데요……. =ㅁ=;; - 소은

밖에 나갔나 봐!! 그 새끼 아직도 피 흘리고 다니던데……. 여기 붕대 들고 나가봐. - 채정

아…… 알았어요. +_+; - 소은

채정냥이 던져주는 붕대를 들고 무작정 밖으로 나오니…… 손목을 움켜쥔 어떤 녀석이 보였습니다……. =ㅁ=;

서진선배!!!!!!!! 선배!!!!!!!!!! !! - 소은

저…… 저 새끼가…… -_-^…… (울컥-_-) 대답도 안 하고 그냥 걸어가!?

야!!!!!!!!!! 민서진!!!!!!!!!!! 너 거기 안 서!? - 소은

그래도 걸어가네……. -_-^……

전 미친 듯이 달려 녀석의 앞에 차악 하고 섰습니다. =_=; 헉헉거리며 고개를 들어 쳐다보니……. 그때…… 비은논을 쳐다보던 무표정입니다.

내 말 안 들렸어요!? 피 흐르는 거 봐……. 피 많이 흘리면 죽어요!!!!!!! 빨리 병원 가요!!! -소은

안 죽어. - 서진

이리 내놔봐요. 붕대 감아줄게요. - 소은

필요 없어. - 서진

왜 필요 없는 고집을 부리고 그래요!!!!!!! -_-+ - 소은

제가 버럭 소리를 지르자 서진녀석 눈이 심히 크게 커지며 =_=; 손목을 더욱더 꽈악 움켜쥐더군요. =_=; 전 녀석의 손목을 잡아채고

쓰윽쓰윽 붕대를 감았습니다.

이 새끼…… 손목 진짜 얇네……. -_-;;

대충 꾸욱 붕대를 감고…….

빨리 병원 가요. - 소은

서진녀석 꿈쩍 미동도 안 하더군요.

빨리 가자니깐요!!! - 소은

서진녀석……. 살짝 숙이고 있던 고개를 들어…… 저를 빤히 쳐다

보더니…….

그 새끼한테 가지 그래……? - 서진

딱딱하게 몸이 굳었습니다…….

아파 보이던데 말야……. 가 보는 게 어때? - 서진

비꼬는 듯한 말투로 저에게 말하는 녀석입니다……—,.—…….

아아~ 걱정 말아요! -_-+ 선배부터 병원에 처박아놓고 갈 거니

까! - 소은

뭐? -_-^ - 서진

빨리 와요. -_-^ - 소은

서진녀석 제 말에 아무런 대답도 안 하고 병원에 와서 깨끗하게 소

독과 치료를 하곤 손목에 붕대를 감고 나오더군요.

이제 가. - 서진

뭘요. -_- - 소은

-_-^…….

나 치료 받았으니까 그 새끼한테 가라고. - 서진

싫은데요. -_-^ - 소은

서진녀석과 저 사이에 치치칙 하고 스파크가 흘렀습니다. =_=……
한 몇 초를 그렇게 있자…… 녀석…… 후우 하고 한숨을 쉬더군요.
오늘 선배 어떻게든 우리 집에서 자게 할 거예요. -_- - 소은
뭐? - 서진
서진녀석 황당하단 듯 저를 쳐다보더군요. =_=.
바보같이 나 좀 피하지 마요. - 소은
서진녀석 그런 말을 하는 저를 그저 빤히 보고만 있습니다.
전 녀석의 손을 잡고…….
가요……. - 소은
서진녀석……. 신기하게도 순순히 따라오더군요. =_=; 제 집에 도
착해 문을 열자 우진놈은 나갔는지 사라져 있더군요. -_-…… 아
직 현관에는 녀석이 흘렸던 피가 남아 있었습니다.

선배. 아팠으면서도 나 찾아 왔다면서요. -_-. - 소은
누가 그런 말해. -_- - 서진
채정언니가 그러던데요. -_- - 소은
서진녀석 소파에 앉아 고개를 돌리더군요. =_=; 전 피식 웃으며 따
뜻한 코코아를 꺼내왔습니다…….
선배……. 아까 어디 갔었어요……? 찾았잖아요……. - 소은
찾아? 아아~ 채정누나 침대에서 잘만 자고 있던데. -_- - 서진
봐…… 봤니? -_-;; 흠흠…… =_=;;
그땐 좀 피곤해서 그랬어요. - 소은
그리고 보니…… 어렴풋이 녀석의 몸에서 술냄새가 납니다.
=_=……

선배, 술 먹었어요? – 소은

아니. – 서진

거짓말하지 말아요. 역하게 나는데요. =_=. – 소은

제가 등을 퍽퍽 치며 말하자…… 녀석 갑자기 신음소리를 작게 내뱉더군요…….

선배…… 아. 아파요? –_–; – 소은

약간……. –_–…… – 서진

무언가 이상해서 녀석의 옷을 훌러덩 벗겼습니다. …….*–_–*……

야!!!!!! 너 무슨 짓이야!!!!!!!!! – 서진

선배…… 등에 있는 이 시퍼런 멍들은 뭐예요? –_–^…… – 소은

녀석의 탄탄한 몸이 보였고……. 녀석의 등엔 멍들이 많이 생겨 있더군요…….

굴렀어. =_=^ – 서진

잠깐 기다려요……. 파스 붙여줄게요……. – 소은

서진녀석이 굴렀다는 건 뻔한 거짓말이란 거 압니다……. 전 파스를 꺼내와서 녀석의 등에 짜악짜악 붙였습니다. =_=……

야야. 살살 붙여……. –_–^ – 서진

선배가 그랬잖아요. =_= 내 것은 선배 거고 선배 것은 내 거라고……. 내 거에 상처 냈으니 선배 맞아야지요. =_= – 소은

서진녀석은 피식 웃었습니다. 녀석은 가끔 기침을 심하게 하더군요…….

선배……. 병원 가봐야 하는 거 아니에요? O_O;; – 소은

아니……. 감기야……. – 서진

급성폐렴이라면서요……. =_=;; - 소은

주사 맞아서 괜찮아. - 서진

서진녀석은 정말 거짓말 잘 까는 놈입니다……. =_=……

전 멍~ 한 표정으로 앉아 있는 녀석을 보고…….

선배…… 열나요? -_-; - 소은

아니……. - 서진

열나잖아요!!!!! +ㅁ+;; - 소은

괜찮아……. - 서진

눈물이 나왔습니다……. 저 녀석은 도대체 지가 무슨 철인 로봇인
줄 아는가 봅니다……. ㅠㅁㅠ…… 전 기침을 약간씩 하는 녀석의
목에 손을 둘러 녀석을 꼬옥 껴안았습니다…….

선배…… 아프면 아프다고 해요……. 이렇게 열 많이 나면서 왜 괜
찮다고 거짓말을 하는 거예요……. -소은

너 저리 가……. 옳아……. - 서진

싫어요……. - 소은

제가 더욱더 녀석을 껴안자……. =_=…… 녀석의 한숨소리가 귓가
에 들려왔습니다…….

유소은……. - 서진

왜요. - 소은

지금……. 밀폐된 공간 속에 두 남녀가 있거든……. -_-;; - 서진

그래서요. -_- - 소은

서진녀석의 한숨소리가 휘우우우~ =_=;; 하고 들렸습니다.

나…… 선배 믿어요. -_-…… - 소은

서진녀석의 쿡쿡거리는 목소리가 들렸고……. 녀석이 제 허리를 휘어 감았습니다……. *–_–*……

감기 옮아도 …… 난 몰라……. – 서진

서진녀석이 제 얼굴을 향해 살짝 고개를 숙이더니…… 조용히 저에게 입을 맞추었습니다……. 열이 나서인지…… 녀석의 입술은 굉장히 뜨거웠습니다……. =_=;; 한참이 지나도 녀석이 안 놓아주자……. 전 녀석을 마구마구 때리며 놓으라고 발악했습니다. =_=;;

우웁!!!!! 으으읍!!!!!!!!!!!! @ 0 @ ;;; – 소은

개쉐이……. 독한 쉐이……. =_=;; 절대 안 놔줍니다……. 제가 혼수상태 될 때쯤…… 녀석은 저를 놓아주었습니다……. =_=;; 녀석은 씨익 웃고 있었고…….

서…… 선배……. =ㅁ=;; 이거 순수 소설인데……. – 소은

시끄러워. –_– – 서진

서진녀석의 뜨거운 입술이 제 목에 닿았습니다……. 녀석은 한참이 지나서야 입을 떼곤 만족스런 미소를 지었습니다……. =_=;;

선배……. =_=;; – 소은

뭐 어때. =_=…… – 서진

서진녀석의 웃음을 보고 뿅~ 갔다가……. =_=…….

에취!!!!!!!!!!!!!!!! 〉ㅁ〈!!!!!!!!! – 소은

–_–;;;;;;;; – 서진

녀석의 감기가 옮았나 봅니다……. =_=;;;;;;;;

좋은 아침이야 소은아~. ^-^ - 민지

-_-;; 어디 아프냐? - 소은

민지가 싱글벙글하며 제 옆자리에 앉습니다. =_=; 뭐지? -_-;

뭐야. =_= 좋은 일 있어? - 소은

응. 〉_〈!!- 민지

민지는 정말 안 어울리게 -_-; 히죽히죽 웃으며…….

오늘이 실버데이인 거 알지? ^-^ - 민지

그게 뭐야? -_-; - 소은

민지 말로는 애인끼리 은반지를 서로 교환하며 서로의 장래를 약
속하는 날이라고 합니다. =_=;; 전 순간 목걸이를 쳐다봤습니
다…….

어? 서진선배 벌써 준 거냐? O_O; - 민지

모르겠어. -_-; - 소은

그런데……. 니 목걸이에 걸려 있는 반지는 그냥 목걸이 장식용 같
은데? -_-; 선배가 오늘 주겠지~. =ㅁ=!! - 민지

흐음……. =_=;; 개인적으로 녀석은 오늘이 실버데이란 걸 모르고
있을 거라는 생각이 마구마구 듭니다. =_=; 자율학습이 끝나고 동
아리부에 가자…… 여자애들이 득실득실거리더군요.

저…… 저기 잠깐만 비켜줄래……? - 소은

너…… 여기 동아리부원이니? 이거 서진선배한테 전해주지 않을
래? - 여자1

어어? -_-;; - 소은

그 여자애가 내민 것은 은색의 작은 귀고리였습니다. =_=; 그때 엄청난 수의 여자애들이 오더니 이리저리 은제품을 저에게 주더군요. =_= 물론…… 다 서진녀석 아니면 민안놈에게 좀 전해달라는 것이죠. -_-;

낑낑대며 들어오자…….

광둥이, 그거 뭐냐? -_- - 민안

몰라. -_-^ 니 것 가지고 가. - 소은

서진녀석은 피곤하다는 듯 소파에 누워 있더군요. -_- 전 자고 있는 녀석의 몸에 우르르르 -_-^ 여자애들이 전해달라던 은제품들을 털어버렸습니다.

으윽…… 뭐야……. -_-^…… - 서진

선배한테 전해달라는데요? -_-^ - 소은

서진녀석은 자신 앞에 있는 여러 가지 상자들을 쳐다보더니…….

야, 민안아. 오늘 무슨 날이냐? -_- - 서진

몰라요. =_=. 여자애들 또 유치하게 이런 짓이나 하고. - 민안

뜨끔!! =_=;; 이런 짓 하려던 나는 뭐지? -_-;; 그리고 -_- 민안놈……. 지는 여자 갈아치우는 데 선수이면서 그런 말할 자격 있냐? 쨔샤! -_-;

홋……. 잘난 것도 문제라니깐. -v-* - 민안

하연냥이 순간적으로 먹던 페트병 물병을 찌그러뜨리는 게 보였습니다. =_=; 서진녀석……. -_-…… 한 수십 개는 되어 보이는 선물상자 중에 어떤 선물상자를 들고 포장을 뜯더니…….

형. -_- 그거 형이 가지고 싶어 했던 거 아니에요? - 민안

어. 어떻게 알았는지 신통하네. -_-. - 서진

서진녀석은 피식 웃으며 쿨워터라고 써 있는 향수를 들고 있더군요. 녀석은 그러다가 갑자기 민안놈에게 그 향수를 던지며……

너 써라. -_-. - 서진

아아~ 난 그런 향 싫단 말이에요. -_-. - 민안

민안놈에게는 언제나 라벤더 향이 풍겼습니다. =_=……

서진녀석은 그 선물상자들을 구석에 놓더니…….

넌 뭐 준비한 거 없냐? -_- - 서진

난 그런 유.치.한 짓 안 해요. -_-^ - 소은

유치한 짓 하려고 했습니다. =_=;; 남자들은 참 이상합니다. 여자들이 열심히 만들거나 선물해준 것을 그저 아무런 느낌 없이 받아들이곤 합니다. =_=.

선배. 그 선물은 여자애들이 정성 들여서 준 건데…… 그렇게 구석에 처박아두면 어떻게 해요……? - 소은

제가 조심스럽게 말하자……. 서진녀석…….

그럼 내가 너 있는 데서 이런 선물 하나하나 뜯어보고 걸쳐보고 그럴까? - 서진

그…… 그런 건 아니지만……. =_=;; - 소은

그런 걸 원한 거였냐? 그래……. 뭐 좋아. - 서진

서진녀석은 약간 화가 났는지 살짝 눈썹을 꿈틀거리며 선물상자 중 하나를 뜯어서 은색 제품의 라이터를 꺼내더군요.

이거 꼭 가지고 다녀야겠다……. 유소은 니 말대로……. - 서진

선배, 그런 게 아니라니깐요……. =_=; – 소은

서진녀석 동아리 방 문을 벌컥 열고 나갔습니다. =_=;

삐진 거야. =_=…… 유소은. –_–…… 여자친구가 주는 선물을 받고 싶은데 별 상관없는 여자애들이 주는 선물만 받고 있어봐라. 좋냐? –_– – 하연

이거 조금 심각하군……. =_=;;

터덜터덜 복도를 싸돌아다니며 녀석을 찾다가 밖으로 나오니…….

벚꽃 향기가 물씬 풍기며 바람이 불었습니다…….

선배……? – 소은

어두워서 잘 안 보이는데, 녀석인 듯했습니다……. 목에서 작은 은빛이 났기 때문입니다. 녀석은 제 목소리를 들었는지 그저 가만히 있더군요.

선배…… 화났어요? – 소은

어. – 서진

헉. =_=; 그렇다고 그렇게 직접적으로 말하면 서운하지~. =_=;

너 너무 무심한 거 아니냐? – 서진

미안해요. –_–; – 소은

미안한 게 문제가 아니야. – 서진

서진녀석의 퉁명스러우면서도 장난스런 말투가 들렸습니다.

너 내 생일이 언제인지나 알고 있냐? – 서진

선배는 내 생일 언제인지 알고 있어요? – 소은

서진녀석은 아무런 말도 안 하더군요. =_=; 우씨 지도 모르면서. –_–……

그럼 내가 먼저 내 소개할게요. - 소은

서진녀석의 피식 웃는 소리가 들렸습니다…….

이름은 유소은이구요. 혈액형은 A형……. 생일은 12월 16일이에

요……. 초콜릿을 제일 좋아하구요……. 제일 싫어하는 음식은 없

어요. =_= - 소은

돼지. -_- - 서진

그만해요. -_-+ 자자~ 이제 선배도 빨리 해봐요~. - 소은

쪽팔려. -_-. - 서진

해봐요~. 나도 쪽팔려요. =_=; - 소은

서진녀석은 한참 동안 가만히 저를 쳐다보다가…….

이름은 민서진이고…… 혈액형은 B형……. 생일은 8월 16일…….

좋아하고 싫어하는 음식은 둘 다 없음. -_- - 서진

흐음……. -_-…… 선배 이상형은요? - 소은

병신같이 어리버리한 여자. -_-. - 서진

그럼 내가 어리버리해져야 한다는 건가……? =_=;;;;;;

병신아, 너 말야 너. - 서진

제가 배시시 웃자…… 서진녀석의 인상이 찌푸려졌습니다. =_=

저 녀석은 내가 웃으면 꼭 인상 쓰더라. 꿍얼꿍얼……. -_-……

근데 너 정말 나한테 줄 거 없냐? -_-. - 서진

딸꾹!!!!!!!!!!! -_-;;;;;;

하하 =_=;; 선배도 참~. 제…… 제가 준비 안 했겠어요? - 소은

내가 목걸이 줬으니까 니가 줄 차례야. 알지? -_-. - 서진

철저한 쉐리……. =_=;;;

그…… 그럼요~. =_=; - 소은

아…… 이제 큰일났습니다. =_=;;

테디보이29

우린 어쩔 수가 없나봐. 서로가 눈을 피해 만나보아도
결국엔 이렇게 우리 둘이서 또 만나게 되어 있는 거잖아
이렇게 예쁜 너의 곁엔 이렇게 착한 내가 있었어
우린 결코 헤어질 수 없어. 영원히 사랑할 수밖에 없어

-솔리드의 〈천생연분〉 중에서-

집에 가는 길……. -_-;; 지금까지 녀석에게 아무것도 주지 않은
저입니다. =_=;; 어떡하지……? -_-;;

뭘 그렇게 생각하냐? -_- - 서진

아니에요. =_=;; - 소은

아우씨……. =_=;; 집은 다가오는데…… 선물은 없고……. =_=;;
결국 아무런 성과 없이 무심하게도 집에 도착했습니다. -_-;

야, 선물 줘. =_= - 서진

서…… 선배……. 그게……. =_=;; - 소은

왜 그래. =_= 집에 있어? 그럼 갔다 와. - 서진

저 녀석, 선물 진짜 받고 싶나보네……. =_=;;

서진녀석은 피식 피식 웃으며 저를 보고 있습니다. 에라이…… 모
르겠다……. +_+;; 전 저희 집 담벼락에 기대 있는 녀석에게 뚜벅
뚜벅 걸어갔습니다.

뭐야? -_- - 서진

저 선물 없어요. -_-; - 소은

그래서……. -_- - 서진

전 숨을 크게 들이마시고…….

12시까지 선배 하라는 대로 다 할게요. 그럼 됐죠? - 소은

뭐…… 뭐? - 서진

서진녀석……. 갑자기 얼굴이 빨개지며 말했습니다……. =_=;;

저놈 무슨 생각을 하는 거야? -_-…….

선배. -_- 무슨 생각했어요? - 소은

뭘? (-_-) - 서진

12시…… 자정이 되기까지 정확히 4시간이 남았습니다. 서진녀석
은…… 무얼 그렇게 생각하는지 가만히 있다가…….

뭐든지……? - 서진

서진녀석이 사악하게 웃는 걸 보고…… 약간 떨떠름했지만…….

네. -_- - 소은

으악!!!!!!!! 선배 뭐 하는 거예요!!!!!!!!!!! ㅠoㅠ!!!!!! - 소은

뭐야! -_- 뭐든지 한다며. - 서진

ㅠㅁㅠ…… - 소은

서진녀석이 데리고 온 곳은 도서관이었습니다……. =_=……

니 친구 민진가 뭔가한테 들었어. 너 성적이 장난 아니라며? -_-
지금……. - 서진

선배…… 이런 거 빼고 다른 거 다 들어줄게요. ㅜ_ㅜ - 소은
공부는…… 죽음보다 싫다……. (-_-);;;

서진녀석은 절 보고 씨익 웃더니……. 절 한강 둔치 공원으로 데리고 갔습니다…….

선배. 여기 왜 온 거예요? - 소은

그냥……. - 서진

서진녀석은 살짝 웃으며 말했습니다. 벌써 12시가 되기 1시간 전이더군요. =_=…… 티격태격 싸우느라 시간 가는 줄도 몰랐습니다. =_=;

유소은……. - 서진

왜요? =_= - 소은

나 같은 놈이 어디가 좋냐……? 난…… 모든 게 서툴러서…… 너한테 상처를 줄지도 모르고……. 너 울게 할지도 몰라……. - 서진

그러니까 서진선배 포기하라구요? -_- - 소은

그런 건 아니지. -_-^ - 서진

약간 발끈하는 녀석을 보고 씽긋 웃었습니다.

난…… 선배 약한 점이 좋아요……. - 소은

서진녀석이 모르겠단 표정을 짓자…….

선배가…… 힘들면 내 어깨 빌려줄게요……. 평생 무료로 사용할 수 있어요. ^-^ - 소은

서진녀석은 고개를 숙이고 한쪽 손을 들어 제 머리를 끌어당겨 녀석의 가슴에 제 얼굴을 푹 묻었습니다……. 쿵쾅쿵쾅 하고 기분 좋은 심장 소리가 들렸습니다…….

고마워……. - 서진

아…… 알았으니까 놔줘요……. *-0-* - 소은

싫어⋯⋯. - 서진

서진녀석이 고개를 숙이고 있어서 녀석의 얼굴이 잘 안 보였습니다. 하지만 녀석의 입꼬리가 살짝 올라가 있는 걸로 보아 기분 좋은가 봅니다.

선배⋯⋯. 그만 가요⋯⋯.

선배⋯⋯ 선배?! -_-;; - 소은

쿠울⋯⋯. =_=⋯⋯ - 서진

아아⋯⋯ 이럴 때는 녀석이 정말 밉습니다⋯⋯. ㅜ_ㅜ⋯⋯.

테디보이30

왜 이상하냐? -_- - 민현

아⋯⋯ 아니⋯⋯. 그건 아닌데⋯⋯. =_=;; - 소은

오랜만에 만난 민현놈입니다. =_=⋯⋯ 민현놈⋯⋯. 블루블랙이던 머리칼이 검은색이면서도 오묘하게 붉은색이 어우러지는 머리 스타일로 바뀌었습니다. =_=; 왜 다들 이렇게 머리 스타일을 바꾸는 건지. -_-;

야, 어떠냐? -_- - 민현

-_-⋯⋯ - 민지

민현놈 민지한테 어떠냐고 묻자⋯⋯. 민지 아무런 말 없이 가만히 쳐다보다가⋯⋯.

썩은 케첩 처발라놓은 거 같아. =_=. - 민지

뭐? -_-; - 민현

-_-……. - 민지

민지는 그런 말을 남기고 다시 만화책으로 눈을 돌리더군요. =_=;

민현놈은 짜증나는 듯 휙 사라져 버리고.

너 왜 그랬어? =_=; - 소은

뭐가? - 민지

민현이 너한테 이쁨 받으려고 재롱 떠는 거잖아 이 가시나야. =_=;; 빈시는 아무런 반응 없이 귀에 이어폰을 하고 흥얼흥얼거리며 만화책을 봤습니다. =_=……

민현놈…… 기운 내라……. -_-…… 점심시간…… -_-. 이 되고…….

민지야. -_-. - 소은

왜? =_= - 민지

너 정말……. 민현이 안 좋아해? - 소은

아우씨!!! 이민현 얘긴 그만하자니깐!! -_-+ - 민지

그러면서 민지는 손톱을 뚝뚝 물어뜯더군요. -0-;;

민현이 인기 많은데……. —,.—……. - 소은

민지는 꿍하고 앉아 있다가……. =_=……

알아. 그러니까 싫어. - 민지

-_-? - 소은

인기가 많으니까 싫어? -_-;;; 저 눈 타입 진짜 이상하네. =_=;;;

학교가 끝나고 동아리부 문을 열자…….

안 가!!!!!!!!! 안 갈 거야!!!!!!!!!!!!!! >ㅁ<!! - 채정

-_-^…… - 서진

채정언니. =_=; - 소은

어!? 소은아!!! ㅠㅁㅠ!!! - 채정

채정냥……. =_=;; 우리 학교에 웬일일까요? =_=; 채정냥 저에게
후닥닥 오더니 제 뒤에 숨었습니다……. -_- 민안놈이 채정냥과
서진녀석의 싸움을 흥미롭게 쳐다보고 있었고, 하연냥은 귀찮다는
듯 소파에서 담요를 뒤집어쓰고 자더군요. -_-.

소은이 뒤에 숨으면 때릴 수 있냐? 크하하하!! 〉ㅁ〈!! - 채정

이익……. -_-^…… - 서진

채정냥은 제 뒤에 숨어서 이리저리 피하려고 용쓰더군요. =_=;; 제
몸은 채정냥이 끄는 대로 이리저리 끌려다녔습니다. -_-;

누나!!!!!!!!!!!!! -_-+ - 서진

왜 소릴 질러!!!!!!!!!!!! 내가 학교 오면 안 되는 이유라도 있어!? 뭐
이런 놈이 내 동생이야!!!!!!!!!! ㅠㅁㅠ!!!!!!!!! - 채정

언니…… 울지 마요. =_=;; - 소은

제발 내 교복에 눈물 좀 닦지 말란 말이다!! 크악!!!!! +ㅁ+^!!!

결국……. =_=…… 정확히 10분 뒤 하연냥이 담요를 휘두르며 생
난리판을 친 뒤……. -_-…… 채정냥의 머리엔 이따시만한 혹이
생기고, 서진녀석은 화가 나서 아무 말도 안 하고, 민안놈은 두 사
람의 싸움이 흥미롭다는 듯 계속 웃으며 보고 있고……. 전 이리저
리 끼어서 어쩔 줄 모르고 있습니다. =_=;;

아퍼……. -_ㅠ…… - 채정

이름이 뭐예요? - 민안

작업 들어가는구나…… -_-;; 민안자식…….

알아서 뭐하게. -_-^ - 채정

그냥요……. ^-^…… - 민안

쓰파…… 웃지 마. 쏠려. -_-^…… - 채정

-_-;; - 민안

민안놈……. =_=…… 채정냥이 만만치 않은 상대라는 걸 알았나 봅니다. =_=.

채정냥은 웃고 있는 민안놈을 외면한 채…….

소은이 잘 돼 가고 있어? ^-^ - 채정

에? -_-; 뭘요? - 소은

채정냥은 피식 웃었습니다……. (이럴 때 서진녀석과 비슷해 보인다 -_-)

알면서. -_-+ 서진놈이랑 어디까지 나갔어? - 채정

-_-^…… - 서진

또! 인상 쓴다 또!! 인상 펴!!! -_-+ - 채정

채정냥은 인상을 찌푸리는 서진녀석을 보고 빼액~ 소리치며 말했습니다. =_=;; 서진녀석을 이길 수 있는 사람은 채정냥뿐인 것 같습니다. -_-

아아~. 오늘 우리 집에서 파티하자! 망할 할망구랑 할아방탱이 없으니까! 앗싸~ 니 친구들 다 모아!!)ㅁ〈!! - 채정

채정냥은 저희들 사이에서 짱입니다. =_=;;;

그리고 할망구와 할아방탱이는…… 서진녀석과 채정냥의 엄마, 아빠라고 채연냥이 서진녀석 집에 가며 말해줬습니다. -_-;; 집에 도착하자……. -_- 전 민지와 함께 왔는데, 민지 놀란 눈을 하

며…….

갑부다……. ㅇㅁㅇ;;; - 민지

-_-; - 소은

집에 들어서자 어느새 잔뜩 술이 놓여져 있더군요. =_=;; 우리 학교 5대 보이와 채정냥, -_- 저와 민지가 엄청난 저 술을 먹을 수 있을까요? =_=;;

어느새 술판이 벌어졌고. -_-;

누나, 술 그만 마셔요. - 민안

시끄러! 누가 내 잔을 뺏어……. 꿍얼꿍얼……. *-0-*…… - 채정

채정냥이 꿍얼꿍얼거리며 민안놈에게 스륵 기대자……. 민안놈 입 찢어지려고 합니다. =_=;;; 나도 저래볼까……? +_+;; 저도 술에 취한 척하고 녀석에게 쓰러지려는데……. 녀석…… 갑자기 벌떡 일어났습니다. =_=;; 전 삐끗했지만 다행히 맨땅에 헤딩하진 않았습니다. -_-;;

누나 취했나 보다……. 물……. - 서진

서진녀석은 물을 채정냥에게 먹이곤 다시 자리로 왔습니다. -_- 그땐 제가 단단히 삐져 있던 상태였습니다. =_=;; 맥주캔을 들고 괜히 순간씩 벌컥벌컥 마셨습니다. -_-. 슬슬 취기가 돌 때……. -_-…… 전 다시 한 번 녀석에게 기대려고 했으나…… 녀석은 없더군요……. 얼핏 듣기에 채정냥을 방에 데려다주고 온다고 한 거 같습니다…….

야아아아~ @ 0 @ ~ 더 줘~. 더 줘~~~. - 소은

너 그만 먹어. -_- - 진우

어!? 진우네!!! 우리 착한 진우!!!! 〉_〈!! – 소은

제가 진우 옆으로 싸사삭 가자 진우놈 슬금슬금 피하더군요. =_=;;

진우야~. – 소은

왜? –_– – 진우

미안해~. ㅠㅁㅠ…… – 소은

어어!? 얘가 왜 울어? –_–;; – 진우

그냥 갑자기 눈물이 나왔습니다. =_=;; 저 술 먹으면 우나 봅니다. 전 손등으로 눈물을 훔치며 계속 진우놈에게 미안하다고 말했습니다. =_=;; 얼마 지나지 않아 저의 울음 행각은 멈추었고……. =_=…… 술이 좀 깨는 듯했습니다. 진우놈의 토끼가 제 손 안에 들어오는 걸 느꼈습니다.

토끼야~. 〉_〈!!! 너도 술 먹고 싶니? – 소은

야!! 유소은!! =_=;; – 민안

민안놈이 토끼를 뺏어 =_= 진우놈에게 주더군요. =_=;; 그런데…….

민서진…… 너 계~ 속 이렇게 안 온다 이 말이지~. @_@ 채정냥만 챙기고 난 필요 없다 이거야!? 비틀비틀거리며 겨우 정신을 잡고 있을 때…… 서진녀석이 제 옆에 앉는 게 느껴졌습니다.

유소은……. 너 얼마나 마신 거야……? –_–^ – 서진

@_@ ……. (–_–)……. – 소은

서서히 눈이 감길 즈음…… 제 몸이 어디론가 이끌려 가는 것을 느꼈습니다. 밖에 나오자…… 녀석의 집에 심어져 있는 벚꽃나무가 보였습니다…….

더워……. – 소은

녀석은 집 정원에 있는 긴 의자에 저를 눕혔습니다.

너 얼마나 마신 거냐……? - 서진

몰라요……. - 소은

한두 시간을 그렇게 있었을까……. 술이 좀 깬 듯했습니다……. 옆을 보니…… 서진녀석이 저를 그윽히 쳐다보고 있더군요. =_=;; 쓰읍!!!=_=;;

깨…… 깨우지 그랬어요. - 소은

깼냐? -_-. 술냄새 난다…… 너……. - 서진

선배 나 이뻐요? >_<!! - 소은

너 무슨 약 먹었냐? -_-; - 서진

아…… 안 이뻐요……? ㅠㅁㅠ…… - 소은

술이 아직 안 깼나 봅니다. =_=;;;

서진녀석 뚝뚝 눈물을 흘리는 저를 보더니 당황하며…….

이, 이쁘다. 차암 이뻐~. -_-;; - 서진

또 눈물을 그치고 가만히 있자 서진녀석 황당하다는 듯 쳐다보며…….

유소은. - 서진

왜요요~. =ㅁ=!! - 소은

너 술 먹지 마라. - 서진

그냥 말없이 고개를 끄덕이자 서진녀석은 씨익 웃으며…….

오늘은 여기서 자고 가라. - 서진

서진녀석이 살짝 웃으며 쳐다보았을 때 심장이 기분 좋게 뛰었습니다…….

테디보이31

방학이다아아아~. 〉ㅁ〈!!!!!! - 소은

-_-; - 민지

7월 16일!! 〉ㅁ〈!!오늘은 방학입니다!!

너 내일 롯데월드에서 소개팅 있는 거 알지? -_- - 민지

그러엄~. 〉ㅁ〈!! - 소은

저와 민지는 시원하게 손을 짜악!! 맞부딪치며 씨익 웃었습니다……. ^-^ 내일 민지와 함께 롯데월드에서 소개팅 건수가 있기 때문입니다……. 에? 서진녀석이오? -_-. 하하하…… 비밀입니다. =_=;;

근데 진짜~ 미소년 맞지? 응? ㅇ_ㅇ - 소은

그렇다니깐!! 내가 두 사람 사진 봤어!! 〉_〈!! 너 진짜 뽀대나게 하고 와야 돼~. - 민지

그럼, 그러엄~. 〉_〈!! - 소은

싱글벙글 웃으며 동아리부에 갔습니다.

소은이 뭐 좋은 일 있어? -_- - 하연

네? 하하하~ 뭘요~. 〉_〈!! - 소은

굉장히 기분 좋아 보이는데……. -_-…… ……남자라도 만나러 가냐? (=_=)…… - 하연

뜨끔!!!!!!!!!!!!!! +_+;;;

무…… 무슨 남자예요~. 하하하~ 언니도 차암~. 저 이만 가볼게요!! 〉_〈!!! 방학 잘 보내요~. - 소은

다들 저의 히죽히죽거림이 익숙지 않은지 꼭 병자 보는 듯한 눈으로 쳐다보더군요. =_=;; 서진녀석은 제가 먼저 간다는 말을 듣곤 지도 가방 들고 나오더니…….

데려다 줄게. - 서진

서진녀석과 함께 집에 가는 길…….=_=…… 우훗~ 우훗~.*-_-*……

소개팅 생각만 해도 기분이 좋습니다. =_=…… 네네……. 저 풍녀입니다……. =_=……(바람 풍…… -_-;;)

너 정말 무슨 좋은 일 있냐? -_- - 서진

아니오~. 〉_〈!! - 소은

-_-^…… - 서진

왜 내가 웃으면 인상을 찌푸리는 건데? =_=;;;

집에 도착하자…… 서진녀석은 가고……. 전 후닥닥 옷장을 열어 최대한 어른스러워 보이는 옷을 입고 룰루랄라 내일을 기대했습니다. =_=……

그리고 대망의 내일……. -_-…… 새벽에 일어나 샤워하고 머리 감고 화장도 조금 하고. =_= 평소엔 안 했던 귀고리에……. 그 녀석이 줬던 목걸이를 하고 나섰습니다……. 죄 짓는 거 같아. =_=;;

오오오~ 유소은!!! - 민지

스포티한 옷을 입고 나온 민지는 씨익 웃는 저를 보고 피식 웃으며 답했습니다. 민지는 부드러운 보라색의 캐주얼 정장을 입었더군요. 살짝 머리를 묶어서 차가운 민지의 얼굴이 조금 더 차가워 보였습니다. =_= 그리고 롯데월드에 도착하고……. -_-……. 열심히 나돌아 댕기며 그 사람들을 찾고 있는데…….

야야! 서진선배다!! +口+;; - 민지

뭐? ㅇ口ㅇ;; - 소은

민지가 가리키는 곳을 쳐다보니……. 잔뜩 인상을 찌푸리며 걷고 있는 녀석과…… 솜사탕을 들고 해맑게 웃고 있는 채정냥이 보였습니다. =_=;;; 채정냥이 졸라서 여기 오자고 했구나……. 그런데…… 두 사람 정말 연인 같아……. 질투가 물씬물씬 난다……. -_-^……

아아! 서진선배가 보겠다!! 너 빨리 이리 와!! - 민지

나…… 그냥 소개팅 안 할래……. - 소은

그런 말이 어딨어!!! 아!! 2층으로 올라가보자……. - 민지

민지가 질질 끄는 바람에 2층으로 올라가니……. =_=…… 만나기로 했던 장소에…….

신민지……. -_-^……. 저게 미소년이야……? - 소은

-_-;; 그냥 우리끼리 놀자…… - 민지

굉장한 폭탄들이 우리 둘의 사진을 들고 웃으며 보고 있더군요……. -_-^…… 아아……. -_-;;;

그때 민지의 등을 누군가 톡톡 두드렸습니다.

누구야!? 헉!!!!!!!!!! +口+;; - 민지

……두 사람 놀러온 건가……? -_-…… - 민현

옆구리에 이쁘장한 애를 끼고 피식 웃으며 짜증난다는 눈으로 민지를 보고 있는 민현놈이 보였습니다. =_=;;

민현아 누구야? - 여자1

그 이쁘장한 애가 민현놈에게 끼었던 팔짱을 더욱더 세게 끼며 말했습니다. 민현놈……. 그 여자애를 보고 시니컬하게 웃으며…….

후배. - 민현

아아…… 그렇구나……. - 여자1

민현놈은 고개를 끄덕이며 귀엽게 웃는 그 여자애의 머리칼을 헝클어 놓곤 장난스런 표정으로 민지를 쳐다보며…….

헌팅한 애야. ……어때? 귀엽지? - 민현

민지가 두 주먹을 꽈악 쥐는 게 보였습니다……. =_=; 민현놈은 재미있다는 듯 웃으며 그 여자애와 사라졌습니다.

뭐야!!!!!!!!!! 나도 헌팅할 거야!!!!!!!!!!!!!! - 민지

니 얼굴엔 무리라고 말하고 싶구나……. =_=;;; 민지야.

민지는 저를 왔다갔다 데리고 다니며…… -_-;; 이리저리 남자를 물색했지만……. 소용이 없었는지 회전목마를 타며……. -_-;

하아~. 남자가 뭐 이리 없냐……. 괜찮은 놈은 다 여자친구 있구……. -민지

그러면서 민지는 민현놈을 떠올리는지 괜히 회전목마 말을 뻐엉뻐엉 차더군요. =_=; 그런 민지를 보고 살짝 웃으며 밖을 보니…….
어떤 여자와 얘기를 나누며 걸어가고 있는 서진녀석이 보였습니다…….

뭐야……. =_=;; 니네 오늘 헌팅하기로 모인 날짜였니?-_-^

민지도 서진녀석을 봤는지…….

야야! 뭐야!!!! 서진선배도 바람 피잖아~. 〉ㅁ〈!! - 민지

그냥…… 길 물어보려고 그랬던 거겠지……. -_-^…… - 소은

전 민지와 함께 오락실에 들어갔습니다. =_=;; 펌프하고 있는 애를 봤는데…… 고등학생인 듯했습니다…….

와아~ 진짜 잘한다……. ㅇ_ㅇ……- 민지

민지가 중얼거리며 말하자…… 펌프하는 아이 중 1명이 민지를 보더니 피식 웃었습니다…….

오오오~ 꽤 생겼네. +_+;

그 펌프가 끝나고 펌프하던 아이 두 명이 민지와 저에게 오더니…….

누나들인가……'? - ??

아니야. -_- 여기 이 꼬맹이는 중학생으로 보이는데? -_- - ??

고등학교 1학년인데……-_-^…… - 소은

제가 살짝 눈썹을 꿈틀거리며 말하자 피식 웃는 어떤 놈이 보였습니다.

서진녀석과 비슷하게 웃지 말란 말이다. 서진녀석보다 안 멋있는 게. ……*-_-*…….(-_-;)

나 진일현. 반갑다. 난 고등학교 1학년. - 일현

한빈수. - 빈수

한빈수? 이름 딥따 특이하네. -_-. - 민지

빈수놈은 살짝 화가 났는지…….

넌 이름이 뭔데? -_- - 빈수

신민지……. 얘는 유소은이고. - 민지

빈수란 놈은 저를 보더니…….

짝지어서 노는 게 어때? -_- 난 이 꼬맹이. - 빈수

꼬…… 꼬맹이 아니라니깐!! 동…… 동갑이야!!!! +_+;; - 소은

오냐. -_-. - 빈수

전 결국 빈수놈과 함께 어울려 다니게 됐습니다. =_=…… 빈수놈
은 아이스크림을 사주며…….

그 목걸이는 뭐냐? -_- - 빈수

남자친구가 준 거. - 소은

빈수놈은 황당하단 듯 웃으며…….

남자친구 있으면서 나온 거냐? - 빈수

걱정 마. 지금 여기 있으니까. 아이스크림 고마워. 나 남자친구한
테 가봐야겠다. - 소은

그렇게는 안 되지. -_-…… 야야, 유소은. 니 남자친구 이름이 뭔
데? - 빈수

아주우~ 유명해. 아주우~. -O-!!! - 소은

그러니까 뭔데? -_-. - 빈수

제가 입을 열어 말하려고 하는데…….

민서진. - 서진

어느새 제 손을 끌어 저를 품안에 가두는 서진녀석입니다. O_O;;

서…… 선배……. - 소은

어제 그렇게 기분 좋았던 게 이거였냐? - 서진

서진녀석은 화가 난 듯합니다. =_=;; 빈수놈은 서진녀석을 보더
니…….

형. -_- - 빈수

-_-…….

……어 빈수구나……. -_-……. - 서진

아…… 아는 사이인가……? -_-;;;

자…… 잘못했어요……. ㅠㅁㅠ…… - 소은

그러니까 얘가 먼저 꼬리를 쳤다고? -_- - 서진

펌프하고 있는데 애들이 얼쩡대더라구요.-_- 형, 여자친구 관리 잘해요. -빈수

서진녀석과 빈수놈의 사이는…… -_-;; 서진녀석의 친동생과 다름 없는 사이라고 합니다. =_=;; 뭐…… 같이 운동을 하면서 우정을 키워 왔다나…… 뭐라나……. -_-;;

서진녀석은 살벌하게 저를 보고 웃으며…….

아하…… 꼬리를 쳤다 이 말이지……. - 서진

서…… 선배도 아까 어떤 여자애랑 가…… 같이……. - 소은

그 여자애? -_- 채정누나 친구였어. - 서진

=_=;; - 소은

할말 없습니다. =_=;;;;;;;;;

서진녀석은 콜라를 쓰윽 마시며…….

유소은, 잘못했지? - 서진

네. ㅠ_ㅠ…… - 소은

무진장 잘못했지? - 서진

그럼요~. ㅠ_ㅠ…… - 소은

서진녀석의 시니컬한 웃음소리가 들렸습니다.

그럼 죗값을 치러야겠네? - 서진

네? -_ㅠ? - 소은

서진녀석은 다 먹은 콜라캔을 테이블에 탕탕 치며…….

내일 말해줄게……. 무슨 죗값을 치러야 하는지……. - 서진

형. -_- 조심해서 해요. - 빈수

걱정 마라. -_- - 서진

내일이 제발 오지 않았으면 합니다……. ㅠ_ㅠ……

테디보이32

그…… 그러니까…… 이게 뭐냐구요……? =_=;; - 소은

뭐긴 뭐야 -_-^ 화장품이지. - 채정

전 화장 같은 거 안할 거라니깐요!!!!!!!! - 소은

시끄러워.-_-^ 누군 해주고 싶은 줄 알아? - 채정

채정냥이 -_- 학교에 찾아와 끝나자마자 동아리부에도 못 가게
하고 서진녀석 집에 데리고 왔습니다. =_=;; 채정냥은 무작정 저에
게 메이크업을 시킨다면서 제 머리카락을 꾸욱 누르며…….

가끔씩 여자는 화장을 할 때도 있는 거야. 너처럼 민숭민숭하게 무
슨 재미로 사냐? -_- - 채정

그냥 나 민숭민숭하게 살 거예요. -_+ - 소은

너 마스카라로 얼굴 낙서판 만들어본 적 있니? -_-^ - 채정

=_=;;

채정냥은 제가 쫀 것을 보았는지 피식 웃으며…….

서진이 몰래 바람 폈다며? - 채정

그…… 그건……. =_=;; - 소은

오늘 아주 큰 벌이 내려질걸……. - 채정

채정냥은 이리저리 처바르고……. -_- 아무튼 열심히 저에게 무

189

언가 바르더군요. =_=.

나…… 나, 립스틱 바르는 거 싫어하는데……. - 소은

그래? 그럼 립글로즈로 대처하고……. -_- 살짝 바를게. - 채정

입술을 혓바닥으로 낼름 한번 맛을 보니 -_- 보…… 복숭아 맛이

난다. =_=;;

까아!!!! 지워졌잖아!!!!!!!!! 〉ㅁ〈!! - 채정

채정냥에게 알밤 한 대 맞고 -_-;; 잠잠하게 앉아 있었습니다. 채

정냥은 제 머리카락을 지지고 볶고 하더군요. -_- 한참을 그렇게

있으니……. -_-.

자자~ 봐봐. 어때? - 채정

언니……. ㅇ_ㅇ…… - 소은

아아……. =_=;; 이게 정녕 나란 말인가. ㅇ_ㅇ…… 거울을 보

고…… 놀라서 기절할 뻔했습니다……. 그래…… 화장의 힘은 대

단해. -_-……

옷이 문젠데 말야……. - 채정

채정냥은 손톱을 살짝 물어뜯더니 방에 들어가…… 긴 투피스를

가지고 왔습니다. =_=;

언니. 전 등선이 잘 안 살아서 이런 거 안 어울려요. -_ㅜ. - 소은

우선 입어봐. -_-. - 채정

하늘색이면서도 묘한 노란색이 어우러진 투피스가 제 몸을 휘감는

게 느껴졌습니다. 생머리이던 제 머리가 부드러운 웨이브 머리로

바뀌면서 목을 자연스럽게 휘감았습니다…….

웬일이야~ 웬일이야~. ㅇㅁㅇ!!! - 채정

채정냥은 그렇게 말하곤 =_= 저를 으리으리한 차 -_- 에 태워 휘잉~ 하고 어디론가 달렸습니다.

어…… 어디 가는 거예요……? =ㅁ=;; - 소은

너 벌 받을 곳. -_- - 채정

-_-;; - 소은

채정냥의 말을 듣고 조금 긴장한 모습으로 가다가……. 끼이익 하고 차가 섰습니다. 채정냥은 저를 내리게 하곤…….

자자. 파이팅! - 채정

뭐…… 뭘요……. =ㅁ=;; - 소은

이제 슬슬 서진이 올 테니까 조금만 기다려. -_-. - 채정

채정냥은 그 길거리 한복판에 저를 내버려두고 휘익 사라져 버렸습니다. =ㅁ=;; 제길……. ㅠㅁㅠ…… 이게 벌인가……. =ㅁ=;;;;;; 후우……. -_-=33…… - 소은

손목에 걸려져 있는 시계를 보았습니다. =_= 그 시계는 채정냥이 걸어준……, 한눈에도 비싸 보이는 시계였습니다. =ㅁ=;; 목에선 녀석이 준 목걸이가 찰랑거리고 있었고……. 전 녀석을 기다리고 있었습니다.

진짜 안 오네……. -_-^…… - 소은

그때……. 누군가 제 손을 휘익 채가더군요. 크게 눈을 뜨고 쳐다보니…… 믿을 수 없다는 눈으로 저를 쳐다보고 있는 서진녀석이 보였습니다. =ㅁ=

뭐예요!!!! 나오라 해놓고 뭐 이렇게 늦게 와!! =ㅁ=^!! - 소은

미치겠군……. - 서진

서진녀석은 갑자기 지가 입고 있던 반팔 녹색 남방을 벗더니……
저에게 덮어주었습니다. = _=; 녀석은 나시티밖에 안 입고 살벌한
눈으로 절 쳐다보더군요. - _-;

선배. = _=; 선배, 몸매 자랑할 일 있어요? - 소은

하나 사 입으면 돼. - 서진

그래. 너 부자다. - _-+

서진녀석은 옆에 있던 옷가게에 가서 하늘색 반팔 남방을 대충 걸
치고 오더니…….

제 시간에 오긴 왔군. - 서진

뭐라구요? 나 지금 선배 30분이나 기다렸어요! 알아요? - 소은

제가 빼액빼액 화를 내자 녀석은 피식 웃으며…….

너 평소와 굉장히 달라 보인다. - _ - - 서진

모…… 몰라요. 채…… 채정언니가……. - 소은

대충 상상은 가는데……. 흐음……. 우선…… 들어가자. - 서진

서진녀석은 약간 삐져 있는 제 손을 잡곤 저를 어느 카페 안으로
질질 끌고 갔습니다. = _=. 그 안에는…….

소은아!!!!!!!!! ㅇ_ㅇ!!!!!! - 민지

니가 여기 웬일이냐? - _-; - 소은

민현놈에게 붙들려 있었는지……. = _=;; 민지 저를 보고 무척 반가
워하더군요. = _=;

민지도 꾸미고 왔는지 평소와 달라 보였습니다. = _=

그래도…… 넌 본판이 되는구나……. - _-……

민지는 저에게 올려다가 짜증 이빠시 내는 - _-; 민현놈에게 다시

붙잡혀 민현놈 옆에 다소곳이 앉아 있더군요. =_=; 전 서진녀석 옆에 약간 툴툴거리는 자세로 앉았습니다.

이게 뭐예요? - 소은

어어 -_-. 좋은데. - 서진

주위를 둘러보니…… =_= …… 서진녀석을 아는 사람들이 많은 듯했습니다. 뭐…… 여자들도 꽤 있더군요. -_-^

선배. =_=; 도대체 여기가 어딘데요? - 소은

중학교 동창회. -_- - 서진

뭐…… 뭐라구요? =ㅁ=;; - 소은

중학교 동창회. -_-^ - 서진

서진녀석은 지 앞에 놓인 맥주캔을 입에 대고 말했습니다.

그…… 그래. =_=;; 어쩐지…….

그때…… 저 멀리서…… '비은아!!!!!!! 왔구나!!!!!!!!!!' 하는 소리가 들렸습니다……. 맞다……. 그래……. 서진녀석…… 말없이 맥주만 마시더군요……. 어느새…… 더욱더 이뻐진……비은놘입니다……. 이렇게 화장하고…… 꾸며도…… 저 여자에겐 제가 무척 초라해 보입니다……. 비은놘 주위엔 여자, 남자 가릴 것 없이 모여 있더군요…….

선배…… 가봐야 하는 거 아니에요……? - 소은

서진녀석은…… 말없이 저를 쳐다보더니…… 제 어깨를 꽈악 감싸 안았습니다……. 민지와 민현놈도 자리를 뜨지 않고 서로 티격태격대며 싸우고 있더군요……. =_=……

에이씨……. =_=;; 민지와 나는 왕따인가? -_-;;

서진아……. - 비은

어느새…… 비은눈이 저와 서진놈 앞에 서 있더군요……. 서진녀
석 아무런 미동 없이 그냥 맥주만 먹고 있더군요……. 오히려 옆에
있던 제가 무안했습니다. =_=; 서진녀석……, 저…… 그리고 비은
눈. 이 세 사람 주위에서만 시간이 멈춘 듯했습니다…….

서진아……. - 비은

왜? - 서진

서진녀석은 한동안 아무 말 안 하다가…… 정말 재수없게 고개를
들며 -_- '왜' 라고 한 마디 외쳤습니다.

정말 나‥ ‥ 이제 안 쳐다봐줄 거야……? - 비은

전 살며시 비은눈을 쳐다봤습니다……. 어……? o_o;;;;;;;;;;; 비은
눈…… 제 머리 스타일……, 제가 즐겨 입는 옷차림……, 제가 하
고 있는 녀석의 이니셜이 새겨진 목걸이까지 하고 있습니다…….

뭐냐…… 너……? - 서진

너…… 이런 스타일 좋아해서…… 소은이란 여자애…… 사귄 거잖
아……. 그래서……. - 비은

서진녀석 갑자기 벌떡 일어나더니……. 비은눈의 목에 걸려 있
는…… 목걸이를 휘어잡아 투둑 하고 빼더니…….

누가 함부로 이런 거 하고 다니래……? - 서진

비은눈의 목이 뻘~ 겋게 부어 올랐습니다……. 전 놀라서 녀석의
손을 잡고…….

선배!!!! 무슨 짓이에요!!!! +_+;; - 소은

솔직히 속으론 앗싸~ 하고 -_-; 쾌재를 외쳤습니다. =_=;; 비은눈

이 알게 모르게 눈물을 흘리고 있는 거 같았습니다……. 서진녀석
은 그런 거 신경 쓰이지도 않는지…….

똑똑히 들어 한비은. 난 유소은 같은 스타일이 좋은 게 아니라 유
소은이 좋은 거야. 알아? 유소은이 머리를 빡빡 밀든 볶든 난 유소
은이 좋은 거라고. 알아들었냐? - 서진

서진녀석……. 너 이렇게 잘해주면 그동안 니 욕했던 거(-_-;) 너
무 미안해지잖아……. 크흑……. ㅠ_ㅠ…… 전 그래도 양심은 있
었는지…… 울고 있는 비은눈에게 손수건을 내밀었습니다…….

자요…… 닦아요……. - 소은

필요없어……. - 비은

그 차가운 말을 듣는 순간 무안해져서 -_- 하늘색 가방에 손수건
을 넣었습니다. =_=……

전 자리에서 일어나며…….

저…… 저 화장실에 다녀올게요. =_=; - 소은

화장실에서 손을 씻고 밖으로 나왔습니다……. 밖엔 녀석이……
있었습니다.

선배……. 왜 나와 있어요……? - 소은

서진녀석 저를 보더니……. 그 카페 안으로 저를 데리고 들어갔습
니다. 비은눈은 없어진 지 오래였고…….

야야. 집중해봐!!! 야!! - 서진

서진녀석이 테이블을 탕탕탕 두드리며 말하자…… 수십 명의 사람
들이 저와 서진녀석을 쳐다보더군요. =_=;

니네 잘 들어라. 난 한비은 남자친구가 아니라 여기 있는 유소은

남자친구야. 알아들었냐? - 서진

서진녀석이 씨익 웃으며 말하자…… 민현놈이 우오오오~ =_=;; 하
고 곧이어 여기저기서 남자들 함성소리가 들려왔습니다. =_=;; 곳
곳에서…… 영계다. =_=. 귀엽게 생겼네. *-_-*. 어리숙하게 생겼
네. =_=^……. 등등 여러 가지 말이 나왔습니다. 주위에서 어떤 여
자들이 우르르 오더니 =_= 이것저것 물어보았습니다. 재수없는 놈
이랑 사귀기 힘들 거라고…… 다들 말하더군요. =_=; 진직으로 동
감합니다. -v- 겨우 빠져나온 뒤…….

선배. =_= 이게 벌이에요? - 소은

어. -_- 안타깝게도 빈수가 안 왔네……. 빈수가 왔으면 넌 죽었
지. - 서진

서진녀석의 말로는 -_- 우현놈이 하연냥을 여자친구라고 소개한
순간 빈수놈이 하연냥에게 대량의 술을 먹여 기절 상태까지 만들
었다고 합니다. =ㅁ=;;

서진녀석의 손을 꽈악 잡고 걸어가는 길……. 서진녀석은…….

이틀 뒤에…… 우리 어디 놀러가자……. - 서진

어디로요……? - 소은

서진녀석은 말없이 웃으며 간단하게 말했습니다.

니가 제일 좋아할 만한 곳……. - 서진

이틀 뒤가 기대됩니다. ^-^……

196

느…… 늦게 와서 죄송해요……. - 소은

아무튼, 유소은. -_-+ - 민지

오늘…… =_= 저희들 산으로 캠핑 갑니다. ^-^ 녀석이 이틀 뒤에 데리고 간다는 곳은 산이었습니다. =_= 아아~ 시원한 계곡……, 푸른 나무……, 맑은 공기……. 상상만 해도 기분 좋습니다~. >_<!!! 5대 보이 녀석들과 저와 민지, 하연냥, 채정냥도 덤으로 가게 되었습니다. =_=

기차 안에서 각자 번호표대로 앉으니 =_=; 여자는 여자끼리 남자는 남자끼리 다른 칸에서 있게 되었더군요. -_- 왠지 씁쓸했습니다. =_=; 민지는 제 옆에 앉았고 채정냥은 하연냥과 같이 앉았습니다. 의자를 뒤로 돌려 씨익 웃으며…….

산에 가니까 기분 좋다. 그치? >_<!! - 채정

그래요~. >_<!! - 민지

민지와 채정냥은 같은 부류였습니다. =_=. 전 챙겨왔던 과자를 가방에서 꺼내 우물우물 먹었습니다.

유소은. -_-+ 치사하게 너만 먹냐? - 채정

누가 과자 가지고 오지 말랬어요? 여긴 물가가 비싸다구요! - 소은

제가 딱딱거리며 말하자 =_= 민지는 채정냥에게…….

저 눈 완전히 아줌마라니깐요? ㅋㅋㅋ 물가가 비싸다는 둥 얼굴만 10대지 정신연령은 아줌마예요.- 민지

서진이 고생 좀 하겠네? -_-ㅋ - 채정

197

가만히 숙면을 취하는 하연냥입니다. =_=.

하연아, 너 왜 벌써 자냐? -_- - 채정

채정냥은 하연냥과 친해졌는지 약간 걱정스런 눈으로 하연냥을 쳐다봤습니다.

나…… 멀미한단 말야……. 아무 거나 타도……. - 하연

파랗게 질린 얼굴로 눈을 감아버리는 하연냥입니다. =_=…… 결국 저희 셋이 369, -_- 원카드 -_- 등등 시대 지난 놀이들이지만 재미있게 놀았습니다. =_=

밤 9시쯤에 도착했습니다. 하연냥은 비틀거리며 -_- 후닥닥 달려온 우현놈에게 기댔고, -_- 채정냥은 짜증난다는 듯 우현놈을 쳐다봤습니다. -_-;

넌 멀미 같은 거 안 하냐? -_- - 서진

난 무쇠예요 선배……. =_= - 소은

그래……. 잠시 잊고 있었다. -_- - 서진

-_-^…… - 소은

한 10분 걸어가니…… 시원해 보이는 캠핑장이 보였습니다. 오두막이 2개가 있었습니다.

남자, 여자 오두막이 따로 있나 보구나…….

그리고 다른 곳에 오두막 2개가 더 있었구요. =_= 저흰 주인장이 안내하는 대로 남자, 여자 따로 따로 오두막에 들어갔습니다. -_-.

아으으~ 피곤해!!!!!!! >_<!!!!!!! - 채정

나 잘래……. - 하연

야! 너 지금 그냥 자겠다고? -_-+ 그런 게 어딨어어어~. 같이 놀

자아~. ＞_〈!! – 채정

하연냥은 달라붙은 채정냥을 벌레 보듯이 쳐다보더군요. =_=;

그럼 바람 좀 쐬고 올게. –_– 하연

나도요! 하연언니 나도 같이 쐬러 가요!! ＞_〈!! – 민지

하연냥은 귀를 살짝 가리는 황금빛 –_– 머리를 슬쩍 흔들며…….

그냥 나 혼자 갈게. – 하연

하연냥은 카디건을 걸치고 밖으로 나가더군요. =_=

하연언니 은근히 사람을 끄는 매력이 있는 거 같아……. 그렇지 않
냐? – 민지

응. =_= – 소은

저도 편한 잠옷 차림으로 갈아입고 뒹굴뒹굴 구르며 행복을 만끽
했습니다. –_–……

채정냥도 잠옷을 갈아입고 나오더니…….

야야. 하연이 왜 이렇게 안 와? – 채정

몰라요. =_=. – 민지

나갔다 와보자. –_– 채정

채정냥은 저와 민지의 팔을 끌며 말했습니다. =_=;;

언니 혼자 가요. –_–; – 소은

나 무섭단 말야. –_–; – 채정

결국 셋 다 밖으로 끌려나오니…… 시원한 바람이 몸 안으로 스며
들어 왔습니다……. –_–; 주위를 둘러보니…….

그…… 그만 들어가요. =_=;; – 소은

왜? –_– – 채정

그…… 그냥요……. -_-;; - 소은

민지는 제가 떨떠름한 표정을 짓는 것을 보고 제가 봤던 쪽을 보더니…….

흠……. -_-;;; - 민지

제가 봤던 것은 바위에 걸터 서 있는 하연냥에게 찐~ 하게 뽀뽀하는 -_- 우현놈입니다. =_=;; 채정냥을 질질 끌며 하연냥의 뻔뻔함을 -_-; 곱씹고 있을 때…….

뭐야……? 왜그렇게 째려봐? =_=; - 하연

아니에요. -_- - 소은

하연냥은 뻔뻔스럽게 -_-; 빤~ 히 쳐다보는 저를 무시하고 이불 안으로 쏘옥 들어가더군요. =_=; 그리고 다음날. -_-…… 채정냥이 새벽에 깨우는 바람에…… -_- 대충 밥 먹고, 하얀 나시티 입고, 밑엔 베이지색 반바지 입고 계곡 속으로 뛰어들었습니다. =_=; 채정냥과 하연냥이 한 팀을 먹고 -_-; 저와 민지가 한 팀을 먹고 -_-; 물싸움을 하기로 했습니다. -_-;

물 회오리!!!!!!!!!! 〉ㅁ〈!!!!!!!!! - 채정

으악!!!!!!!!!!! 마구마구 뿌리기!!!!!!!!!!! +ㅁ+!! - 민지

두 사람의 싸움 때문에…… -_-;; 가만히 서 있음에도 불구하고…… 홀딱 젖은 -_- 하연냥과 저입니다. =_=;; 결국 저와 하연냥도 씨익 웃으며 마구마구 물장난을 했습니다. =_=. 2시간 동안 미친 듯이 한 결과……. =_=…….

헥헥…… 죽겠다……. =ㅁ=;;; - 소은

무…… 무승부야……. -_-^…… - 채정

민지와 하연냥은 이미 저 멀리 떨어져 있고 =_=; 끈기의 채정냥과 광기의 -_-; 제가 남아서 미친 듯이 더 하다가 결국 물 밖으로 나온 뒤 헥헥거리며 드러누워 버렸습니다. -_-; 그때, 제 얼굴에 푸욱~ 하고 수건이 덮어졌고, 고개를 들어보니……

아침부터 웬 난리야……? -_-^ - 서진

헤헤헤…… 선배 일어났어요? - 소은

흠뻑 젖은 머리카락 위에 수건을 덮고 =_= 일어나자 -_- 수건을 들고 민지 머리카락을 쓰윽 쓰윽 닦아주는 민현놈이 보였습니다. 웬일이냐…… =_=;; 하고 쳐다보니…… 민지…… 민현놈에게 한대 맞았는지 머리에 혹이 하나 나 있더군요. =_=;;

누나, 머리 안 닦으면 감기 걸려요!!! - 민안

아 시끄러. -_-^ 난 감기 같은 거 안 걸려. - 채정

민안놈……. =_=;; 채정냥 포기 안 했나 보구나……. -_-…….

서진녀석은 잔돌이 깔아져 있는 바닥에 앉아서 진우놈과 가재를 잡는지…… 물 속을 헤집고 다니더군요. =_=; 피식 웃으며 녀석을 보고 있는데……. 녀석이 곧이어 나왔습니다. -_-……

선배, 뭘 그렇게 찾았어요? -_- - 소은

서진녀석이 웃으며 내민 것은……분홍빛 돌이었습니다…….O_O…… 은은한 분홍빛이었습니다…….

이뻐요……. - 소은

제가 중얼거리듯 말하자 녀석은 피식 웃으며…….

이쁘다는 말 말고 -_- 다른 할 말 없냐? - 서진

서진녀석 툴툴대며 말합니다. =_=;

뭐…… 뭐요? =口=;; – 소은

야! 내가 이거 찾느라고 얼마나 고생한 줄 알아!? –_–+ – 서진

고맙다는 말을 듣고 싶은 거니? =_=;;;;

고…… 고마워요. –_–;; – 소은

그래. 그래야지. –v–*. – 서진

그래, 니가 짱 먹어라. –_–;;;

제가 분홍색 돌을 주머니에 넣자 녀석은 갑자기 저를 집어들더니…….

선배!!!!! 지금 뭐하는 거야!!!!!!!! – 소은

녀석은…… =_=…… 저를 집어들어 물 속으로 던졌습니다. =_=;;

어푸퍼퍼거리며, 허우적대며 미친 듯이 다시 물가로 나오자…….

역시 –_– 사람은 살려는 의욕이 생기면 초인적인 힘을 발휘하는군. – 서진

선배……. –_–+…… – 소은

서진녀석은 장난스럽게 웃으며

야야. 빨리 점심밥 해줘. – 서진

저 밥 못하는데……. =口=;; – 소은

전 녀석에게 뒷목을 잡힌 채 –_–; 부엌으로 향했습니다. =_=;;;;;;;;

선배, 저 정말 요리 못한다니깐요. ㅠ_ㅠ. - 소은

서진녀석은 아무 말 없이 앞치마를 휙 던졌습니다. =_= 전 울며 앞
치마를 매었고 녀석과 함께 싱크대 앞에 섰습니다. 싱크대 앞엔 냉
면 재료들이 잔뜩 있더군요. =_=

냉면 만들게요? -. 소은

'만들게요' 가 아니라 '만들까요' 지! -_- - 서진

선배. -_ㅠ. 정말로 저 할 줄 아는 거 떡볶이밖에 없어요. 라면이
랑. - 소은

그럼 냄비에 물이나 올려. -_- - 서진

네네! +_+;; - 소은

왠지……. =_=;; 녀석과 함께 있으니 가스레인지에 불을 붙이는 것
조차 떨리더군요. -_-; 냄비에 적당량의 물을 넣고 가스레인지에
불을 켜 왠지 뿌듯한 마음으로 -_- 녀석을 쳐다봤습니다. 녀석은
다른 냄비에 물을 받아 계란을 삶고 있더군요. =_=; 녀석의 표정은
굉장히 심오했습니다. -_-;

식탁에 앉아서 녀석과 함께 냉면 면발을 -_- 하나씩 떼고 있는
데…….

선배…… -_-; 왜 냉면이 2인분밖에 없어요? - 소은

조용히 해. -_-. 이것도 몰래 사온 거란 말야. - 서진

냉면 면발을 다 떼어 끓는 물에 넣었다 서둘러 꺼내 차가운 물로
찰박찰박거리며 조심스럽게 하는 녀석입니다. =_= 전 계란 껍데기

를 열심히 까고 있었습니다. =_= 양념장은 녀석이 냉장고에서 꺼
내더군요. =_=;; 오이를 썰어 넣고, 계란을 반쪽씩 넣고, 양념장 넣
고, 얼음을 살짝 넣고, 육수 넣고…… 냉면 면발 넣고…….

잘 먹겠습니다!!!!!!!!!! - 소은

정말 먹음직스런 냉면이 탄생했습니다. =_=;; 장장 1시간 동안의
노력 덕분이었습니다. T^T 그런 노력 덕분인지 정말로 맛있더군
요. 녀석도 젓가락을 빠르게 돌리며 먹더군요. ^-^. 전 녀석과 비
슷한 시간에 냉면을 다 먹어치우고……. -_-

선배, 진짜 맛있어요. - 소은

그래……? - 서진

서진녀석과 함께 빨간 고무장갑을 끼고 -_- 열심히 설거지하는
중……. 누가 보면 우리 둘이 정말 신혼부부 같아 보이겠습니다.
>_<* (망상-_-)

흠흠. =_=;;

녀석…… 설거지를 하면서 저에게 조용히 말하더군요.

이제 됐지? - 서진

뭐가요? - 소은

서진녀석…… 갑자기 얼굴이 살짝 빨개졌다가…… 다시 평소의 무
표정으로 돌아오며…….

너 이상형이 요리 잘하는 사람이라며……. - 서진(테디보이 13편
참고 -_-)

O_O……. - 소은

서진녀석……. O_O…… 제가 장난으로 내뱉었던 그 말을 기억하

고 있었나 봅니다…….

아직은 이렇게 초보적인 거밖에 못하지만 나중에 더 맛있는 거 해줄게……. - 서진

녀석이 얼굴 빨개진 걸 안 들키려고 고개를 숙인 것을 볼 수 있었습니다.

준비했던 거야……? 이렇게 해주려고……?

고…… 고마워요 선배……. - 소은

마구마구 눈물이 나오려고 했습니다. 이런 녀석이 제 옆에 있는 게 너무나 행복합니다. 이렇게 사소한 거까지 챙겨주는 녀석이 너무 좋습니다.

설거지가 끝나고…… 밖으로 나오자……. =_= 다들 알아서 점심을 챙겨 먹었더군요. -_-

야야, 니네 점심 먹었냐? 크크크……. 우리끼리 진~ 짜 맛있는 거 먹었다? -0-!! -채정

맞아 맞아. -_- 소은이 너 사발면 먹어야겠네~. - 민지

전 이렇게 마음속으로 외쳤습니다. '쓰파!!! 난 절라 맛있는 냉면 먹었어!! -_-;;' 라구요. -_-;; 그러고 보니…… 하연냥과 우현놈…… 손을 잡고 있더군요……. 저와 서진녀석은…….

……. - 서진

선배. 아까 그 분홍색 돌 우리 또 찾아봐요. - 소은

전 서진녀석의 손을 잡고 배시시 웃었습니다.

잠시 헐거워져 있던 녀석의 손이 제 손을 살짝 감싸 안았습니다.

그거 찾기 어려워. - 서진

오늘 안에는 찾을 수 있을 거예요! +_+! - 소은
너 야맹증 있지 않냐? -_- ? - 서진 (야맹증은 밤에 눈이 안 보이는 병 -_-)
선배. -_- 나 그런 불치병 안 걸렸어요. -_+ - 소은
서진녀석이 살며시 웃는 게 보였습니다…….

테디보이35

아아…… 졸려 죽을 거 같아……. =_=…… - 민지
그래도 그렇게 비틀비틀 걸으면 어떡하라는 거야. -_-; 엎어지면 어쩌려구. - 소은
어젯밤 하연언니랑 옷벗기 게임하느라……. —,.—…… - 민지
-_-;; - 소은
아침……. =_=……. 캠핑 두 번째 날의 아침입니다. 저와 민지는 이 산의 약수터로 향했습니다. 물을 떠오며 민지는 졸린지 이리 비틀 저리 비틀거리더군요. =_=;;
소은아, 아직 멀었지? ㅠ_ㅠ - 민지
응. -_-. 좀만 더 참아. - 소은
민지는 물통을 껴안고 울며불며 저에게 매달리시피 하며 걸었습니다. =_=; 캠핑장에 다다르자…… 꽤 가파른 계단을 건너야 했습니다. 전 조심스레 내려갔고, 안전하게 땅에 도착했습니다. 그리고 약간 겁먹은 표정을 짓고 있는 민지를 보고…….
야! 조심해서 내려와!! - 소은

민지는 고개를 끄덕이고 조심스럽게 내려오다가, 순간…… 삐끗하더니…….

어어어!!!!!!!!!!!!!!!!! - 민지

전 민지가 떨어지는 것을 보고 눈을 꽈악 감았습니다……. 텅텅텅, 물통 떨어지는 소리가 났고, 순간적으로 눈을 떠보니……. 상처투성이 민현놈과 민현놈 품에 안겨 있는 민지가 보였습니다……. O_O;;

미…… 민현아!!!!!!!!! +ㅁ+;;; - 소은

으으…… 뭐야……. - 민지

민지는 민현놈의 가슴을 누르며 일어났습니다……. 그리고 민현놈을 보더니…….

뭐…… 뭐야……? =ㅁ=;; - 민지

니 떨어질 때 니 껴안고 대신 굴렀나봐!! 벼…… 병원!!! - 소은

민지는 저와 민현놈을 번갈아 보더니…… 민현놈 품에서 후다닥 내려서…….

어…… 어떻게 해……. - 민지

저는 민현놈 어깨를 부축하였고 민지도 곧 어깨를 부축했습니다. 병원까지 가는 가까운 거리에서 민지는 뚝뚝 눈물을 흘리더군요. 녀석을 응급실에 놔두고 의자에서 초조하게 기다리는 중……. 휴대폰은 왜 그리 터지지 않는지……. 민지는 머리를 쓸어 올리며 그냥 멍하니 고개만 숙이고 있었습니다……. 들어오라는 의사의 말에 민지는 휘잉~ =_=; 하고 정말 빠른 속도로 가더군요. =_=; 응급실에 가보니……. 어느새 정신을 차려서 다리 한쪽에 깁스를 하고 있는 간호사한테 마구마구 짜증을 내고 있는……. =_=;; 오묘한 붉

은색 머리칼의 소유자 민현놈이 보였습니다. =_=;

아 진짜!! 살살 좀 해요!!! – 민현

최대한 살살 한 거예요. –_–^ – 간호사

깁스를 다 하고 간호사가 가자…… 갑자기 민지가 민현놈에게 가더니 푸욱 녀석을 껴안더군요.

어? ……야 너 왜 그래? =ㅁ=;; – 민현

민현놈이 이러지도 저러지도 못하고 허둥지둥대는 걸 볼 수 있었습니다. =_=; 민현놈 저와 눈이 따악 마주치더니 민지를 떼어내려고 용을 쓰더군요. –_–; 민지는 그런 민현놈의 노력에도 불구하고 녀석을 껴안고 있었습니다. =_=;

아…… 맞다. 너는 안 다쳤냐? – 민현

민현놈 계단에서 구른 게 생각났는지 민지를 보고 말했습니다. 민지는 민현놈을 껴안은 채로 고개를 빙빙 저으며 아무 말도 안 하더군요. =_=;; 어색한 침묵……. –_–;;

전 민현놈을 보고 그냥 살며시 웃어주고 (그때 민현놈은 민지를 토닥토닥 거리고 있었다 –_–) 병실을 나와 가까운 거리의 캠프장으로 갔습니다. –_–

야!!!!! 유소은!!!!!!!!!!!!!!! –_–+ – 서진

선배. –_–; 우선 내 말부터 들어봐요. – 소은

캠프장에서 만난 건 엄청나게 화가 나 있는 녀석이었습니다. =_=;;; 사람들을 다 모아놓고 이러쿵저러쿵 이런 일이 있었다고 말하자……. –_–

채정냥 가만히 있더니…….

멋있다……. - 채정

별일이네……. - 하연

감동 먹은 여자들의 표정과는 달리 남자들의 표정은 어딘지 쌜쭉하더군요. -_-;

지금 두 사람 사랑을 나누고 있으니 -_-; 가지 말라고 하곤 전 계곡에 갔습니다. 녀석도 오더군요. -_- 전 씨익 웃으며 -_- 갑자기 콰당 엎어졌습니다.

아야야…… 야! 나 다리 삐었나 봐요!! -O-!! - 소은

그래? -_- 그럼 밖에 나가 있어. - 서진

다리를 삐었다니깐……. -_-^…… - 소은

그럼 밖에 나가 있으라니깐. -_-. - 서진

뭐 저런 녀석이 다 있어……. -_-+

다리를 삐었다고요!!!!!!!!!!!!!!!!!!! -_-+ - 소은

서진녀석은 한숨을 쉬더니-_-; 첨벙첨벙거리며 저에게 왔습니다.

봐봐. - 서진

서진녀석……. 가만히 보더니…….

뭐야, 멀쩡하잖아. -_-. - 서진

-_-^…… - 소은

전 녀석을 파악!! 밀어버렸습니다. 녀석은 보기 좋게 물에 흠뻑 빠져버렸고……. =_=.

전 벌떡 일어나며…….

멀쩡하네요 정말. -_-^ - 소은

야, -_-^ 너 죽을래? - 서진

움찔. -_-;;; 그렇게 째려보면 무섭잖아. =_=;;

흠흠……. =_=;; 제가 왜 죽어요? 이팔청춘 이 화려한 시절에 말예요. -_-;; - 소은

이팔청춘 화려한 시절……? - 서진

서진녀석은 무서운 미소를 살짝 짓더니…….

정말 화려한 시절을 만들고 싶냐……? - 서진

헉!! =ㅁ=;; 녀석은 어느새 제 허리를 휘감고 위험한 자세로 저를 쳐다보고 있더군요.

전 녀석의 손을 뿌리치며…….

무…… 무슨 소…… 소린지 모르겠네요……. (-_-) - 소은

그러니까 말야……. - 서진

아아~ 공기 차암~ 좋다!!!!!!!!!! =ㅁ=;; - 소은

녀석은 피식 웃으며 물 밖에 나와 털썩 앉더니 저에게 손짓했습니다. =_=; 제가 가기 싫다고 고개를 젓자 =_= 녀석……. 돌멩이를 하나 집어들더군요. =_=;;; 전 후닥닥 녀석의 옆으로 갔습니다.

그러고보니…….

선배. ㅇ_ㅇ - 소은

왜? -_-. - 서진

전 그동안 조금 궁금했던 것을 물어봤습니다. =_=.

선배. -_- 왜 나랑 사귀면서 이제까지 사랑한다는 말 한 번도 안 해줬어요? - 소은

저도 모르게 툴툴거리며 말했나 봅니다……. =_=;; 녀석의 입가가 올라가는 걸 보니.

그래? 그 말 듣고 싶었어? - 서진

아니오……. 꼭 그런 건 아니구요…… 뭐……. =_=;; - 소은

그 순간……. =_=;; 서진녀석이 저를 껴안으려는 기색이 보이자 전 조금 물러났고 -_- 녀석의 손은 허공을 휘저었습니다. =_=; 녀석은 흠흠거리며 -_-; 다시 폼잡고 앉았습니다.

말로 표현하는 건 그렇게 좋은 게 아니야. -_-- 서진

꼭 그런 말 하더라. =_= 말하기 쑥스러우니까. - 소은

그럼 니가 해봐. -_-^ - 서진

누가 뭐래요? (-_-) - 소은

서진녀석이 살짝 눈썹을 꿈틀거리더군요. -_-; 정확히 5초가 지난 후 -_- 제 머리에는 이따시만한 꿀밤 하나가 생겼습니다.

니가 해보라니깐. -_-- 서진

아니오……. -_@…… - 소은

-_-+ - 서진

흠칫!!!!!!!! =_=;;

아…… 아이 러브 유~. -_-;; - 소은

한글로 말야! 한글!! -_-^ - 서진

서진녀석이 제일 존경하는 사람이 바로 세종대왕이란 걸 깜빡했습니다. -_-^

사…… 사 아~ -0-;;; - 소은

서진녀석이 살짝 입가를 꿈틀거리는 걸 보았습니다. =_=;

사…… 사……. 사일 사~ 사이 팔~ 사삼 십이~. -_-;;; - 소은

니가 언제부터 그렇게 구구단을 사랑했냐? -_-- 서진

지금 현재 시각부터요. =_=;; − 소은

꽈앙 !!!!!!!!!!!!!!!!!!!!

왜 때려요!!!!!!! ㅠ0ㅠ!! 툭하면 때려!!! − 소은

귀여워서 그런다. 왜? ─,─ − 서진

진짜요? *)_〈* − 소은

야야 ~ 앞에 계곡 있고…… 사람 빠뜨리기 딱 좋다야. −_− − 서진

선배 전 농담도 못하나요……? −_−……. (씁쓸 −_−) − 소은

전 고독을 씹으며(−_−?) 꿍얼꿍얼 돌을 던졌습니다. =_=; 그러다
가 녀석을 보니……. 녀석은 기분이 좋은 듯 불어오는 바람에 눈을
살짝 감았는데……. 그 모습이 너무 멋있어서 머엉하니 봤습니
다…….

뭐냐? =_=. − 서진

아…… 아니에요. =_=;; − 소은

뭐야? −_− 뭔가 숨기는 게 있는 거 같은데……. − 서진

전 진실만을 말하는 소녀……. =0=……. 아…… 알았으니까 제발
꿀밤만은……. ㅠ_ㅠ…… − 소은

녀석은 주먹을 들었다가…… 제 어깨를 감싸안았습니다. 녀석의
어깨에 제 머리가 닿았습니다……. 키가……크구나……. 제 얼굴
은 녀석의 어깨에 채 닿지도 않았지만…… 기분은 굉장히 좋았습
니다…….

선배……. − 소은

나도 하나 물어보자. − 서진

녀석을 올려보자……. 녀석은…… 불만 반…… 궁금 반이 담긴 눈

으로 저를 쳐다보며…….

넌 왜 날 선배라고 부르는 거냐? 연인 사이에. - 서진

잠시 황당했습니다……. =_=;;;;;;;;;;

서…… 선배니까 선배라고 부르죠……. =_=;; - 소은

뭐 좋은 말 있잖아. 오빠, 자기야 -_-…… 등등……. - 서진

으음……. -_-;; - 소은

제가 생각하는 걸 보더니…… 녀석은 일어나서…….

이번 여행 끝나면…… 꼭 서진오빠라고 불러라. 알겠냐? - 서진

그건 좀……. - 소은

불러. -_-+ - 서진

네. =_=; - 소은

녀석이 무슨 렌즈 같은 것을 끼었는지 모르겠지만……. 검은 눈동
자가 째려보면 정말 무섭습니다. =_=; 녀석은 그걸 매.력.포.인.트
라고 말하지만요……. =_=;;

테디보이36

아아~ 심심해……. 심심해……. -0-…… - 소은

여행이 끝나고 집에서 뒹굴뒹굴 구르고 있는 저입니다. =_=……
여름방학을 이렇게 허접하게 보낼 수는 없지……. 암암~. +_+!! 전
무작정 돈도 별로 없는 지갑을 들고 밖으로 나왔습니다. -_-……
그러곤…… 무작정 이쁜 옷을 보고……. 그냥 무작정…… -_-;; 치
수도 안 맞는 걸 사왔습니다……. =_=…… 집에 와서 입어보

곤…… 후회의 눈물을 흘리며 −_−;; 옷장 속에 고이 접어두었지만요. −_−……

하아아아……. =_=……. − 소은

딩굴고…… 과자 하나 까먹고……. 하지만 무언가 허전~ 한 게…….

전 머리를 긁적이며 −_− (이틀 머리 안 감음 −_−;) 띵동~ 거리는 문소리에 문을 열었습니다.

누구……? − 소은

문을 열자 보이는 건……. 부드러운 와인빛 머리칼에…… 살짝 감은 듯한 눈……. 그리고…….

아아…… 늦었지……? 미안…… − ??

보…… 보희……. =_=;; − 소은

저의 옛날 고향 친구…… =_=;; 홍보희……. =_=;;;; 여자지만 남자 같은 외모로 여자아이들의 흠모를 받고 있는 보희였습니다. =_=;

으이구~ 많이 컸네~. 〉_〈!! − 보희

보희는 제 볼을 쭈욱쭈욱 잡아당기며 씽긋 웃었습니다…….

이럴 때는 정말…… 잘생긴 미소년 같아서 가끔 심장이 뛰기도 합니다. =_=;;

그…… 그런데 여긴 웬일이야? − 소은

놀러왔지~. 〉_〈!!! 소은아! 우선 시내 구경부터 시켜줘!! 나 촌구석에서 온 거 알지? 〉_〈!! − 보희

으…… 응……. =ㅁ=;; − 소은

전 대충 옷을 집어입고 보희와 함께 집을 나왔습니다. =_=; 시내를

그냥 구경하며 걷고 있는데…… 저 멀리서 우현놈과 함께 -_-

100원짜리 인형 뽑기를 하고 있는 서진녀석이 보였습니다. +_+;;

서진선배!!!! - 소은

서진녀석……. -_- 신중하게 뽑고 있었는지 제 목소리를 듣곤 버

튼을 삐끗하며 -_-; 잘못 누르더군요. -_-;;;

야야!! 그냥 오면 되지 이름은 왜 불러! -_-^ - 서진

쳇. -_-^ 괜히 못 뽑으니까……. - 소은

서진녀석은 약간 신경질적으로 100원을 집어넣고 -_- 다시 하더

군요……. =_=…… 흐음……. 이거 …….

선배!!!!!!!!! - 소은

야!!!!!!!!!!!! - 서진

서진녀석……. =_=;; 제가 재미있다는 듯 큰 소리를 지르자 녀석은

또다시 인형을 놓쳤습니다. -_-ㅋ;; 이걸 노렸단다. =_=……

야야. 서진이 건들지 마. =_=; 100원짜리로 3000원 바꿔서 지금

열나게 하고 있으니까. -_-; - 우현

우현놈은 서진녀석에게 질렸다는 듯 고개를 돌리며 말했습니다.

한 번 하면 끝장을 봐야 돼……. 아무튼……. -_-^…… - 우현

결국…… =_=;;; 3000원어치의 돈을 바꿔서 달랑 인형 하나 뽑았

습니다. =_=;

선배, 축하해요. -_-; - 소은

서진녀석도 기쁜지 씨익 웃더군요 .=_=;; 녀석은 그리곤 제 품에

인형을 안겨주며…….

선물. - 서진

서…… 선배. 어렵게 뽑았잖아요. – 소은

됐어. – 서진

서진녀석은 뒷머리를 긁적이더니 우현놈과 함께 가더군요. 제 품엔 녀석이 뽑아준 벌꿀 의상의 –_– 짱구가 안겨 있습니다.

누구야? – 보희

어? –_–; – 소은

뭐라고 말해야 할까……. 보희는 언제나 –_– 제가 남자친구가 생겼다고 하면 발광을 떨며 깨지라고 합니다. 지 말론 저를 지켜줘야 한다고 합니다. =_=;;

보희는 조용히…….

나…… 소개 좀 시켜주라……. – 보희

어…… 그래……. 뭐라고!?!?!? +ㅁ+;;; – 소은

너무 멋있다……. 정말……. *'_'* – 보희

어질~. –_–;;;;;;;;;; 10년 우정이냐 7개월의 사랑이냐……. =ㅁ=……

아……. 안 돼!!!!!!!!!! – 소은

왜? –_–+ – 보희

그…… 그러니까…… 저……. =ㅁ=;; – 소은

미치겠습니다……. –_–;;; 이걸……. 이걸 어떻게 해야 한담…….

여자친구가 있니? 괜찮아~. 괜찮아~. 뺏으면 돼!! 〉_〈!! – 보희

뭐!? +ㅁ+!!!!!!!!!!! – 소은

왜 그래? –_–; – 보희

아…… 아니야……. 그……그래도……. 흠흠……. =_=;; 임자 있는 사람을 뺏어도 될까……? –ㅁ–;; – 소은

216

골키퍼 있어도 골은 들어가. -_- 알지? 우리나라가 4강까지 올 때
골키퍼들이 다아 ~ 골대 내줬잖아. -0- -보희

제가 아무 말도 안 하고 있자……. =_=;

걱정 마!! 내가 상처 받을까봐 걱정돼? 아이구~ 우리 아가 ~ 〉_〈!!
걱정 마~. 알았지? 난 잡초라니깐!! - 보희

그…… 그래……. ㅠ_ㅠ…… - 소은

아아…… 눈물이 앞을 가립니다……. ㅠ_ㅠ…… 이 위기를 어떻게
할까요……? ㅠㅁㅠ

테디보이37

보고 싶은 걸 어떡해요…….
……봐도 봐도 당신을 보고 싶은데.
생각나는 걸 어떡해요…….
당신의 얼굴이 자꾸만 떠오르는데…….
그리운 걸 어떡해요…….
당신의 좋은 라벤더 향이 내 몸을 휘감고 있는데…….
사랑하는 걸 어떡해요…….
당신만 봐도 미소가 지어지는데…….
당신만 봐도 1초에 심장이 수백 번은 뛰는데…….

너, 너 그게 뭐야……? -_-;; - 소은

응? 머리 심었어~. 〉_〈! 나 어때? 남자들은 전부 생머리를 좋아한
다며~. - 보희

아침부터 미용실에 가더니……. =_=;; 짧은 커트머리가 어깨를 넘

는 긴 생머리가 되어 있습니다……. =_=;; 에이씨…… 반곱슬인 제가 쫄립니다. =_=;; 그러고 보니…… 녀석은 긴 생머리 여자를 보면 눈을 떼지 못하고 좋아하던데……. -_-^…….

어때? 어때? >_<!! - 보희

그…… 그래…… 꽤…… 괜찮네~. -_-;; - 소은

저 놈은 친구도 아닙니다……. =_=;; 웬수입니다, 웬수. -_-^. (10년 친구라 하지 않았던가……? -_-) 전…… 보희와 함께 밖으로 나왔습니다……. 서진녀석은 시내에서 많이 놀기 때문에 보희가 끌고 나왔습니다……. -_-^…… 역시나…… 보희를 쳐다보는 남자아이들이 많더군요. -_-…… 쳇……. 남자들은 왜 긴 생머리를 좋아할까……? -_-…… 그리고…….

여어. 너 많이 본다. - 서진

서…… 선배……. =_=;; - 소은

서진녀석은 우현놈과 민안놈을 데리고 거리를 활보하더군요. =_= 세 사람 주위에서 빛이 나는 걸 봤다면 제가 미친 걸까요……? -_-;; 그리고 더불어 보희 눈에서 빛이 번쩍하는 걸 봤다면…… 전 광눈이가 된 걸까요……? =_=;;

선……. - 소은

아…… 안녕하세요. 소은이 단짝친구 보희예요……. ^-^;;; - 보희

어……? - 서진

보희는 살짝 고개를 숙이는 서진녀석을 똑바로 쳐다보며…….

저…… 저기……. - 보희

저…… 저 분위기는……. 고…… 고백할 분위기다……. +ㅁ+;; 안

돼!!!! 말려야 돼!!!!!!!!!!!!!

그때 누군가 제 손을 끌었습니다…….

저…… 왜 그러세요? 저 지금 무진장 중요한 일이……. =ㅁ=;; - 소은
고개를 들어보니……. 수우놈……. =ㅁ=;;;

수우오빠……? - 소은

아…… 아니지…… 지금은……. =ㅁ=;; 전 손을 빼려고 미친 듯이
노력했지만 안 놓더군요. ㅠㅁㅠ…… 안 돼……. ㅠ0ㅠ……

놔. - 서진

어느새 수우놈이 잡고 있던 제 손을 채어가며 말하는 서진녀석입
니다. =_=; 보희는 허둥지둥 뛰어오더군요……. 아직…… 고백 안
했구나……. -0-……(안도 -_-) 수우놈……. 서진녀석을 보더니
그냥 가더군요…….

뭐냐……? =ㅁ=;;;; -서진

수우놈이 잡았던 제 손목은 빨갛게 부풀어올랐습니다…….

아야……. - 소은

서진녀석 제 손목을 잡다가 신음소리를 듣곤 손을 휘어채더
니……. 빨갛게 부어오른 걸 보고…… 인상을 파악 쓰더군요…….
결국 병원에 가니…… 붕대를 감아주며…… 인대가 살짝 늘어났다
고……. -_-^…… 수우놈 새끼……. -_-^…… 치료비 달라고 해
야겠습니다.

의사의 말을 듣고 나오니…… 보희가 보였습니다…….

미안……. 나 때문에……. - 소은

아니야. 괜찮아? - 보희

보희는 살짝 웃으며 말했습니다. 병원 밖으로 나오니 서진녀석이 보이더군요. =_=.

뭐야, 의사가 뭐래? - 서진

인대가 살짝……. =_=…… - 소은

말도 다 끝내기 전에 서진녀석의 미간에 구름이 끼었습니다. =_= 보희는 어디론가 갔더군요……. 아마도 화장실에 갔나 봅니다…….

괜찮아요. 금방 낫는다는데……. - 소은

서진녀석이 제 머리를 끌어 품에 안았습니다.

아프면 아프다고 말도 안 하냐? 너 정말 병신이야? - 서진

아찔합니다……. 내 심장이 이렇게 뛰었던가……. 지금…… 보희가 보지 않았다면 하는 생각이 듭니다……. 저…… 못 주겠습니다……. 이 자식 못 줍니다……. 아무한테도 주지 않을 겁니다…….

선배, 그만해요……. =ㅁ=;; - 소은

서진녀석은 저를 살짝 떼어내며 '집에 가만히 처박혀 -_-^ 있으라'고 하더군요. =_= 전 '처박혀'란 말에 살짝 열을 받았지만 힘들게 웃으며 -_-; 알았다고 말했습니다.

서진녀석이 가고…… 병원을 나오니…… 벤치에 앉아 있는 보희가 보였습니다…….

어? 얘기 다 나눴어? 가자. ^-^ - 보희

지금 당장 녀석과 제가 사귄다고 말하면……. 너무 이른 거겠죠……? 전 보희를 보고 살짝 웃으며…….

220

나 수제비 먹고 싶은데. - 소은

해줄게. 감자랑 밀가루 반죽하고~. 〉_〈!! - 보희

보희는 제 머리를 툭툭 치며 말했습니다. ^-^…… 언니 같은 친구
입니다……. 엄마 같은 친구입니다……. 헛!! =_=a 이렇게 말하면
보희가 늙어 보이나요? =_=;;

집으로 가는 길…….

너……. 니가 선배라고 부르는 사람과 친한가 보다……. - 보희

응……? - 소은

서진녀석 얘기구나…….

좋겠다……. - 보희

전 아무 말도 안 했습니다……. 괜히…… 보희한테 미안해집니
다……. 서진녀석과 제가 보희에게 상처를 입히는 건 아닐까
요……?

아우씨……. -_-^. What U Want!!!! (영어냐……? =_=;)

약간 손목이 쓰리긴 했지만 전 하나 가득찬 비닐봉지를 보희와 함
께 들었습니다……. 보희가 수제비를 해주는 동안…… 전 욕조에
물을 받아…… -_-. 거품을 잔뜩 풀었습니다……. (언제 한번 꼭
그러고 싶었던 소은 -_-)

몸을 담그니 피로가 화악~ 풀리는 게……. -_-……

그때…… 전화가 오는 소리가 들렸습니다. =_= 그리고 보희 목소
리도 들렸습니다. =_=;; 조용해서 그런지 통화내용이 다 들리더군
요. -_-;

여보세요. - 보희

저기…… 유소은 집 아닌가요? - 서진

억!! =ㅁ=;;; 서진녀석이다. -_-;;

맞는데요. -_-…… 지금 소은이 목욕하는데요. - 보희

어억!!!!!!! ㅠㅁㅠ!!!!!!!!!!!!!

네? -_-;;; 아…… 흠흠…… 알았습니다……-_-;…… 나중에 전화
한다고 전해주세요. - 서진

서진녀석이 서둘러 끊는 걸 알 수 있었습니다. ㅠ_ㅠ…… 나 이제
녀석 얼굴 어떻게 봐~. ㅠㅁㅠ!!!!! 울면서 화장실에서 나오자 -_-
보희가 전화 왔다고 하더군요. ㅠ_ㅠ 전…… 눈물의 수제비를 먹
었습니다. ㅠ_ㅠ……

테디보이38

소은아. 어디 가? ㅇ_ㅇ - 보희

어? =ㅁ=; 어딜 가긴~. 그…… 그냥…… 슈퍼……. -0- - 소은

아침에 녀석이 잠깐 나와보라고 해서 -_- 이쁘게 하고 나오는데,
보희가 머릿결을 찰랑 -_-; 이며 말합니다.

그런데 뭐 그렇게 꾸미고 가? -_- - 보희

그…… 금방 다녀올게!! >ㅁ<;; - 소은

문을 콰앙!! 닫고 나왔습니다. =_=;; 에이씨……. -_-; 별거 다 물
어보네. 휴우~ 하고 안도의 한숨을 쉬고 고개를 들어보니…….

헉!!!!!!! 우…… 우진아……. =ㅁ=;; - 소은

이 새끼…… 출연 없는 줄 알았는데……. -_-…….

이상하게도 우진놈 몸에선 진한 라일락 향기가 났습니다……

야야. 너 좀 저리 떨어져 봐. -_-;; 나 갈 데가 있거든? - 소은

못 비켜. - 우진

얘가 왜 이래? -_-;;;; 야야! 비켜보라고!!! 누가 내 앞길을 막아!!! +ㅁ+!! - 소은

우진놈은 가만히 저를 쳐다보다가……

내가…… 싫어……? - 우진

뭐? -_-;; - 소은

내가 싫냐고……. - 우진

니가 왜 싫어……? 친군데……. - 소은

씨익 웃으며 말하자……. 우진놈은 저를 보더니…… 말라버린 라일락 가지 하나를 집어들었습니다……. 그 가지는 우진놈이 예전에 제게 줬던 라일락 가지였습니다……. ㅇ_ㅇ……

미, 미안……. 미안해……. =ㅁ=;; - 소은

우진놈은 그 말라버린 가지를 땅에 던지더니 우지끈 밟아버렸습니다……. =ㅁ=;; 저…… 저 새끼 무섭게 왜 저래…….

우진아? - 소은

우진놈은 차갑게 저를 쳐다보더니 가더군요……. -0-;; 왠지…… 무섭네……. -_-;; 아무튼 전 서진녀석이 기다린다는 카페로 갔습니다. 헉헉거리며 카페로 뛰어가니 녀석 기다리다 지쳤는지 손에 턱을 괴고 눈을 감고 있더군요. 조심스레 의자에 앉아서 한숨을 돌리자…….

왜 이렇게 늦게 왔어? - 서진

O_O!!!!!!!! – 소은

계속 두 눈을 감고 아무런 미동도 없는 채로 중얼거리는 녀석입니다. =_=;;

미…… 미안해요. =_=;; 그러니까요…… 늦은 이유가……. – 소은

변명은 필요없어. – 서진

서진녀석 그런 말을 하곤 조심스레 눈을 뜨더니…….

벌 받아야지. – 서진

–_–;; – 소은

저 새끼는 벌 내리는 걸 정말 좋아합니다. –_–^…… 그것도 황당유치한 벌을……. –_–;;; 전 이제 두렵습니다. 녀석이 벌 받아야 한다고 할 때면……. –_–;;

자자. 넌 이제부터 날 선배라고 부르면 한 대씩 맞기. – 서진

네!? 뭐 그런 게 어딨어요!!!!!! – 소은

존댓말해도 한 대씩 맞기……. –_–…… – 서진

선배!!!!!!!!!! +ㅁ+;; – 소은

콰콱!!!!!!!!!!!!!!!!

아야야……. ㅠㅁㅠ…… – 소은

선배라고 했지? –_–. 오빠라고 부르기. – 서진

선!!!!!!!!!! 아…… 아니……. =ㅁ=;; – 소은

서진녀석은 재미있다는 듯 피식거리며 말했습니다. =_=;; 전 속이 타서 시켰던 살구주스를 쪼르륵 마셨고…….

야. 말 좀 하지 그래? –_– – 서진

싫어……. =ㅁ=;;;; – 소은

이렇게 반말이 어색할 줄이야. −_−; 서진녀석은 잘했다며 머리를 쓰윽쓰윽 쓰다듬었습니다. −_−* 전 '싫어' 한마디만 하고 꿍 하고 앉아 있었습니다. 보희에 대해 좀 심각하게 생각하고 있는데 누군가 제 어깨를 감싸 안더군요. 놀라서 파악 뿌리치며 보니……
서…… 서진녀석……. =□=;;
선!!!!!!!!!!!! − 소은
전 선배라고 말하려다가 손으로 입을 막았습니다……. 아휴휴휴……. =□=;; 십년 감수했네……. =□=;;
서진녀석은 재미있다는 듯 웃으며
야야! 선, 뭐!! 선배!? − 서진
전 고개를 휘휘 저었고. −_−;
뭐야? 말을 해! 말을 해야 알지. =□=!! − 서진
전 또다시 고개를 휘휘 저었습니다. =_=; 녀석은 갑자기 제 허리를 휘감았습니다. 전 놀라서 녀석을 퍽퍽 치며 −_−; 발광을 떨었고…….
야아아아아……. −_−^…… − 서진
−_−+ − 소은
너 정말 한 마디도 안 할 거냐? −_−^ − 서진
(−_−)(_ _)(−_−)(_ _) − 소은
서진녀석 가만히 있더군요. 그러다가…… 녀석 제가 쳐다보니……. 헉! =□=;;; 왜 그렇게 쳐다보는 거야? −_−;
말하게 만들면 되지. −_−. − 서진
서진녀석은 씨익 웃더니…….

알지? -_- 나 나이트에서 많이 놀았던 거. - 서진

-_-+ - 소은

서진녀석은 벌떡 일어나더니 왼쪽 테이블 3번째에 앉아 있는 꽤

생긴 여자애에게 가더군요. -_-^;;

이…… 이놈이……. -_-^…… 전 후닥닥 가서 녀석의 옷자락을 꽈

악 잡았습니다. 녀석은 피식 웃으며 천진난만하게 '왜?' 라고 말하

더군요. -_-^ 전 얼굴이 빨개진 채 고개를 숙이며…….

서진오빠…… 그…… 그만해……. *-_-*…… - 소은

뭐라고? -_-? - 서진

서…… 서진오빠. 그만하라구……. *-_ㅠ* - 소은

서진녀석 씨익 웃더니…….

오늘부터 계속 그렇게 불러라. -_-- 서진

네…… 아니 응……. -_-;; - 소은

내일부터 굉장히 복잡한 하루가 될 것 같습니다. -_-;;;

테디보이39

뭐? -_-; - 하연

그러니까 저도 미치겠다니깐요……. -_-=33…… - 소은

오랜만에 하연냥을 만났습니다. =_= 하연냥에게 보희 얘길 하자

하연냥 답답한 듯…….

사귄다고 말해. -_-- 하연

보희가 상처 받을 거예요……. -_-…… - 소은

질질 끌수록 더 안 좋아. -_- - 하연

나도 아는데, 보희 얼굴 보면 말 못하겠어요.-_ㅠ…… - 소은

하연냥 심각한 얼굴을 짓더니……. -_-……

그럼 뭐하러 나가지 심각하게 만들어? -_-; - 하연

언니……. ㅠ_ㅠ…… - 소은

아 몰라몰라. -_- 니가 알아서 해. - 하연

하연냥은 얄밉게 고개를 휙 돌리더군요. -_-^ 아휴휴휴휴~ -_-
……이제 어떡한담……? 제가 한숨을 길게 쉬자…… 하연냥 당황
한 표정을 짓더니…… 제 손을 잡아 들곤…….

기분 안 좋을 땐 딱 두 가지 방법이 있어. -_- - 하연

네? -_-; - 소은

그냥 이렇게 죽치고 있거나……. - 하연

하연냥은 씽긋 웃으며…….

여자끼리 남자 얘기하면서 쇼핑하는 거. - 하연

하연냥은 저를 밀리오레 -_- 로 데리고 가더니 짠~ 하고 골든카
드를 꺼냈습니다. ㅇㅁㅇ;; 오오오~. +ㅁ+;;

그거 누구 거예요? ㅇ_ㅇ;; - 소은

민채정 거. -_- - 하연

하연냥의 말로는 -_- 채정냥과 카드를 걸고 내기해서 하연냥이
이겼다고 합니다. =_= 내기 주제는 '누가 먼저 음식 빨리 먹나' 였
다고……. -_-; 하연냥은 저에게 밝은 시티 캐주얼 풍의 치마와
티를 사주고 머리에 짠~ 아가타 핀을 꽂아주곤…….

당당한 여자가 잘생긴 남자를 차지한다 !!+ㅁ+!! - 하연

하연냥의 신조였습니다. =_=;;;;

하루 찡~ 일 -_- 싸돌아다니니 하연냥 말대로 정말 기분이 좋아졌습니다. 여자의 기분은 갈대라네네네~. -_-;;; 하연냥은 황금빛 결 좋은 머리칼을 흔들며 미키마우스 머리띠를 했는데, 그것 때문에 저 웃겨 죽는 줄 알았습니다. -_-;;

이쁜 눈도 망가질 때가 있구나. =_=;;

기분 좋아졌지? 너무 많은 생각을 가지고 살면 대갈빡 터질 테니까 니답게 단순하게 살아. -_- - 하연

네 언니. =_=; - 소은

하연냥은 씽긋 웃으며 저를 버스 정류장에 내려주고 -_- (하연냥은 오토바이가 있다 -_-;) 어깨를 툭툭 치며 기운내라고 하곤 -_- 가버렸습니다. =_= 전 꽤 기분이 좋아져서 룰루랄라 하면서 집으로 걸어가고 있었습니다……. =_=……

아아~ 노을이 이쁘게 지고 있다~. 〉_〈!! - 소은

멀뚱히 노을을 보다 피식 웃으며 조금 걷다가 앞을 보았는데……. 고개를 조금 숙이고…… 살짝 웃고 있는 서진녀석과…… 환하게 웃고 있는 보희가 보였습니다……. 어……?

서진…… - 소은

이름을 말하려다가 말았습니다……. 보희가 어떤 편지를 내밀자 서진녀석이 피식 웃으며 그 편지를 받아 손에 살짝 쥐는 것을 보았기 때문입니다……. 뭐야……?

보희가 절 봤는지 환하게 웃으며 저에게 손을 흔듭니다……. 서진녀석도 제 이름을 들었는지 저를 보곤 살짝 웃고 있습니다…….

나…… 이런 거 어떻게 받아들여야 하는 거야……? 멍하니 그 두 사람을 쳐다보고 가려는데……. 발이 떨어지지 않습니다……. 움직여야 하는데…….

우우욱……. ㅠㅁㅠ…… - 소은

뚝뚝 눈물이 떨어져서 손등으로 눈물을 훔치고 있는데……. 서진 녀석이 빠른 걸음으로 걸어오는게 흐릿하게 보였습니다……. 전획 뒤돌아서 천천히…… 하지만 빠른 걸음으로, 결국엔 미친 듯이 뛰었습니다. 라일락 향기가 온통 풍겼고……. 그때처럼 이렇게 라일락 향기가 풍겼던 적은 없었던 거 같습니다……. 골목길 구석에 주저앉아…… 머리에 꽂았던 아가타 머리핀을 신경질적으로 끌어내렸습니다…….

뭐야…… 유소은……. 니가 이렇게 질질 끄니까…… 가버린 거야……?

우욱……. ㅠㅁㅠ…… - 소은

울지 말자……. 울면…… 정말 병신 같은 거야……. ㅜ_ㅜ……

으어어엉!!! ㅠ0ㅠ!!!!! 나 그냥 병신 할래!!!!! ㅠㅁㅠ!!!!! - 소은

엉~ 엉~ 담벼락에 기대 울었습니다……. 그때…… 향긋한 라일락 향기가 풍겼습니다…….

소은아……? - 우진

눈물을 닦으니 마켓에 갔다 왔는지 비닐봉지를 들고 울고 있는 절 보고 있는 우진입니다…….

어어……. - 소은

너 울어……? - 우진

아니…… 뭐가 들어가서……. – 소은

입술을 살짝 깨물어서 눈물을 참아보려고 노력했습니다…….

우진이는 저를 보더니…….

어디…… 아픈 데 있구나……. 나한테 다 말해……. 우린 친구……

잖아……. – 우진

ㅠ_ㅠ…… – 소은

우진놈이 제 옆에 털썩 앉더니 비닐봉지에서 싼타페를 꺼내…….

먹어. – 우진

응……. –_ㅠ…… – 소은

다 울었어? – 우진

응……. – 소은

따뜻한 캔커피였습니다…….

왜 울었어? – 우진

이러쿵 저러쿵 제가 얘기하자 –_– 우진놈은…….

그러니까……. 그 친구한테 뺏기기 싫다는 거잖아. =_=. – 우진

응……. =_=…… – 소은

우진놈도 제가 울 때 같이 울었는지 눈이 부어 있습니다. =_=;; 물

어보니 우진놈은 누가 울면 자기도 운다고 그러더군요. =_=;;

너…… 라일락 좋아하지……? – 소은

어…… 어떻게 알았어? – 우진

니네 집 앞마당이 완전히 라일락 천국이잖아. =_=;; – 소은

그런가……? – 우진

우진놈은 살짝 웃으며…….

라일락 꽃말이 뭔지 알아……? - 우진

제가 모르겠다고 고개를 휘휘 젓자, 우진놈…….

추억……. - 우진

우진놈 무슨 사연이 있는 듯합니다…….

전 아무 말 안 하고…… 벌떡 일어나서…….

난 제비꽃이 좋더라. 뭐 그리스 신화에서 보니까 비너스 여신이 제
비꽃을 마구마구 패서 보라색이 됐다며? ^-^ - 소은

제비꽃 꽃말이 뭔지 아냐? -_- - 우진

몰라. =_=; - 소은

우진놈은 알 수 없는 웃음을 짓곤 저를 집 앞까지 데려다 주었습니
다……. 서진녀석이 기다리고 있더군요……. 우진놈이 집에 들어
가고, 저도 녀석을 무시하고 들어가려는데…….

왜 저 녀석이 같이 와? - 서진

같은 방향이라서 같이 왔어요. 왜 안 돼요? - 소은

서진녀석이 가만히 저를 내려다보더니…….

너 아까 왜……? - 서진

잘가요. 나 지금 졸려요……. - 소은

녀석과의 약속을 깨뜨려버렸습니다. =_= 존댓말 안 쓰는 것과 오
빠라는 말 안 붙인 거……. 하지만 지금은 이게 중요한 게 아니겠
지요. =_=;;

유소은……. 너 왜 화난 건데? - 서진

아무 말도 안 하고 있자 서진녀석 제 손목을 잡더니…….

그렇게 화만 내지 말고 나에게 말을 해달란 말야……. 나 또 이렇

게 너랑 싸우고 헤어지잔 말 듣는 거…… 너무 싫다……. – 서진

더…… 잘 알 거 아니에요……. – 소은

무슨 소린지 난 정말 모르겠다……. – 서진

놔요……. – 소은

제가 손을 놓고 가려는데……. 서진녀석 저를 갑자기 품에 안더니…….

뭐가 그렇게 널 쌀쌀맞게 만든 건데……? – 서진

저도 지금 잘 모르겠습니다……. ㅠ_ㅠ…… 서진녀석의 말은 안 들어보고…… 이렇게 화만 내는 저 자신이 너무나 싫지만……. 제 머리 속은 그렇게 말하고 있지만…… 몸이 녀석을 밀치더군요…….

미…… 미안해요……. 나…… 나 먼저 들어갈게요……. – 소은

문을 열고 보희가 저를 부르는 소리가 들렸지만 방문을 걸어 잠그고 멍하니 주저앉았습니다……. 부들부들 몸이 떨리더군요……. 죽을 것같이 아픕니다……. 무심코 고개를 들어보니…… 녀석이 옛날에 주었던 테디베어 인형이 보였습니다……. 녀석이 소중히 아꼈다던 인형……. 그 인형을 끌어안고 침대에 눕자마자…… 또 다시 눈물이 나왔습니다……. 저…… 녀석에게 상처를 주었나 봅니다…….

소은아…… 밥 좀 먹어……. 응? 이게 며칠째야…… 응? - 보희

안 먹을래……. - 소은

녀석과 그렇게 못 만난 지…… 사흘……. 숨은 쉬고 있지만 전 왠지 모르게 죽어가고 있다는 느낌을 자주 받곤 합니다……. 보희가 조용히 시내에 나갔다 오겠다는 말을 듣곤……. 달칵거리며 문을 잠그는 소리를 듣곤…… 조용히 침대에서 일어나…… 거울을 보았습니다…….

헉……. =ㅁ=;; - 소은

눈밑은 시퍼렇고 입술은 바짝 말랐고……. 씨익 웃으니…… 좀비가 따로 없구나……. =_=;;; 전 부엌으로 나가 물통을 들고 벌컥벌컥 마셨습니다……. 오오오…… 물맛 죽이는구려……. (+_+) 괜히…… 음식은 먹고 싶지 않더군요……. 물만 먹고 방으로 들어와 침대에 다시 누워보니…… 제 방에는 녀석을 생각나게 하는 물건밖에 없습니다…….

우욱……. -_ㅠ…… - 소은

눈물이 나오려는 걸 꾸욱 참고 방안을 둘러보니……. 녀석이 맨 처음 주었던…… 테디베어 인형…… 열쇠고리……. 그리고 100원뽑기로 주었던 짱구인형……. 어느새 햇빛을 받아 찰랑거리는 은색 목걸이……. 그러고 보니…… 전 녀석에게 선물이란 걸…… 준 적이 없습니다……. 전…… 받기만 했던 거 같습니다…….

미안해……. ㅠㅁㅠ……. 서진오빠……. ㅠ_ㅠ…… - 소은

갑자기 눈물을 뚜욱 그치고 화장실로 달려가 세수를 했습니다. 와아…… 살 빠진 거 같다……. +_+!!! (-_-;) 편안한 맨투맨 티를 입고 시내로 나섰습니다……. 녀석에게 어울릴 만한 것을 사기 위해 이리저리 왔다갔다 하다보니…… 결국……. -_-……

향수 전문점에 도착했습니다. 뭘 찾느냐는 말에 그냥…… 시원하고 남자에게 어울릴 만한 향을 달라고 하니……. 점원이 한 10개를 꺼내더군요. =_=;;

남자친구 줄 거면 커플로 사요. ^-^. 쿨워터 우먼이랑 포맨 30이 있는데요, 30% 할인해 드릴게요. - 직원

전 잠시 망설였습니다……. 하지만…… 결국 쿨워터 우먼은 한 번 뿌려보고 가방에 담았고…… 포맨 30도 제 가방에 넣었습니다……. 향수 때문인지는 모르겠지만…… 괜히 사람들이 쳐다보는 것 같아 기분이 좋습니다…….

가방을 끌어안고 가고 있는데…… 저 멀리서 보희가 보였습니다……. 전 그냥 가만히 보희를 보았습니다……. 보희 옆엔 서진녀석이 서 있었기 때문입니다……. 가방을 꽈악 쥐었습니다……. 시내에 잠깐 나간다는 게…… 서진녀석 만나러 가는 거였어……?

조금 떨며 뒤로 한 걸음 한 걸음 걸어가려는데……. 서진녀석…… 믿을 수 없다는 듯 저를 보더니…… 마구 달려오더군요……. 그러곤 어느새 제 손을 잡으며…….

너 죽으려고 작정했어?!!!!!!!!!!!!!!!!! - 서진

아니라는 듯 고개를 흔들자……. 녀석이 제 뒤를 보라는 듯 고개를 돌리더군요……. 제 한 걸음 바로 뒤에는…… 지하철 계단이 있었

습니다……. 구를 뻔했구나……. =_=;;

가까운 데서 보희가 뛰어오는 게 보였습니다……. 전 고개를 숙이고 아직도 꽈악 잡고 있는 제 손을 빼려고 노력했지만……. 녀석은 아무 말 없이 그냥 손을 잡고 있더군요…….

나…… 갈래요……. - 소은

힘도 없습니다……. 이럴 줄 알았으면 밥 좀 먹어둘걸……. =_=…… 뭐라고 녀석이 말하는데 아무것도 안 들리고…… 다리가 후들후들 떨렸습니다……. =ㅁ=;; 결국 털썩 주저앉자…… 녀석이 놀라는 얼굴……. 조금 정신이 들더군요…….

너 왜 그래? - 서진

아…… 아니에요……뭐에 걸려 넘어졌나 봐요……. - 소은

결국 아예 쓰러지지는 않는 저의 무쇠 몸. -_-;;;

일어나자 보이는 건 가까운 곳에서 저와 서진녀석을 보는 보희…….

235

서진오빠……. - 소은

어어? - 서진

서진녀석 좀 놀랐는지 저를 쳐다보더군요…….

나…… 서진오빠한테 키스해도 돼요? - 소은

서진녀석이 뭐라고 말하기도 전에 전 녀석의 목에 손을 감고 찐~ 하게 입을 맞추었습니다. -_-…… 그곳이 시내 한복판이란 것도 잊고……. =_=……곁눈질로 보니 사람들이 힐끔힐끔거리며 가더군요……. 서진녀석도 어느새 제 허리를 감고 맞춰주고 있었습니다……. =_=;; 입을 떼자…… 어느새 날아오는 꿀밤……. =_=……

아야야……. -_ㅜ…… - 소은

누가 맘대로 하래? -_- 엉? - 서진

서진녀석……. =_=…… 니 입가가 올라가는 걸 난 보았단다…….
제가 아무 말 없이 살짝 웃자 녀석도 웃으며 제 손을 잡았습니
다…….

너, 밥도 안 먹었다며……. - 서진

보희가 말했나 봅니다……. 그러고 보니…… 보희가 안 보입니
다……. 내가…… 상처를 준 거야……. 다시 제 얼굴이 우울해지
자…… 녀석의 얼굴도 살짝 인상이 구겨지며…….

왜 그래? - 서진

서진녀석은 아무 말도 안 하는 저를 가까운 카페에 데리고 가더
니…… 제가 좋아하는 살구주스를 시켜주곤…….

왜 그런지 말해봐. - 서진

전…… 숨을 크게 들이쉬고 이러쿵저러쿵 그동안의 일을 다아~
말했습니다. =_= 고개를 들어 녀석을 쳐다보니…… 테이블에 엎드
려 덜덜덜 떨고 있더군요. -_-;;

서…… 선…… 아니아니…… =_=;; 오빠 왜 그…… 래요……? 가
아니라 왜 그래? -_-;; - 소은

자세히 보니…… 녀석 부들부들 떨면서까지 웃고 있습니다…….
=_=^…… 뭐야…… 남은 심각해 죽을 맛인데. -_-^

아아…… 미안……. 크큭……. - 서진

왜 웃고 그래요? -_-^ - 소은

서진녀석은 살짝씩 크큭거리며…….

그러니까…… 보흰가 뭔가가 날 좋아한다……? - 서진

그래요. -_-^ 기분 좋아 보이네요. - 소은

서진녀석은 살짝 웃더니…….

그럼 ~ 기분 좋지. - 서진

-_-^…… 보희가 준 편지도 받고……. - 소은

서진녀석은 더욱더 절 어벙하게 보다가 웃다가 하더니…….

너 정말 단단히 오해했구나. - 서진

제가 뭘요? -_-^ - 소은

서진녀석은 피식 웃더니…….

니 친구는 날 좋아한 게 아니라…… 그때 내 옆에 있던 정우현을
좋아한다고 너한테 말한 거야. 난 니 친구 정우현한테 쓴 러브레터
를 전해주는 일을 한 거고……. 난…… 뭐…… 그 레터들 다아~
하연누나한테 줬지만 말야……. - 서진

-_-;;;;;;;

거짓말……. - 소은

거짓말 아닌데……. - 서진

서진녀석은 장난스럽게 웃으며 저를 쳐다봤습니다……. 그러니
까…… 나 혼자 생쇼하고…… 그랬단 말이지……? =_=^;;;;; 흐
음…….

니 친구 보희는 나한테 도와달라고 부탁하면서 자주 만난 거야. 니
친구 보희가 나한테 뭐 주기로 했거든……. - 서진

뭐…… 뭐요? -_-^;; - 소은

서진녀석은 살짝 웃으며 남방 안쪽 깊숙이 있는 주머니에서 사진

대여섯 장을 꺼내 들었습니다…….

이건 너 유치원 재롱잔치 때 사진……. 그리고 5살 때 놀이공원에서 길 잃어버리고 우는 사진……. 이건 초등학교 입학 사진……, 중학교 입학 사진……, 니 친구 보희와 중학교 교복 입고 찍은 사진……, 고등학교 입학 사진……. - 서진

-_-;;; 거래를 했군요……. - 소은

너 존댓말 했다. -_-…… - 서진

존댓말은 봐줘요. 습관이 돼서……. -_ㅠ…… - 소은

좋아……. 그대신 꼬박꼬박 오빠라고 불러라. -_- 서진

어쨌든…… 저 혼자 오해하고 저 혼자 생쇼 부린 거였습니다. =_=;; 시내 한복판에서 뽀뽀하고……. =ㅁ=;;; 바보같이 사흘 동안 밥도 안 먹고……. -_-;;;; 곰곰이 생각하는 동안…….

유소은이 그렇게 고민했단 말야……? - 서진

흠흠……. =_=;;; 그건……. - 소은

제가 허둥지둥거리자…… 녀석은 웃으며…….

여행 갔을 때 니가 말했지……? 왜 너한테 사랑한다는 말 안 해주냐고……. - 서진

꿀꺽, 하고 침이 넘어오더군요. -_-;

자 자~ 이리 와봐. - 서진

서진녀석 옆에 잠시 망설이며 앉자…… 녀석은 제 어깨를 감싸더니 부드러운 보이스 저음 목소리로 제 귓가에 중얼거렸습니다…….

사랑한다…… 유소은……. - 서진

저도 사랑한다고 말하고 싶었지만…… 눈물이 복받쳐 아무 말도
하지 못한 하루였습니다…….

테디보이41

너…… 이거 뭐냐……? - 서진
왜요? 맘에 안 들어요? -_-? - 소은
아니…… 맘에 안 든다긴보단……. 으음……. 너 어제 치던 벼락에
머리 맞았냐? -_-;; - 서진
서진녀석을 만나 향수 포맨 30을 쓰윽 주자, 주스를 마시다 말고
저를 멍하니 보더니 한 말입니다. =_=;
왜 그런 말을 해요? =_=; - 소은
아니…… 아니야……. - 서진
서진녀석은 향수병을 집어들더니 한 번 손목에 뿌려보곤…….
좋네……. - 서진
약간 비가 와서 쌀쌀한 날씨……. 서진녀석은 하얀 반팔 티셔츠 위
에 진한 녹색 얇은 조끼를 입고, 옆으로 매는 비싼 프라다 가방을
메고, 긴 면바지를 입고 왔습니다……. =_=…… 향수병을 이리저
리 만지고 있는 녀석을 보다가 주위를 둘러보니 카페 안의 여자들
이 다 서진녀석을 쳐다보고 있더군요. -_-^.
그래…… 이 녀석 범상치 않게 생겼지……. -_-……
야. 야!! 내 말 듣고 있는 거야? -_- - 서진
네네? O_O;; - 소은

239

내일 시간 있냐고. –_– – 서진

나야 남아도는 게 시간이지 이 넘아. =_=;;

네. ^–^ – 소은

그럼 우리 둘이만……. – 서진

뭐야. —,.—;; 왜 그렇게 끈적하게 보는데? –_–;

네네? *○○○* – 소은

둘이서만…… 바닷가 가서 밤에 오자. –_–…… – 서진

피쉬쉬쉬쉬~. –_–;;; (김 새는 소리 –_–)

그…… 그래요…… 뭐……. –_–…… – 소은

왜 그렇게 떨떠름해? –_–. 새벽 5시에 나와라. –_–. – 서진

그…… 그래요 뭐……. =□=;; – 소은

서진녀석과 헤어져 집으로 오자 –_– 보희가 또 우현놈에게 보낼 편지를 쓰고 있더군요. =_=;; 주위엔 편지지가 구겨진 채 이리저리 날아다니고 있었습니다……. –_–^

야! 치우면서 해!! –_–+!!! – 소은

아우씨……. –_–^!!!!!! 말 시키지 마!! 지금 굉장히 중요한 일을 하고 있는데!! –_–+ – 보희

얼씨구. =_=^!! 제가 생각하기론 절대 우현놈은 안 넘어올 겁니다……. =_=…… 맞아죽기 싫어서라도……;;; (하연냥의 남자친구인 우현놈 –_–) 서진녀석이 하연냥에게 편지를 빼돌렸다고 했는데 안 찾아오니……. 분명 지지라게 우현놈이 맞고 있겠구나. =_=;;

방으로 들어가 스포티백에 긴 방수 점퍼를 챙겼습니다……. 으

음……. 바닷가에서도 뭐 먹어야 할 테지…….

보희야야~. 〉_〈;; - 소은

뭐야? =_=! - 보희

나……. 도시락 좀 같이 만들자~. ^0^;; - 소은

정확히 5000원 줘. -_- - 보희

오…… 오냐……. -_-^ - 소은

보희와 함께 주먹밥을 만들어 몇 개 남은 주먹밥을 싸 가지고 민현
놈이 다리가 똑 부러져서 -_- 치료받고 있는 병원으로 문병을 갔
습니다. =_=

여어. 웬일이냐? =ㅁ=!! 니가 날 다 찾아오고. - 민현

그냥 갈까? -_-; - 소은

그 손에 있는 비닐봉지는 놔두고 가. -_-. - 민현

민지는요? - 소은

민현놈 살짝 웃으며……. -_-

걔 밥 먹으러 갔어. =_=. - 민현

민현놈은 염색을 살짝 했는데도 좋은 머릿결을 흔들며 주먹밥을
우물우물 먹더니…….

이 엉망진창인 모양의 주먹밥은 니가 만든 거군. -_- - 민현

이익……. -_-^ - 소은

저 가정시간은 언제나 최하점을 유지합니다. =_=……

그런 다음 잘 먹고 잘 퇴원하라고 말하고 -_- 밖으로 나오자 보희
가 멍하니 저를 보더니…….

이름이 뭐야……? - 보희

엉? 이민현이라고 우리보다 한 살 많은데……. 그냥 말 놓으라고
하더라구. -_- - 소은
멋있다……. 나 정우현 포기하고 이민현 좋아할래!! 〉_〈!! - 보희
-_-;;; 그만하지 그러니. -0-;; - 소은
몰라~. 그 민지라는 애가 여자친구인 거 같은데, 필요없어~. 오예
에에~. 〉ㅁ〈!! - 보희
-_-;; - 소은
제가 장담하건대 보희의 사랑은 절대 이루어지지 않을 거라 생각
됩니다. =_=;
새로운 사랑으로 출발!! *〉ㅁ〈* - 보희
불쌍한 것……. =_=;;;

테디보이42

뭐……? -_-; - 소은
몰라몰라~. 〉_〈;; 아무튼……. *-_-* - 민지
오랜만에 민지를 만나고 있는 중입니다. ^-^ 민현놈은 병원에서
퇴원하긴 했지만 아직도 다리에 깁스하고 질질 끌고 다니고 있습
니다. 물론 민지는 병수발 다 들며 열심히 간호 중이지만요. =_=
민지는 만나자마자 하는 말이 '나 사랑에 빠졌나봐~ *-_-*;'였습
니다. -_-;
뭐…… 짐작은 했지만……. -_-;; - 소은
뭐!? @ 0 @ ;; - 민지

민지는 갑자기 두 주먹을 불끈 쥐고 얼굴이 새빨개지더니…….

내…… 내가 이민현을 좋아한다는 걸 안단 말야!?! 어떻게!? +ㅁ+;;
나 지금 너한테 제일 처음 말하는 건데!!!!!!+ㅁ+;; – 민지

–_–;;; – 소은

민지 하는 행동을 보면 다~ 알게 됩니다. =_= 님들도 언제 한번
궁금하면 저 민&민 커플의 행각을 보시길. –_–…… 민지는 제가
아무 말 없이 어색하게 웃자 두 주먹을 풀고……. –_–; 얼굴까지
멍~ 하니 풀리며…….

뭐랄까……. – 민지

뭐? –_– – 소은

민지는 볼이 발그레 발그레 –_–; 해지며…….

덮치고 싶달까……. *–_–*…… – 민지

전 투욱 하고 먹던 아이스크림 스푼을 떨어뜨렸습니다. =_=;;

뭐야. –_–+ 그 변녀 본다는 듯한 눈은……. – 민지

아니…… 그냥……. =_=;; – 소은

넌 안 그래? – 민지

응…… –_–; 별로……. – 소은

민지는 물음표가 보이는 얼굴로…….

어어? 이상하다. 채정언니도 똑같다고 했는데……. O_O…… – 민지

–_–;;; – 소은

민지와 헤어지고 허둥지둥 녀석과 약속한 곳으로 달려가는 저입니
다. =_=; 녀석이 좋아하는 오렌지빛 카페로 가니 하늘색 스포티
옷을 입고 있는 녀석이 보였습니다. =_=.

243

선…… 아니…… =_=;; 오빠 미안해요. 많이 늦었죠? - 소은

아니. ……. - 서진

서진녀석은 그런 말을 하면서도 -_- 저에게 눈을 맞추지 않았습
니다. 미치겠군. =_=;;;; 녀석의 앞엔 수없이 많은 종이들이 널려 있
었습니다. =_=; (녀석은 심심하면 종이접기를 하곤 한다 -_-;)

오빠 정말정말 미안해요. -_ㅠㅠ. - 소은

괜찮다니깐. -_-^ 겨우 1시간밖에 안 늦었네……. - 서진

단단히 삐졌네……. =_=;;;;;;;;; 괜히 미안해서 녀석을 쳐다보니 턱을
괴고 고개를 돌리고 있더군요. 그때…… 왜…… 민지가 했던 말이
떠오르는 걸까요……? *-0-*;;;; 덮치고 싶다는……. =ㅁ=!!!!!!!!!!!

야, 너 어디 아프냐? 열나? - 서진

서진녀석이 살짝 몸을 일으켜 제 이마에 손을 대려는 순간……
=_=;; 저도 모르게 녀석의 손을 타악!! 쳐냈습니다. =_=;;;

오…… 오빠!!! 미…… 미안해요……. +ㅁ+;; - 소은

아니…… 아니야……. 그럴 수도 있지……. 그럼……. 가끔…… 아
주 가끔……. - 서진

서진녀석은 무진장 상처받은 얼굴로 중얼거리더군요. =_=;; 그동
안 녀석의 손길을 자연스럽게 받아들였던 저인데 -_- 이번 사건
은 녀석에게 큰 충격을 주었나 봅니다. =_=; 녀석의 얼굴은 놀람
50%, 화남 20%, 섭섭함 30%가 뒤섞인 표정이었습니다. =_=;;;

카페에서 나오자 언제나 제 손을 잡고 걸었던 녀석이 그냥 성큼성
큼 가는데……. -_-; 빨리 오라고 버럭 소리를 치더군요-_-; 네
네……. 이번엔 놀람 5%, 화남 85%, 섭섭함 10%로 바뀌었나 봅니

다. = _=;

저기……. - _-;; 저도 모르게 그랬어요. - 소은

그래…… 반사적, 자동적으로 그랬다 이거지……? - 서진

이익……. - _-^;; 저 녀석 사악하게 미소 지으며 말하는게, 장난을
치는 건지 화를 내는 건지……. - _-^!!!!

그러니까…… 갑자기 이상한 생각이 떠올라서……. -0-;; - 소은

어떤 생각?- _ - 서진

그…… 그건……. = _=;; - 소은

아 이 자식아……. ㅠ_ㅠ…… 여자에겐 숨기고 싶은 (- _-;) 게 있
는 거야!!! ㅠㅁㅠ!!!

거 봐. 말 못하는 거 봐. - _-^ 그래. 우린 이런 사소한 것조차 말
못하는 사이였냐? - 서진

제발 서진오빠……. ㅠ_ㅠ…… - 소은

서진녀석 저를 빤히 쳐다보더니…….

너는 니가 내 팔에 팔짱끼는데 내가 화악 빼면 좋아? - 서진

- _-;;; 아니……. - 소은

그런 거야. - _-. 그리고 너 반말 진짜 어색하다. = _= 너 언제 익숙
해질래? 벌써 3주일쨈데. - 서진

어색해서 미안하다 쨔샤! - _-+

열…… 열심히 노력할게요……. = _=;;; - 소은

전 녀석의 밥도 아닌…… 빵도 아닌…… 녀석의 종잇조각입니다.
= _=;; (녀석은 심심하면 종이 가지고 논다 - _-.)

서진이가 싫어하고 무서워하는 거? –_–. – 진우

응. +_+;; – 소은

진우놈을 만나서 서진녀석에 대해 열심히 물어보는 중입니다. =_=

글쎄……. – 진우

진우놈은 곰곰이 생각하더니…….

중학생. –_–. – 진우

뭐? –_–;; – 소은

진우놈은 토끼를 쓰다듬으며…….

너 명성중학교 알지? –_–.– 진우

제가 고개를 끄덕이자…….

서진이 그곳 지나갈 때 중학생 애들이 소리 지르는 건 다반사야.
–_– 애 낳자고 막 달라붙고 뽀뽀하려고 막 덮치고……. 편지 전해
주면서 울고 불고 하는 건 정말……. –_–;;;;; 서진녀석 그때부터
명성중학교 애들 정말 싫어하고 무서워하지. –_– 명성중학
교……. 말 그대로 명성이 자자~ 했지. –_–…… – 진우

흐음……. –_–;;;; – 소은

저도 명성중학교라는 걸 말하지 못하겠더군요. –_–;;;

하지만 전 절대, 네버, –_–; 남자들한테 달려들진 않았습니다. 그
저 쳐다만 보았지. –_–;;;;

우리들 다아 중학생은 좀 싫어해. –_–;;; 명성중학교 애들. – 진우

진우놈은 끔찍한 생각이 떠오르는 듯 고개를 절레절레 흔들더군

요. -_-

잘생긴 놈들도 나름대로 고민이 있구나……. -_-……

그런데 너 너무한 거 아니냐? - 진우

어? - 소은

진우놈 심통난 표정을 짓더니…….

니 좋아하는 남자애한테 남자친구 과거 얘기나 줄줄줄 하라니……. - 진우

-_-;;;; - 소은

제가 당황한 표정을 짓자 진우놈 살짝 웃으며 일어나더니…….

농담이다……. 뭐…… 서진이 집에 갈 거라고 예상하니까…… 데려다 줄게. - 진우

진우놈은 저를 서진녀석 집 앞에 데려다주고 휘잉~ 토끼 데리고 가더군요. -_-;;;

녀석의 집 벨을 누르자 허둥지둥 채정냥이 인터폰을 받고 문을 열어주더니…….

소, 소은아……. -_-;; - 채정

언니. 오랜만이에요. ^-^ 서진오빠 있어요? - 소은

응. 있긴 있지……. 그런데…… 거실에서 기다려줄래? -_- 채정

채정냥은 저를 거실에 앉혀놓고 사과주스를 꺼내주더니……. -_-

드디어 오빠라고 부르기 시작했네. -_- 서진녀석 소원이 이루어졌네. -_-. - 채정

제가 어색하게 웃자 채정냥은 과자를 꺼내 온다며 부엌으로 가더군요. -_-. 사과주스를 마시며 주위를 둘러보는데 좋은 목조 향기

가 나더군요.

다른 곳을 쳐다보고 있을 때 뚜벅뚜벅거리는 발소리와 함께……

누나, 수건 하나 더 없어? - 서진

좋은 코롱 향기가 나는 곳으로 고개를 돌려보니…….

ㅇㅁㅇ!!!!!!!!!!!!!!!!!!!!!!!! - 소은

어어. 니가 여기 웬일이냐? -_- - 서진

전 고개를 홱 돌렸습니다. 물론 얼굴은 빨개진 채로. -_-;; 녀석이
달랑 수건 한 장으로 밑을 가리고 머리카락은 물이 뚝뚝 떨어지는
채로 저를 보고 있었기 때문입니다. -_-;

야야!!!!!!! 소은이 보고 있는데 쪽팔리지도 않냐!? +ㅁ+;; - 채정

빨리 수건이나 줘. -_-. - 서진

서진녀석은 채정냥에게 수건을 받아들더니 성큼성큼 방으로 들어
가더군요. =_=;; 채정냥은 토마토처럼 달아오른 제 얼굴을 보더니
푸하하하 웃으며…….

그렇게 빨개지냐? -ㅋ-;;; - 채정

-0-;;; - 소은

채정냥은 피식 웃으며 저를 보았습니다. 전 과자를 먹으며 달아오
른 얼굴을 식히려고 노력하였고 -_-;;; 곧이어 옷을 입고 나온 녀
석과 눈을 안 마주치려고 노력했습니다. -_-;

허억!! =ㅁ=;;!!!! - 소은

뭐야. -_-^ 왜 자꾸 시선 돌려? - 서진

오빠가 시선 돌리게 만들었잖아요. =_=;; - 소은

서진녀석은 큭큭 웃으며…….

뭐 어때. -_- 정확히 5년 뒤면 다 볼 사이에. -_-. - 서진

녀석의 뻔뻔함은 하늘을 찌릅니다. -_-;;;

테디보이44

아아아……. 다시 교실로 들어가야 한다니……. ㅠ_ㅠ…… - 소은

고 1이야. -_- 차근차근 준비해 놔야지. -_-. - 민지

꿈만 같던 -_- 한 달 간의 여름방학이 끝나고…… =ㅁ=…… 지옥

같은 학교로 가는 중입니다. -_ㅠ…… 하지만 한 가지 좋은 점이

있다면 매일매일 녀석을 만날 수 있다는 거지요~. ~()_()~

민지야. =_= 너도 민현이 많이 볼 수 있으니까 좋겠다. - 소은

갑자기 스텝이 엉키는지 삐끗하는 민지입니다. =_=…… 그리곤 얼

굴이 빨개진 채로…….

그…… 그만하자. *-_-*^;;; - 민지

민지는 그러곤 쥐고 있던 참고서를 꽈악 쥐며…….

난 신씨 집안의 큰딸이란 말야. 내가 좋은 대학에 안 가면…… 내

뒤에 있는 3명의 남동생들은 어떡하라구? - 민지

민지네 집은 민지 하나만 여자고 3명의 남동생이 있습니다. =_=

다들 단정하며 이쁘장하고 멋있게들 생겨서 -_- 전 신씨 집안이

무척이나 부럽더군요. -_- 민지는 그중에서도 큰딸이라 열심히

노력하고 있습니다.

그래도 민현이 좋아하잖아. -_-. - 소은

그야 그렇지만……. - 민지

민지는 냉정하게 참고서를 들며…….

연애하다보면…… 성적이 떨어지잖아. -_-…… - 민지

민지는 왠지 지쳐 보이는 발걸음으로 의자에 털썩 앉더군요. -_-
…… 민지도 이렇게 노력하는데…… 난 뭐지……? —,.—;;;

오늘은 단축수업을 해서 드럼부로 가는 길에 태권도부를 살짝 보
았습니다. 민지가 검은띠의 꽤 멋있게 생긴 오빠한테 공책을 들고
살짝 웃으며 연필을 주자, 그 검은띠 오빠가 공책을 받아들고 민지
에게 뭐라뭐라 말해주는 것 같았습니다. =_=…… 아마…… 무슨
문제나 공식을 알려주는 듯……. -_-…… 민현놈 그 두 사람 보더
니 짜증난다는 듯 새로 들어온 흰띠에게 가혹한 발차기를 시키더
군요. -_-;; 왠지 웃기는 장면이라 생각하면서 드럼부로 들어오자
-_-. 오랜만에 등장하는 민안놈. -_-;

광둥아. -_- 정말 올만이다. - 민안

-_-^ - 소은

드럼부를 둘러보니……. 하연냥과 민안놈……. -_-…… 흐음……
서진녀석은 어딨지? O_O……

서진이 어떤 여자애가 불러서 갔어. -_- - 하연

흠흠. -_-;; 하연냥 저를 유심히 보더니 건반을 두드리며 말하더군
요. =_=!

여자애요? -O-; -O 소은

아…… 맞아……. 꽤 귀여운 얼굴이었는데……. =_=…… - 민안

괜히 초초해지더군요. =_=;; 민안놈이 말하자마자 정확히 문을 박
차고 들어온 녀석……. -_-…… 아무런 표정도 없다……. -_-;;;

드럼의자에 털썩 앉는 녀석에게 다가가…….

오빠. =_=…… - 소은

어, 왜? - 서진

그렇게 맹~ 한 표정으로 보면 -_-;; 내가 눈치껏 알 수가 없잖냐.

아니에요. =_=; - 소은

광등이가 아까 형 고백받으러 간 거 보고 신경 쓰이나 본데…….
-_- - 민안

도움 안 되는 녀석. -_-;;

아…… 별거 아니었어. -_-. - 서진

그렇게 쉽게 말하냐. -_-;;

그렇게 1시간이 지나고 녀석과 함께 동아리 문을 열고 나오는
데……. 귀엽게 생긴 아이가 보였습니다. 명찰을 보니…… 진사
야……. -_-;; 이름이 사야인가? 설마 저 여자애가……? -_-;; 쓰
파…… 내가 굉장히 쪼달…….

너 또 왔냐? -_-^ 너 싫다는데 왜 자꾸 와. - 서진

선배가 나 좋아할 때까지 쫓아다닐 거라니깐요. -_-. - 사야

사야란 여자아이는 귀엽게 살짝 아래로 묶은 토끼머리를 하고 서
진녀석을 올려다보더군요. -_-^;; 그 두 사람을 보니 잘 어울린다
는 생각이 드는 건 왜일까……? -_-^!!! 전 어느새 슬금슬금 구석
으로 숨어 두 사람을 보고 있더군요. -_-;

선배. -_-. 나 싫어요? 솔직히 선배 나 좋아하잖아요. -_-. - 사야

착각은 자유래 이 눈아. -_-+ (열받음 -_-)

어디서 그런 개소리 들었는지 모르겠지만. -_-. 난 너 굉장히 귀

찮다니깐!!! -_-^ 너 명성중학교에서 왔지!? - 서진

그런데요. =_=…… - 사야

아무튼 명성중학교 애들 귀찮은 건 여전하군. -_-^ - 서진

-_-;;; - 소은 (명성중학교 다녔던 소은이 -_-)

서진녀석……. 꼭 그렇게 말할 건 없잖아……. -_-;;;;;;;; 명성중학교에도 착한 애들 얼마나 많은데……. -_-……그 예로 내가……. ……. 흠흠……. -_#;;. (독자에게 한 대 맞음 -_-)

아무튼…… 난 너 싫어. 몇 번을 말해야 하냐? 지금까지 정확히 천 번은 넘었을 거다. - 서진

선배 정확히 1280번 그랬어요. ^-^ - 사야

얼굴은 귀엽게 생긴 게 성격은 독하네. -_-;;;;

그리고 선배. 왜 선배를 오빠라고 부르지 못하게 해요? - 사야

그야…… 내가 허락 안 했으니까. -_-. - 서진

허락한 사람이 있긴 있는 거예요? -_-^ - 사야

어. -_-. 내 옆에 있……. 애가 또 어디 간 거야? -_-^!!!!! - 시진

선배. -_- 저 그런 거짓말에는 안 속아요. - 사야

시끄러워. -_-^ - 서진

전 발걸음을 돌려 교문으로 빠져나가려고 했는데……. 터억 하고 뒤통수가 싸늘하게 식더군요. =_=;;

너 어디 가냐? -_-^…… - 서진

하하하……. -_-;;;; - 소은

서진녀석 저를 대롱대롱 들어서 -_- 사야란 여자아이 앞에 터억~ 하니 놓으며…….

애만 나를 오빠라고 부를 수 있어. -_-…… - 서진

뭐예요? -_-^ 선배, 실망이에요. - 사야

뭐가 실망이란 거야……? -_-^

굉장히 기분 나쁘긴 한데……. -_-^!!!!!

야야, 유소은. -_- 나 오빠라고 불러봐. - 서진

왜요? =_=;; - 소은

빨리 불러야 이 찰거머리 떨어뜨리지. -_-^ - 서진

서진녀석을 보고 오빠라고 말하려고 입을 여는 순간…….

서진오빠……. - 사야

갑자기 사야란 여자아이를 벽에 콰앙 던지듯 미는 -_-;; 서진녀석

입니다…….

이봐 이봐……. 진짜 무섭잖아. -_-;;;;;;;;

내가 말했지……. 한 번만 더 그러면 너 죽인다고……. - 서진

사야란 아이는 등을 심하게 부딪쳤는지 어깨를 부여잡더군요.

=_=;;; 솔직히 전 멀뚱멀뚱 두 사람을 쳐다봤습니다.

서진녀석 저를 보더니…….

유소은, 빨리 말해. - 서진

-_-;;; - 소은

사야란 아이가 저를 째려보는 게 느껴졌지만, 전 조용히 오빠라고

중얼거렸고, -_-; 서진녀석은 만족스런 미소를 지으며 제 손을 잡

고 교문을 빠져나갔습니다. 오빠란 두 글자의 힘을 알아본 계기가

되었습니다. =_=; 오빠란 두 글자의 힘을……. =_=;;;

테디보이 번외 . 민현 . 외로움

내가 가까이 하고픈 것들……
내가 간직하고픈 것들은 언제나
내 손길이 닿기 전에 저만큼 사라져 버리고
잡히는 건 늘 쓸쓸한 그리움뿐이었다.
나는 이제 그만 그리움과 작별하고 싶다…….
금방이라도 내게 다가와 따뜻한 손을 내밀 것 같은……
그대는 지금 어디에 있는지…….

–이정하의 〈이쯤에서〉–

미안해 민현아……. 나…… 서진이 좋아해…….
비수 같은 그녀의 말에 난 마음이 무너지는 듯했다……. 친구로서 그녀……
한비은을 바라봤던 난…… 언제나 상처를 받곤 했으니까…….
외 로 움 .
1학년 때…… 비은이가 떠나고……. 2학년이 되었을 때…… 난 비은이가 좋아
했던 파란색을 무척이나 좋아하게 되었다……. 정말…… 광적일 정도로…….
집착이란 건가…… 이게…….
비은이란 존재를 아직 잊지 못하고 있을 때쯤……. 쇼윈도 앞에서 무언갈 하
염없이 보고 있는 한 여자아이를 보았다……. 가까이 다가가 그 여자아이가
뚫어져라 보고 있는 것을 보니…… 작은…… 보석함이었다…….
그거…… 가지고 싶니……? – 민현
네……. 억……. =ㅁ=;; 누…… 누구신지……? –_–;;; – 민지
자기도 모르게 중얼거리다가…… 깜짝 놀랐는지 살짝 져 있는 쌍꺼풀 눈을 더
욱더 크게 뜨며 날 쳐다보는 아이……. 우리 학교 교복이다…….
선배시네요. –_–…… – 민지
그래……. 같은 학교야. – 민현

254

그 아인…… 붉은색으로 반짝이는 보석함을 계속 뚫어져라 보고 있었다…….

너 붉은색 좋아하는군……. – 민현

－_－ 그 옆에 똑같은 디자인의 파란색 보석함이 있었지만 그 아인 붉은색만 뚫어져라 보고 있었기 때문이었다. －_－.

그 아인 그저 무표정으로…….

네……. 그냥…… 좋아요. – 민지

그냥…… 그 아이에게도 붉은색이 어울린다고 생각했다……. 얼굴이 무척…… 희었으니까……. 그 아이와 아무런 말도 없이 거리를 다녔지만…… 어색함이란 게 없었다……. 그 아인 나에게 작은 맥주캔을 건넸다……. －_－;; 생긴 거와 다르게 주량이 세더군. －_－;;

이름이 뭐예요? – 민지

이민현. – 민현

난 신민지예요. 신씨 집안의 첫째 딸!!! 이 집안의 기둥이죠~.

－0－!! – 민지

킥 하고 웃음이 나왔다. 그 아인 계속해서 술주정을 했다.

난 나도 모르게…….

남자친구 없어? – 민현

그 아인 갑자기 울먹거리며……. －_－;;;

왜 그런 걸 물어보죠? 나 같은 앤 남자친구 없는 거 당연하다고 생각하면서 물어보는 거예요? – 민지

그건 아닌데……. －_－;;; – 민현

그만해요. ㅠ_ㅠ

나 남자친구 없는데 보태준 거 있어요? ㅠㅁㅠ!!! – 민지

난……. 계속해서 술주정하며…… 결국 내 어깨에 기대고 잠이 들어버린 그 여자아이를 보고…… 말하고 싶었다……. 다행이라고……. 내가…… 니 옆에 처음으로 앉을 수 있게 돼서…….

민현 번외 결론 : 외 로 움 을 벗 어 나 다.

진사야……? -_-…… - 민지

응. -_-…… 누군지 알아? - 소은

진사야란 아이를 민지에게 물어보니……. 민지는 코코넛 우유를 쭈욱 마시며…….

글쎄……. 이름은 어디서 들어본 거 같기도 한데……. - 민지

그때 참고서를 보고 있는 민지의 머리를 꾸욱 누르며 웃고 있는 어떤 남자가 보였습니다……. 아아!! -0-!!! 그때 그 검은띠 오빠!! =ㅁ=!!!! 명찰을 보니……. 3학년…… 정태문……?

뭐야. 나도 한입만 줘라. -_- - 태문

안 돼요. -_-^!!! 선배가 나한테 뭐 하나 사준 적 있어요? - 민지

태문이란 사람은 매력적인 미소를 지으며…….

그동안 내가 너한테 가르쳐 주었던 그 많은 공식들 값은 어떻게 할래? -_- - 태문

그래도 먹던 걸 어떻게 줘요. 차라리 하나 사…….- 민지

민지가 무언가 말을 하기도 전에 민지가 먹던 코코넛 우유를 빼앗아 씨익 웃으며 마시더군요. =_= 민지 황당한 듯 쳐다보더군요. -_-;

그 검은띠 오빠는……. -_-.

공부 열심히 해. - 태문

이렇게 말하곤 사라지더군요. -_-;

민지는 코코넛 우유가 아깝다는 듯 쓰레기통에 휙~ 버리는데 갑자기 저 멀리서 민현놈이 슬슬 걸어오더군요. -_-.

뭐 했어? - 민현

뭐가? -_-. - 민지

민현놈이 뚫어져라 민지를 쳐다보더니…….

태문형이랑 뭐 했냐고. - 민현

민현놈 짜증스러운 듯 잔뜩 인상을 쓰며 말하더군요. -_-.

민지는 그런 민현놈을 보더니…….

별로 한 것도……. 그냥 우유 뺏어먹은 거밖에……. - 민지

니 거? -_-^ - 민현

응……. - 민지

먹던 거? - 민현

전 민지를 보고 손을 휘휘 저으며 아니라고 말하라고 신호를 보냈
지만 민지는 순진하게…….

어. -_-. 그게 왜? -_-. - 민지

민현놈 주위에서 우르르릉 쾅쾅 하고 번개가 치는 것을 보았다면
제가 잘못 본 걸까요? -_-;;;

왜 그러는데? - 민지

신민지. 너 도대체 생각은 있는 거냐? - 민현

뭐? - 민지

민현놈은 잔뜩 인상을 쓰며…….

넌…… 너한테 도움 주는 사람한테 그렇게 관심을 가지냐? - 민현

민지 갑자기 드르륵 하고 벌떡 의자에서 일어나더니…….

지금 내가 실없는 애라는 거야? - 민지

그래. 너같이 우유부단하고 표리부동한 애 처음 본다. - 민현

그런 말 들을 이유가 내게 없잖아!!!!!!! - 민지

민지는 열받았는지 씩씩대며 민현놈을 쳐다보고 있고, 민현놈은 차갑게 눈을 내리깔더니…….

잘 들어 신민지……. 반말 쓰지 마……. 난 니 친구가 아니야……. 너보다…… 1년이란 기간을 오래 살았다고……. 알아들어? - 민현

저…… 저기……. -0-;;; - 소은

가운데에 끼어서 이러지도 저러지도 못하는 저입니다. =_=;; 그런데…… 민현놈 꾸욱 화를 참는 듯 그 말을 하곤 콰앙!! 하고 책상을 발로 차버린 채 가더군요. -_-;; 반 아이들이 다 쳐다보고……. 민지는 털썩 앉더니…… 푸욱 하고 책상에 고개를 박더군요……. -_-;;

민지야…… 괜찮아……? - 소은

몰라……. 왜 저러는 거야……. 나 굉장히 힘든데……. - 민지

민지의 어깨가 오늘따라 더욱더 추욱 처져 보였습니다. 자율학습이 끝나고 드럼부로 가는 길에…… 민현놈과 사야논이 같이 걷고 있는 게 보였습니다…….

저 논이 꼬리를 치네……. -_-^!!! 서진녀석이 좋다 그럴 땐 언제고 이젠 민현놈한테 붙어!? -_-+! 괜히 열받아서 드럼부 문을 콰앙 열고 들어오자 누군가 얼굴을 붙잡고 주저앉아 있습니다. =_=;

아우씨!!!!! 야!!!!!!!! 유소은!!!!!!!!!!! - 민안

흠흠……. =_=;; 미…… 미안……. - 소은

아주 문짝을 부숴. -_-…… - 하연

내 잘생긴 얼굴 돌려내!! >ㅁ<!!! - 민안

민안놈은 그렇게 말하고 -_- 투덜거리며 매점으로 가더군요. -_-.

또…… 서진녀석은 없다……. -_-……. 녀석은 요즘 도대체 어디를 싸돌아 다니는지……. -_-…… 괜히 복도를 돌아다니며 녀석을 찾고 있는데…… 갑자기 복도 구석에서 제 손을 끄는 남자가 있었으니…….

수우오빠……? -_-;; - 소은

아아……. -_-. 나한테 차이신 수우군이 아닌가……. -v-* (자만심 -_-) 그런데…… 검은색 머리칼로 바뀐 게…….

야, 이 학교 왜 이렇게 경비가 심해? -_-^; - 수우

그건 그렇고……. 여기 웬일이에요? -_- 하연냥이 수진언니랑 수우오빠 내쫓았다면서요. - 소은

수우놈…… 갑자기 제 두 손을 꽈악 잡더니…….

사귀자……. +_+…… - 수우

휘잉~ 하고 -_-;; 창문에서 바람이 불어오더군요……. 저 녀석이 더위를 먹었나……. -_-;;;

저기……. -_-;; 저 서진오빠랑 사귀는데요……. - 소은

대충…… 뭐…… 고백을 받으면 심장이 조금이라도 뛸 텐데……. 무덤덤합니다……. =_=;; 뭐…… 장난으로 그런 것 같기도 하고……. -_-;; 참……. -_-…….

서진인가 뭐랑 깨고……. - 수우

절대 안 깨질 건데요. -_-. 그리고…… 이 손 좀 놔주면 안될까요? 오빠 손에서 땀이 너무 나와서 축축해요. -_-;;;; - 소은

그…… 그래? 미…… 미안. -_-;; - 수우

수우놈은 손을 파악 놓더군요. -_-;; 전 손을 쓰윽쓰윽 교복에 문

지르곤…….

죄송한데요……. 저 정말 수우오빠 좋은 오빠, 좋은…… 친구 -_-
로밖에 생각 안 하는데요……. - 소은

수우놈 갑자기 침울해지더니…….

잘해줄게……. - 수우

서진녀석 저한테 충분히 잘해주고 있어요……. 고마워요. 수우오
빠……. - 소은

살짝 웃는데…… 뭔가…… 번쩍 하고…… 수우놈 얼굴이 눈에…….
억!!!! >ㅁ<;;; 나 수우놈과 뽀뽀하고 있잖아!!!!!!!!!!ㅠㅇㅠ!!!!!

전 수우놈을 파악 밀치고…….

무슨 짓예요!!!!!!!! 저 오빠 정말 싫다니깐요!!!!! - 소은

그냥 나 좋아해 주면 안 될까? -_-? - 수우

그렇게 순진한 얼굴로, 그렇게 물어보지 말아요! -_-+ - 소은

입을 박박 닦으며 불쾌한 기분으로 걷다보니…… 벚꽃나무가 있는
운동장으로 나왔습니다……. 아악……. ㅠㅁㅠ…… 오늘 정말 재
수 옴붙은 날이군……. ㅠ_ㅠ…… 계속해서 입을 벅벅 닦고 있는
데…….

뭐 하나? 입술 빨간 게 터지겠다. -_-. - 서진

헉!!! 서…… 서진…… 오빠……. =_=;; - 소은

괜히 찔립니다. -_-;;; 아우씨…… 정말…….

벤치에 앉아서 계속 입을 닦고 있자…….

너 왜 자꾸 입 닦는 건데……? -_-…… - 서진

하하하……. 그…… 그냥……. - 소은

서진녀석…… 심각한 표정으로…….

당했냐……? - 서진

무슨!!!!!!!!! 학교에서 어떻게 당해요!!!!!!!!! -0-;;; - 소은

하긴……. - 서진

서진녀석은 날이 아직 더워서 하얀색 긴 반팔에 살짝 두르는 검은색 넥타이를 조금 푼 채 저를 쳐다봤습니다…….

야야…… 그만 문질러……. 빨갛잖아. - 서진

아…… 알았어요……. - 소은

그런데…… 왜 가만히 있으니까 근질근질하지……. -_-;; 이게 다…… 수우놈 때문이야. -_-^!!! 그런 생각을 하며 당한 게 억울해서 괜히 살짝 입술을 깨물었는데……. 어느새 녀석의 차갑지만 촉촉한 입술이 마구마구 문질러서 뜨거운 -_-;; (왠지 표현이…… -_-;;) 저의 입술에 닿았습니다……. 살짝 눈을 떠서 보니…… 전 그 자세 그대로 있고……. 녀석이 벤치 한쪽을 잡은 채 저에게 살짝 허리를 펴 입을 맞대고 있었습니다……. 한마디로 굉장히 멋진 폼이었습니다. =_=;; 다시 눈을 감고 있다가……. 입이 떼어지는 걸 느끼고 눈을 뜨니……. 녀석은 이젠 부끄럽지도 않은지…….

더운데 우리 팥빙수 먹으러 가자. -_-. - 서진

오늘따라 녀석의 웃는 모습이 시원해 보입니다.

거기 거기! 간판 좀 잘 달아봐!! – 진우

이…… 이렇게? – _ –;; – 소은

명문고등학교의 축제날……. – _ –…… 하하. 갑자기 축제라서 놀
라셨죠? – _ 저도 놀랐습니다. 드럼부 부원들이 갑자기 연습량을
늘렸던 것만 기억했을 뿐 저희 반에는 그저 아무런 변동이 없어서
축제인 줄도 몰랐습니다. =_=; 알고보니 저 혼자 축제 배역 정할
때 열심히 잤다고 민지가 말하더군요. – _ –^ 그래서…… 학교 교
문에 간판을 다는 막노동을 하고 있는 중입니다. – _ –^!

학교 체육복을 입고 끙끙 꿍시렁대며 달고 있는데 진우놈은 왜 그
렇게 까다롭던지……. – _ –+

야야! 오른쪽으로 기울어졌잖아!! 제대로 달아!! – _ –+ – 진우

– _ –+…… – 소은

끙끙, 후들후들거리며 장장 30분 동안 이리저리 옮긴 끝에 결국 축
제관리 위원장 진우놈에게 OK 사인을 받아냈습니다. – _ –^ ……

야야! 조금 기울어진다고 뭐가 잘못 되냐? – _ –+ – 소은

시끄러. – _ 막노동이나 열심히 하시지. – 진우

시버얼~. – _ –+ 저 새끼 저 좋다고 말했던 놈 맞습니까? – _ –+ 전
또다시 날라온 짐을 끙끙대며 운동장에 설치된 음식점 앞에 갖다
놓는 짓을 열심히 하고 있습니다. – _ –^ 민지는 카페 유니폼 입고
과자 가게 하던데……. – _ –+ 전 열심히 과자 상자를 나르고 있습
니다. – _ –+

그러니까 자지 말고 제대로 좋은 배역을 정했어야지. -_- - 민지

시끄러워. -_+ - 소은

그런데……. 서진녀석은 어디로 갔는지 보이지도 않더군요. -_-^

쳇. 여자친구가 이렇게 고생하고 있는데 말이야. -_-! (짜증 -_-)

야야! 유소은!!! 이거 웨딩드레스 의상 빨리 옮겨!! - 진우

새하얀 웨딩드레스 한 10벌이 쭈르르르~ 제 앞에 펼쳐져 있더군

요. -0-;;

궁금해서 진우놈에게…….

웨딩드레스 패션쇼라도 하냐? -_- - 소은

응. 아아……. 서진이도 여기 나가는데……. -_-…… - 진우

뭐!? -0-;; 누…… 누구랑……? - 소은

하연누나랑. -_-. 야!! 드레스 떨어뜨리지 마!!!! -_+ - 진우

+ㅁ+;;; - 소은

하…… 하연냥이랑!? -_-^ 하…… 하연냥 배신 때렸어……. 그래

봤어……. 그래그래……. -_-^!!!

둘이 잘 어울리잖아. - 진우

쳇. - 소은

솔직히…… 두 사람 잘 어울리는 건 부정할 수 없습니다……. 하연

냥과 서진녀석이 같이 서 있으면 부드럽고 청순하게 생긴…… (하

지만 성격은 남자인…… -_-;) 요즘 다시 갈색 머리로 염색하고

잘빠진 하연냥과…… 요즘 바이올렛 블랙으로 염색한 녀석과……

같이 서 있으면 잘 어울리는…….

아니야!!! 잘 어울리긴 뭐!!! -_+ - 소은

니가 방금 하연누나랑 서진녀석 같이 서 있는 거 상상했다는 거 알아. -_-. - 진우

진우놈은 제 생각을 읽었는지 5벌의 웨딩드레스를 한 번 더 들어올리며…….

우현놈은 이미 발광하고 있고……. -_-…… - 진우

그러고 보니……. -_-…… 어제 우현놈이 드럼부에서 마구마구 하연냥을 어디론가 데려가곤 잔뜩 화가 난 표정으로 다시 들어온 게 생각납니다. -_- 하연냥 조금 걱정스러운 듯 우현놈을 보고 있었고…….

그런데…… 서진녀석은 왜 나한테 말도 안 해준 거지? -_-+

서진오빠는 왜 나한텐 말도 안 해준 거야? -_-^ - 소은

글쎄……. 아마도 니가 충격 먹을까봐……. - 진우

이미 충분히 먹고 있어. -_-^ - 소은

진우놈은 툴툴거리는 저를 보더니…….

조용히 하고 빨리 웨딩드레스 내려놔. 구겨지지 않게. - 진우

전 신경질적으로 -_-; 웨딩드레스를 내려놓았고, 진우놈이 마구마구 소리지르는 걸 뒤로 한 채 뛰어가서 학교 벤치에 앉았습니다. =_=; 아이고…… 팔다리, 어깨야……. ㅠ_ㅠ……

에휴휴휴휴~. =_=…… - 소은

무슨 한숨을 그렇게 쉬냐? -_- - 민현

억!! =ㅁ=;; 제발 인기척 좀 내라 민현놈……. =_=;;

민현놈……. 태권도복 입고 있을 줄 알았는데 -_- 멋진 세미 힙합 정장을 입고 불편한 듯 넥타이를 살짝 풀고 있었습니다. -_-. 녀

석의 진한 붉은 머리칼이 검은색 정장과 잘 어울렸습니다.

그거 왜 입고 있어? -_-; - 소은

몰라……. 뭐라 그러더라……? 어떤 여자애랑 정장 패션 어쩌구저쩌구 하는데……. 귀찮아서 빠져나왔어. -_-. - 민현

하하하하~. =_=;;; 웨딩드레스 쇼와 함께 정장쇼도 하나 봅니다. -_ 이 학교 교장 한번 만나보고 싶군. 흠흠. -_-. 별걸 다 시켜. -_-.

서진이도 나랑 비슷한 옷 입고 짜증난다는 듯 우리 학교 회장한테 잡혀 있던데 뭐. -_-. - 민현

벌떡!!!!!!!!!! +ㅁ+!!!!!!!!!!!!!!!!!

어…… 어디에서? +ㅁ+!! - 소은

4층 다목적실……. -_-…… - 민현

민현놈의 말을 듣고 휘잉~ 하고 4층에 올라갔습니다……. 다목적실에서 환호성이 들리는 걸 보고 빼꼼히 문을 열어보니……. 멋진 정장 타입의 옷을 입고 있는 녀석과 풍성한 드레스가 아닌 세련된 드레스를 입고 조용히 걷고 있는 하연냥이 보였습니다……. 둘 다…… 잘 어울렸지만…… 표정은 뭐 씹은 표정이었습니다. =_=;; 둘 다 서로 짜증난다는 듯 걸음이 끝나자마자 서진녀석은 벽을 콰앙 발로 차고, 하연냥은 주먹을 꽈악 쥐더군요. -_-;;

전 제 옷을 바라보았습니다……. 땀냄새 나는 체육복……. -_-;; 머리는 대충 묶고……. 전 괜히 쪼달리는 거 같아서 뒤를 돌아섰는데…….

뭐 하냐? -_-- 우현

허억!! =ㅁ=;;; - 소은

역시나……. 멋진 정장을 입고 저를 쳐다보는 우현놈입니다. =_=
오렌지색 머리칼이 화악~ 튀더군요. -_-;;

아아…… 서진이 보고 있었구나……. -_-…… - 우현

네……. - 소은

저와 우현놈 둘 다 서진녀석과 하연냥을 보고…… 인상이 찌그러
지더군요. -_-;;

우현놈 갑자기 저의 손을 잡더니…….

나 열받아서 못 참겠다. -_-^. - 우현

저두요. +_+!! - 소은

우현놈은 저를 학교 샤워실에 집어넣더니…….

땀냄새 없애고 와라. -_-. 앞에 옷 가져다 놓을게. -_-. - 우현

10분 만에 후닥닥~ 하고 나오자…… 드레스가 보였습니다…….

서…… 설마……. =_=;; 제가 옷을 입고 나오자…… 우현놈 조금
놀랐다는 듯 저를 보다가……. 곧 다시 결 좋은 머리칼을 흔들며
장난스럽게 웃었습니다.

우리만 질투하란 법 없지…… 그치? - 우현

-_-? - 소은

저…… 저기…… 선배……. 제 허리에 있는 손 좀 놔주면 안될까
요? -_-; - 소은

누군 만지고 싶냐? -_-; - 우현

갑자기 우현놈이 서진녀석과 하연냥이 있는 곳에 저를 데리고 오
더니, 파트너 저로 하겠다고 하곤 저를 끌고 걷고 있습니다. -_-;

살며시 녀석을 보니……. 녀석……. 살벌하게 인상 쓰면서 저와 우

현놈을 보고 있더군요. 메롱이다 이 자식아. -_-;;

다 걷자 우현놈과 저는 후닥닥 떨어져서…….

아우씨…… 이게 뭐예요……. ㅠ_ㅠ…… - 소은

어쩔 수 없잖아……. -_-;; - 우현

우현놈 갑자기 주머니를 뒤적거리더니 분홍빛 스틱 립글로즈를 꺼

내…….

야, 발라. -_- 맨얼굴이라도 립글로즈는 발라야지. - 우현

거울 없어요? 저 거울 없으면 삐뚤하게 바르는데……. -_-; - 소은

우현놈은 한숨을 쉬더니…….

이리 와봐. - 우현

제가 주춤주춤 가자 우현놈 저에게 허리를 숙여 립글로즈를 발라

주려는 순간……. 무언가 파악 하고 저와 우현놈의 사이를 떨어뜨

렸습니다…….

하…… 하연냥……. -O-;;

줘봐. 내가 발라줄게. - 하연

됐어. -_-. 뭐 어때. 소은이랑 친한 선후배 사인데 뭐. - 우현

그렇게 말하면서도 우현놈 실실 비꼬는 게 -_-;; 아무래도 하연냥

에게 화가 나 있나 봅니다.

하연냥 입술을 살짝 깨물더니…….

니 맘대로 해. - 하연

나 매일매일 맘대로 했어. - 우현

우현놈은 키가 자신의 어깨 정도에 오는 하연냥을 쳐다보며 툭툭

말을 하곤 제 손을 이끌더니…….

267

니가 발라. - 우현

네. -0-;; - 소은

우현놈 표정이 가관이었습니다……. =_=;; 살인 낼 것 같구만.

전 조심스럽게 립글로즈를 바르고…….

선배. =_=; 됐어요? - 소은

푸하하하하!!!! 〉ㅁ〈;;; 너 정말 못 바른다!!! - 우현

왜…… 왜요……? =_=;; - 소은

우현놈의 말론 제가 입가에만 분홍빛 립글로즈를 처발랐다고 합니다. =_=;;; 이씨…… 쪽팔려……. 우현놈은 티슈로 제 입가를 닦아주었고……. 전 여전히 저를 무시무시하게 째려보는 서진녀석의 눈길을 피하느라 용썼습니다. =_=.

워킹 연습인가 뭔가가 끝나고 한숨 돌리고 있는데 옆에 누군가 앉더군요.

우현선배, 너무 힘든데요. -_-. - 소은

나도 힘들어. - 서진

ㅇㅁㅇ;;;; - 소은

서…… 서진녀석……. =_=;;; 우현놈인 줄 알았는데. -_-;

너한테 집적대는 새끼 보기도 짜증나고, 이렇게 형식 차리며 걷는 것도 지겹고, 너 이런 옷 입고 있는 거 보는 것도 열받아. - 서진

오…… 오빠도 저한테 말 안 해줬잖아요. -_-. - 소은

그래서, 복수하는 거냐? - 서진

그…… 그런 건 아니에요……. =_=;; - 소은

서진녀석 저를 빤히 쳐다보다가 갑자기 벌떡 일어나서 우현놈에게

가더니 뭐라고 얘기하고 오면서…….

너 내 옆에 있어. - 서진

에? -_-; - 소은

무조건 내 옆에 있으라고. - 서진

왜요? -_-;; 저 우현선배랑……. - 소은

서진녀석, 왜 뚝뚝 끊어서 말하는데? -_-;

무조건 내 옆에 있으라고!!!!!!!!!!-_-+ - 서진

아…… 알았어요……. -_-;; - 소은

저 서진녀석과 함께 무대 나가나 봅니다. =_=;;

테디보이47

오빠…… 저…… 저기……. =_=;; 저 그 무대 안 나가면 안 될까
요? - 소은

뭐!? -_-^ - 서진

윽……. =_=;; 그렇게 인상 쓸 줄 알았다……. —,.—;;

전 손가락을 어색하게 돌려대며…….

저…… 저…… 무대 공포증인데……. 대…… 대신 오빠랑 축제 기
간 동안 하루 종일 같이 있을게요. 안 돼요? -_-;; - 소은

하루 종일……? - 서진

서진녀석은 흐음~ 하고 악마 같은 미소를 씨익 지으며…….

좋아……. 하루 종일……. 대신……. - 서진

서진녀석 저를 벽에 밀어붙이고 한 손으로 벽을 치곤…… 제 턱을

잡더니…….

자……. - 서진

-_-;; 뭐 하는 거예요? 저 지금 턱이 굉장히 아프거든요? - 소은

서진녀석 갑자기 고개를 숙였습니다……. 전…… 지금 주위 사람
들이 뻥~ 하게 저와 서진녀석을 보는 것을 보곤 녀석을 파악~ 밀
어내며…….

그…… 그만해요. -0-*;; 자꾸 장난치지 말아요. - 소은

서진녀석 살짝 인상을 쓰더군요.-_-; 전 휘익 하고 다목적실을 빠
져나왔습니다. =_=. 이씨……. 질질 끄는 드레스를 입고 학교를
돌아다니니 다들 신기한 듯 쳐다보는게……. -_-^!!!

야! 그게 뭐야. =_=; - 민지

몰라. -_-^ 나 아무 옷이나 줘. - 소은

민지는 이리저리 옷을 뒤지더니 얌전한 하얀 티셔츠와 하늘색 반
바지를 주었습니다.

다른 옷 없어? -_-. - 소은

이게 제일 무난해. -_-. 빨리 갈아입어. -_- - 민지

전 여자 탈의실에서 옷을 갈아입고 웨딩드레스를 손에 들고 다녔
습니다. 학교 운동장에서 좀 떨어진 학교 벤치에 앉아 있으니 환호
성이 들리고 그랬지만 피곤한 마음만 들더군요. -_-……

후우~ 하고 한숨을 쉬고 있는데…….

뭐야……? - ??

O_O;; - 소은

고개를 뒤로 젖혔는데…… 어떤 놈이 머리를 긁적이며 일어서더군

요…….

따…… 땅바닥에서 자고 있었던 건가……? -0-;; 놀라서 쳐다보

자……. 저건…… 명성중학교 교복……. -_-;; 비하빈……? 몸을

일으켰는데……. 크…… 크다……. -0-

너냐? - 하빈

아무 말도 안 하고 있자…… 그 새끼…… 제 허리를 잡고 저를 안

아 올리더니…….

초등학생인가……? - 하빈

울컥…….-_-^……

초…… 초등학생……!? 초…… 초등학생 아니야!!!! - 소은

어……? 그럼…… 중학생……? - 하빈

내려놔!!!!!! 이래봬도 나 고등학생이란 말야!!! - 소은

제가 마구마구 몸부림을 치자…… 그 새끼는…… 저를 터억~ 하

니 땅바닥에 내려놓고 저를 내려다보며…….

초등학생 맞네……. -_-…… - 하빈

뭐? -_-^ - 소은

제가 주먹을 불끈 쥐자 그놈은 피식 웃더니 주먹쥔 제 손을 들어

올리며…….

이걸로 나 때리려고? -_-. - 하빈

이익……. - 소은

무언가…… 굉장히 익숙한 느낌……. 그놈이 살짝 웃는 모습조

차…… 괜시리 익숙합니다…….

너 몇 살인데? - 하빈

17살. -_-^ - 소은

그 녀석은 살짝 코웃음을 치더니…….

나 원래 나이 17인데……. =_=…… - 하빈

웃기지 마!! 지금 니가 입고 있는 교복 명성중학……. - 소은

아아…… 나 1년 꿇었어……. -_-…… - 하빈

전 순간적으로 주먹 쥐었던 손을 파악 풀었습니다. -_-;;

구…… 구라……. -_-;; - 소은

구라 아니야. -_-…… 그리고…… 너 고등학생 맞아……? -_- 지
금 명문고등학교는 축제한다고……. - 하빈

나…… 난 잠시 빠져나온 것뿐이야. -_-; - 소은

너 전따지? -_- 전교에서 왕따. - 하빈

웃기지 마! -_-+ 너 그리고 아무리 동갑이라고 해도 지금 상식상
난 고등학생, 넌 중학생이야. 존댓말 써! -_-+ - 소은

내가 머리가 잘못되면 너한테 존댓말 쓰지. -_-. - 하빈

그놈은 살짝 웃더니…….

너…… 입술 꽤 이쁘다? - 하빈

뭐…… 뭐? *ㅇㅁㅇ*;; - 소은

순간적으로 입을 손으로 막자 그놈은 살짝 웃으며…… 제 손을 떼
어내더니 조금씩 저에게 몸을 밀착하였습니다……. 전…… 그런
놈을 보고……. 발로 파악 그놈의 배를 찼습니다. -_-

내…… 내가 너 같은 풋내기한테 당할 것 같아? 좀더 연습하고
와!!!! *-0-*;;; - 소은

전 그렇게 말하고 그 녀석의 머리통을 한 대 갈겼습니다. =_=

까불고 있어…… 쓰읍……. -_-;;;

그리고 막 뛰어가려는데……. 아른~ 하고 제 뒤통수가 아파 왔습니다.-_-; 네네…… 하빈놈이 어느새 일어나서 제 뒤통수를 때렸더군요. -_-;

왜 때려!!!!!!!!!!! -O ㅠ!!! - 소은

니가 내 머리통 먼저 때렸잖아. -_-^ - 하빈

너 존댓말 안 써!? -O ㅠ!!! - 소은

말했잖아. -_- 내 머리가 이상하게 되면 존댓말 쓸게. - 하빈

뭐 저런 정신병자가 다 있습니까? -_ㅠ. (니가 더 이상한데? -_-;)
전 열받아서 꾸욱 입을 닫고 학교 운동장으로 가려는데……. 그 놈이 제 손을 잡더니…….

이름이 뭐냐……? - 하빈

니가 알아서 뭐하게! 에라이 엿이나 먹……. 헉!! 알았어!! 주먹 내밀지 마!! -_-;; 유…… 유소은이야, 유소은……. - 소은

제가 주절거리며 말하자…… 그놈은 갑자기…….

유소은……? - 하빈

그래…… 유소은……. 이제 그만 놔. -_-^ - 소은
전 하빈놈의 손을 파악 뿌리치곤 마구마구 운동장으로 뛰었습니다……. 아아…… 재수없어……. -_ㅠ…… 기분 더러운 느낌으로 운동장으로 가니…… 다들 댄스타임이다 뭐다 해서 정신없이 춤을 추고 있더군요. -_-…… 너무 피곤해서 그냥 드럼부로 들어왔는데…… 작은 침대에 누워 있는 서진녀석이 보였습니다……. 잔뜩……지쳐 보이는 게…….

오빠……? - 소은

살며시 녀석을 불러보았지만 미동도 안 하더군요……. 녀석이 누워 있는 침대에 저도 살며시 누웠습니다……. 좀 좁기는 했지만……. -_-;; 제가 사주었던 포맨 30의…… 시원한 향이 풍겨서…… 기분이 좋았습니다…….

오빠…… 미안해요……. 아까 전에 내가 너무 땡깡 부렸던 거 같아요…….

미안해요……. - 소은

아~ 속이 시원합니다……. -_-…… 그리곤 저도 눈을 감고 잠을 청하려는데…… 처억~ 하고 제 허리에 녀석의 손이 감겨져 있고…… 투욱~ 하니 녀석이 어느새 제 위에 올라가 있더군요. =ㅁ=;;

진심이지……? - 서진

-_-;;;; - 소은

서진녀석 진지한 눈으로 저를 쳐다보는데……. 제가 고개를 끄덕이자…… 녀석 씨익 웃으며…….

그럼 못했던 거 마저 해야지……. - 서진

서진녀석이 씨익 웃으며 저에게 고개를 숙이려는 순간…… 녀석의 차가운 음성이 들려왔습니다…….

누가 이랬어……? - 서진

-_-? - 소은

제가 뭔지 모르겠단 눈으로 보자……. 녀석…… 무척 차가워진 얼굴로…….

누가…… 키스마크 남겼어……. 유소은…… 누구야……? - 서진

에에!? ㅇㅁㅇ;; - 소은

헉!! =ㅁ=;; 아까 전에 하빈놈이 살짝 목에 입을 댔었는데…… 어, 어느새……. =ㅁ=;;

제가 당황한 빛을 보이자……. 서진녀석의 얼굴이 일순간에 화가 잔뜩 난 얼굴로 바뀌더니…….

유소은, 넌 내 거라고!!!!!!!!!!! 누가 맘대로 손을 댄 거야!!!!!!!!!!!!!!!!!!! - 서진

오…… 오빠……. 저…… 저기……. - 소은

서진녀석은 갑자기 제 허리를 감싸더니…….

절대…… 안 건드리겠다고 다짐했는데……. 제길……. - 서진

뭔 뜻인지 깨달았을 땐 전 이미 녀석에게 목을 내어준 지 오래였습니다. =_=;; 녀석이 지금 엄청나게 화난 걸 알았기 때문에 가만히 있었습니다……. 반항했다간……저 죽습니다……. =_=;;;

꽤 오랜 시간이 흘렀을때……. 녀석이 결 좋은 머리칼에 눈을 살짝 가린 채 저를 보고 있었습니다…….

누구야……? - 서진

-_-;; - 소은

유소은……. 너 지금 대답 안 하면…… 내가 어떻게 해서든지 찾아 죽어라 팰 거니까 그냥 지금 말해. - 서진

서진녀석…… 진짜 화났다……. =_=;; 녀석의 눈이 잔뜩 진한 검은색이 된 걸로 보아…… 정말…… 열받아 있는 건데……. =_=;;;

오빠…… 미안해요……. - 소은

미안한 게 문제가 아니야!!!!!!!!!!! - 서진

275

이성을 잃은 저런 모습……. 서진녀석이 저렇게 화내는 모습……
싫지만은 않지만…… 보기 싫어…….

오빠…… 나 안아줄래요……? – 소은

순간…… 초점을 잃었던 녀석의 눈동자가 크게 커지며…… 초점이
잡혔습니다……. -_-;;;

너…… 지금 뭐라고 그랬냐……? – 서진

믿을 수 없다는 듯 버벅거리며 말하는 서진녀석입니다. =_=;;

왜요……? -_-. 안아달라구요. – 소은

그러니까…… 유소은……. 니 말은 굉장히 많은 의미를 껴안고 있
거든? -_-; – 서진

서진녀석 조금 당황한 얼굴로 저를 쳐다봤습니다…….

전 녀석을 보고 살짝 웃으며…….

나 서진오빠 향기 좋더라……. – 소은

서진녀석은…… 저를 보고…… 후우 하고 한숨을 쉬더니…… 저를
살짝 안아주며…….

나…… 하마터면 이성 잃을 뻔했어……. -_-…… – 서진

제가 녀석의 품에 자꾸 안기자 -_-. 녀석 그런 저를 이상하게 보
며……. -_-.

너 애정결핍 걸렸냐?-_-; – 서진

아…… 아인데여. -_-;; – 소은

서진녀석은 그런 저를 보더니……. 더욱더 껴안아 주며…….

그 새끼 잡아 족친다……. – 서진

차갑고 무뚝뚝하지만…… 나를 생각해 주는 녀석……. 하지만……

굉장히 무섭기도 한 녀석입니다……. =_=;;;;

테디보이48

뭐? 비하빈이라고? -0-;;; - 민지
알아? -_-. - 소은
유명했잖아…… =_=;; 여자 갈아치우는 걸로……. -_-; 하민안보
다는 못했지만 말야. - 민지
민지는 그런 애를 어디서 알았는지 궁금해 하지도 않고 참고서를
파악 펴더군요. =_=;
너…… 오늘 축제 둘째날인데 -_-; 끝까지 공부할 거야? - 소은
말 시키지 마. =_= 10분 남았어. - 민지

민지는 아무 말 없이 참고서를 줄줄 읽더군요. =_=…… 전 그런 민
지를 보다가…….
너…… 민현이랑 정말 말 안 해……? - 소은
그래. - 민지
민지 그저 아무 말 없이 참고서를 서랍에 넣더군요…….
너…… 솔직히 민현이 좋아하잖아……. - 소은
민지는 가만히 있다가…….
잊으면 되겠지……. - 민지
민지는 여자 탈의실로 가더니…… 저에게 터억~ 하고 무릎까지
오는 편안한 흰색 치마를 주더니…….
체육복 입지 말고 이거 입어……. - 민지

헤헤헤…… 고마우이……. 〉_〈!! – 소은

앗싸~ 땀내 나는 체육복에서 벗어나다 ~ 〉_〈!!

민지가 아까 뭐라고 다시 저에게 중얼거리는 것을 들었지만 옷 입는 거에 열중해서 그냥 무시했습니다. =_=. 그 옷을 입고 횡횡~ 거리며 운동장을 돌아다니고 있는데……. 누군가 제 뒤통수를 잡더군요…….

뒤를 돌아보니…….

너…… 여기 어떻게 들어왔냐……? –_–;;; – 소은

뭐……. 사복 입으니까 보내주던데 뭐. ^-^ – 하빈

알았으니까 이거 놔. –_–+ – 소은

싫어. 나 심심해서 너랑 놀려고 왔단 말야. –_–. – 하빈

저…… 저 넘이……. –_–^!!!!!!!!!!!

내가 푸딩케이크 사줄게. ^_^ – 하빈

난 초코 푸딩!!!!!!!!!!! +_+!!!!!!! – 소은

나의 몸은 먹는 거에 여지없이 반응하는구나……. =_=;; 푸딩케이크 파는 반에 가서 푸딩케이크 두 개를 시키고 앉아 있는데…….

너 유소은이라고 했지……? – 하빈

어. 왜? –_–. – 소은

하빈놈은 흐응~ 하고 저를 쳐다보더니…….

남자친군 없겠지? –_– – 하빈

아니야. 있어. –_–+ – 소은

제가 있다고 하자 하빈놈 조금 놀란 눈을 보이더군요. =_= 전 서진 녀석을 생각하며…….

으음……. 나한테 차갑게 대하지만…… 날 생각해주면서 하는 행동이야……. - 소은

아주 푸욱 빠졌구만. =_=. - 하빈

하빈놈의 그 말을 듣자마자 전 살짝 웃으며…….

응……. 아주 중독되어 버렸어……. - 소은

하빈놈은 얼굴에 턱을 괴고 그저 저를 쳐다보더군요. -_-…… 곧 이어 푸딩케이크가 나오고 제 입에 함박웃음이 걸리자…….

푸딩 좋아해……? - 하빈

아니. 여기에 서진오빠가 좋아하는 키위가 잔뜩 들어 있어. +_+!! 나중에 같이 와서 먹어야지. - 소은

서진……? - 하빈

응. 민서진이라고……. 내 남자친구야. - 소은

케이크를 한 숟갈 떠먹는데……. 하빈놈은 케이크에 하나도 손을 안 대더군요. =_=. 옆에 있는 체리만 몇 개 집어먹었을 뿐…….

너 안 먹어? -_- - 소은

어. - 하빈

흐음……. - 소은

저 자식 뭐 삐졌나……? 전 타악 하고 티스푼을 내려놓곤…….

나도 니 먹을 때까지 안 먹을래. - 소은

뭐? -_-; - 하빈

너 보니까 아침도 안 먹은 거 같은데……. 같이 먹자. -_-. - 소은

그놈은 쿡…… 하고 웃더니…… 조심스레 케이크를 먹더군요. =_=

침을 질질 흘리고 있던 저도 -_-; 케이크를 한순간에 먹어치우고

하빈놈을 바라보니……. 하빈놈도 어느새 다 먹었더군요. -_-;

복도에서 걷고 있는데…….

너…… 서진인가 뭔가랑 며칠이나 됐냐? -_-. - 하빈

어어? -_-;; - 소은

그러고 보니…… 녀석과 사귄지 며칠인지 생각도 안 해봤네…….

너 너무 무심하다. =_=…… - 하빈

나도 알아……. 오늘부터 세어봐야지……. - 소은

그런데……. 뭔가 까먹은 듯한 생각이 마구 드는 게……. =_=;;

뭐 그렇게 생각하냐? -_-. - 하빈

아니…… 아니야……. -_-; - 소은

계속 찝찝한데……. 그래도 저녁 동안 하빈놈과 인형뽑기도 하고…… 쟁반비빔국수도 먹고……. =_=…… 아무튼 재미있게 놀았습니다. 그때 무대에서 무슨 준비를 했다더군요. =_=…… 무대로 가보니……. 억!! 5대 보이가 다 모였다……. =_=;; 눈이 부시는구나……. +_+;

야! 너 따라오지 마! -_-+ - 소은

왜? =_=. - 하빈

'서진녀석이 너 알면 죽어라 팬다 그랬어' =_=;; 라고 말할 수도 없고……. -_-;; 그냥 계속 거기 있으라고 했습니다. 무대 뒤로 가니…… 다들 서진녀석 주위에 땀 뻘뻘 흘리며 서 있더군요. -_-

야야!! 소은이 왔다!!!! -_-!! - 우현

서진녀석이 저를 보더니…… 뚜벅뚜벅 걸어왔습니다.

어디 갔다 왔냐? - 서진

치…… 친구랑…… 놀다 왔는데……. ^^;; - 소은

제가 어색하게 웃자……. 서진녀석…… 조금씩 얼굴이 굳다가……

다시 부드럽게 펴지며…… 제 머리카락을 부비부비 해주면서…….

무대…… 꼭 봐라……. - 서진

응. - 소은

서진녀석의 목소리에 무대로 후닥닥 가서 보니……. 허억!! 여학생

들이 왜 이렇게 많아. =_=;; 다 명성중학교……. =_=;; 조금 가보

니…… 민지가 맨 앞에 제 자리를 마련해 주었더군요. ^^; 민지 옆

에 앉으니 -_- 하빈놈이 제 옆자리에 앉더군요. -_-.

조금 있다가…… 비트 있는 노랫소리가 들렸습니다. -0-…… 신

화의 'Hero'였습니다……. +_+…… 여자애들 다 소리 지르

고……. -_-……. 5명 다 춤추는데…… 왜 그렇게 멋있던지…….

+ㅁ+!!!! 노래도 각각 부르는데 무척 듣기 좋은 음색들이었습니

다……. 특히 서진녀석이……. 흠흠……. *-_-*

장난 아니다……. - 민지

민지도 멋있다고 느끼는지 멍하니 그 다섯 사람을 쳐다보더군

요…….

그래…… 정말 멋있다…….

노래가 끝나고 다들 내려가는데……. 다시 나오라고 하는 소리가

잔뜩 울려 퍼지더군요. -_-……

야야. 이제 5대 보이 안 나와. -_- 자리 뜨자. - 민지

응. -_-. - 소은

제가 일어나자 하빈놈도 같이 일어서더군요. -_-.

너 이제 집에 안 가? -_-? - 소은

안 가두 돼. - 하빈

민지는 다시 과자 가게 하러 갔고……. 약간 어두컴컴해진 하늘……. 벚꽃나무에 기대 서 있으니…….

아까…… 춤추던 애들 중에…… 니 남자친구 있었냐……? - 하빈

응……. 진짜 멋있지 않았어? - 소은

제가 얼굴이 발그레해지며 활짝 웃자…….

넌…… 내 앞에서 민서진 얘기만 하냐……? - 하빈

어? - 소은

아니다……. - 하빈

하빈놈과 저 사이에 약간 어색한 침묵이 흘렀습니다. =_=……

아…… 밤이 되니까 좀 춥다……. - 소은

그 말을 하자마자 하빈놈…… 갑자기 저를 껴안더군요. =ㅁ=;;

야…… 너 지금 뭐 해? =_=; - 소은

그때…… 저 멀리서 민안놈이…… 갑자기 달려오다가…… 우뚝 서더군요……. O_O;; 하빈놈을 힘겹게 밀쳐내고…… 민안놈을 보니……. 뒤에 …… 서진녀석이 보였습니다……. +ㅁ+;; 서진녀석 저벅저벅 걸어오더니…….

가자. - 서진

으…… 응……. - 소은

서진녀석 손을 잡고 가려는데…… 제 허리를 휘어 감는 하빈녀석입니다……. +ㅁ+;;

놔. - 서진

싫습니다. - 하빈

야!!!!! 너 무슨 짓이야!! 놔!!!! +ㅁ+;; - 소은

서진녀석…… 저를 쳐다보더니…….

저 새끼냐……? - 서진

어? -_-; - 소은

어제…… 저 새끼가 한 거냐……? - 서진

뭐라고 대답해야 할까요……? =_=;;

아무 말 안 하고 있자…… 서진녀석 갑자기 하빈놈을 퍼억!!!!! 하
고 주먹으로 내리쳤습니다. =ㅁ=;;

형!!!!!!!!!!! - 민안

서 있었던 민안놈이 달려오는데……. 서진녀석 하빈놈을 벚꽃나무
에 밀치더니 미친 듯이 패더군요…….

형. 그만해……. - 민안

민안놈……. 서진녀석 얼굴을 보더니…… 흠칫하며…… 그저……
가만히 옆에서 보고 있더군요……. -0-;;

아아…… 저러다가 사람 죽이겠다……. =ㅁ=;;;';;

오빠…… 그만해요……. - 소은

갑자기 때리던 손을 멈추더니…… 저를 보는 서진녀석입니다…….

그만 때려요. 사람 죽이겠어요. -_-;; - 소은

서진녀석…… 조심스레 저에게 오더니…….

넌…… 어째서 그렇게 태연할 수 있는 거냐……? - 서진

아무 말도 안하고 녀석을 쳐다보는데……. 하빈놈이 갑자기 서진
녀석의 얼굴을 내리치더군요. =_=; 제 눈은 갑자기 굉장히 커졌고.

-_-; 서진녀석은 입가에 흐르는 피를 닦더군요. 전 후닥닥 가서……

꽤…… 괜찮아요? ㅇㅁㅇ;;; – 소은

저리 비켜. 유소은…… 너 완벽하게 잊어 버렸냐? 축제기간 동안 하루 종일 같이 다니겠다고 한 거…… 너 아니었냐? – 서진

아…… 맞다……. =ㅁ=;; 찝찝했던 게 이거였구나……

더 웃기는 건 말야…… 유소은……. 너 지금 서진형이 너 준다고 산 옷 입고 다른 남자랑 놀아났다는 거야. – 민안

민안놈도 화가 난 눈초리로 저를 쳐다보더군요……

이…… 이건 민지가……. – 소은

형이 전해달라고 했어……. 신민지가 말 안 했냐……? – 민안

아…… 옷 갈아입을 때 민지가 나에게 말했던 게……. 내가 옷 갈아입느라 열중했을 때 말한 게…… 이거였어……?

오빠……. – 소은

미안하단 말 하려면 그만해라……. 이제 지겨우니까. – 서진

서진녀석 몸을 일으키더니…… 주먹을 꽈악 쥐곤……

우리…… 생각할 기간을 가지자……. – 서진

그…… 그건 싫어……. – 소은

어린애같이 굴지 마 유소은……. 우리…… 조금 더……. – 서진

서진녀석 말을 잇지 못하다가……

서로에 대해 조금 더…… 생각할 시간을…… 갖자……. – 서진

싫어……. 나…… 그런 거 싫어……. – 소은

제가 서진녀석의 손을 잡자……. 녀석…… 제 손을 한 번…… 꽈악

잡더니…… 살며시 놔두곤 가버리더군요……. 민안놈도 가만히 그저 저를 쳐다보며 후…… 한숨을 쉬곤 가버리더군요…….

나 때문인 거냐……? - 하빈

너 오지 마……. - 소은

하빈놈은 저에게 오더니…….

너 오지 말라고 했잖아!!!!!!!!!!!!! - 소은

저 자식 때문이야……. ㅠㅁㅠ…… 서진녀석이…… 서진오빠가……. 다 너 때문이야!!!!!!!!! 난…… 이제…… 서진오빠 없으면…….

이제…… 난……. - 소은

눈물이 나오더군요……. 전 제 옆으로 다가오는 하빈놈을 확 밀치곤 마구 달렸습니다……. 서로에게…… 조금 더 생각할 기간을 가지자는 말은…… 서진녀석이…… 저에게 실망했다는 뜻이겠죠……. 전…… 왜 이렇게…… 녀석에게 무심한지 모르겠습니다…….

물이 필요해……. 마음이 마르지 않도록…… 늘 촉촉하게 있을 수 있도록……. 날 채워주었으면 좋겠어……. 태양에 의해 불타오르고 싶으면서도…… 반대인 것을 바라는…… 난…… 정말 바보 같은 여자……. 너무……많은 걸…… 바랐던 걸까……?

그만 울어. - 민지

너 같으면 안 울겠어? ㅠ_ㅠ……

생각할 시간을 가지자는 건……. ㅠ0ㅠ…… - 소은

-_-;;;

동아리 시간을 땡땡이 까면서까지 할 얘기가 서진선배 얘기라니……. - 민지

나한텐 얼마나 중요한 줄 알아? ㅠ_ㅠ. - 소은

녀석과의 냉전 관계…… 1일……. 겨우 1일인데…… 이렇게 아플 줄이야…….

그래…… 니 마음 이해하겠어……. 듣고 보니…… 니가 잘못하긴 했어……. 싫은 사람은 싫다고 딱 잘라내야지. - 민지

하빈놈은…… 친구란 말야……. - 소은

빛과 어둠…… 두 가지를 가진…… 나쁜 녀석……. 정말…… 미치도록 빠지게 만들어버리는…… 민서진이란 남자……. 미치도록…… 중독되어 버렸기 때문에…….

우윽윽……. ㅠㅁㅠ…… - 소은

또 우네……. =_=;; 제발 작작 좀 울어. - 민지

니가 내 입장 되어보란 말야!! 으어어엉!! ㅠ0ㅠ!! 지도 민현이 좋
으면서 애태우기만 하고!!! ㅠ0ㅠ!!! - 소은

민지가 갑자기 토닥거리던 손을 멈추더니…….

그래…… 나도 정말…… 나쁜 아이다……. - 민지

으으으윽……. ㅠ_ㅠ…… - 소은

민지……. 무언가 생각하는 듯…… 눈물을 닦고 있는 저를 보더
니…….

유소은……. 무조건 무대포로 나가는 게…… 나지……? - 민지

너 원래 무대포야……. -_ㅠ…… - 소은

그래…… 원래 그랬지……. - 민지

민지는 갑자기 벌떡 일어나더니…… 저를 끌고 휘잉~ 태권도부로

갔습니다. 동아리 활동 시간이어서 그런지 태권도부 사람들이 굉

장히 많이 있더군요.

어, 신민지. 왜 이렇게 늦었어? - 태문

민지…… 그 검은띠 오빠를 보더니…….

미안해요……. - 민지

검은띠 오빠를 지나쳐…… 바닥에 앉은 채 벽에 기대 자고 있는 민

현놈에게 가더군요……. 그리곤…… 민현놈 앞에 철퍼덕 앉는 민

지입니다……. 전 검은띠 오빠와 같은 자리에서 민지와 민현놈을

보고 있었습니다……. 민현놈…… 쿨쿨 자고 있더군요. 민지……

그런 민현놈을 보더니…….

오빠……. - 민지

민현놈……. 아무런 반응도 없습니다……. 제 생각엔 자고 있지 않

은 것 같은데……. =_=;;

그런데…… 아무한테도 오빠라고 안 하는 민지가…… 민현놈에게 오빠라고…… 했다……? -_-;;; ……잘못 들은 건가……? =_=;;;;;;;;;

민현오빠…… 잘못했어요……. - 민지

잘못 들은 게 아니구나……. =_=;; 태권도 부원들이 다 민지와 민현놈 쪽을 쳐다보는데……. =_=;; 민지 쪽팔리지도 않은지 계속 고개 숙이고 자고 있는 민현놈을 보고 있습니다.

내가…… 잘못했어요……. - 민지

그때…… 민현놈이 고개를 들고…… (폼이 굉장히 건방졌다 -_-;) 민지의 손을 잡더니 태권도장을 빠져나가더군요. +_+;; 전 후닥닥 그 두 사람을 따라갔습니다. 사랑싸움이 제일 재미있다니깐……. 케케케. +_+ (너 지금 이럴 때 아닌데 -_-;)

그 생각을 하다가…….

너…… 서진오빠랑 깨졌다며? - 사야

사야…….

자랑하는 건 아닌데……. 나 오늘 서진오빠랑 시내에서 데이트하기로 했어. 알아? ^-^ -사야

……부르지 마……. - 소은

뭐? - 사야

너는 서진오빠라고 부르지 마……. 나 혼자만 그렇게 부를 수 있어……. - 소은

서진녀석이…… 나한테만…… 허락해줬으니까…….

깨진 뒤에 무슨 부르라 부르지 말라야. -_-. 내 맘이야. 아…… 그

288

리고……. - 사야

사야놈은 제 앞으로 걸어오더니…… 제 목에 걸려 있는…… 은 링 목걸이를 툭툭 치며…….

이제…… 이거 내 거 될 테니까 함부로 하지 마. - 사야

절대 못 준다는 것만 알아둬. - 소은

전 목걸이를 꽈악 손으로 쥐었습니다……. 너 같은 아이한테…… 절대 안 줄 거야…….

사야놈은 저를 쳐다보더니…… 피식 하고 웃으며…….

어디 한번…… 지켜볼게……. 니 두 손으로 나한테 그 목걸이…… 주는 날이 꼭 올 거니까……. - 사야

제길……. -_-^ 엿이나 먹어라. 돼질……. -_-+ (극도의 흥분상태 -_-;)

오늘 동아리 활동 빼먹었다……. 서진녀석 얼굴 보면…… 어색하겠지……. 언제부터…… 이렇게 됐을까……? 오늘은…… 시작에 불과한데…….

궁합 보는 게임? -_-; - 소은

응. 한번 해보자. -_-. - 민지

민현놈에게서 돌아온 민지는 훨씬 부드러워진 미소로 바뀌었습니다. 무슨 일이 있었던 걸까……? +_+……

시내를 돌아다니던 중…… 궁합 보는 게임이 있어서 그곳으로 갔습니다……. 그곳엔…… 서진녀석과…… 사야놈이 있더군요…….

와아~ 오빠!!!! 우리 궁합 80% 나왔어요~. - 사야

욱씬……. 가슴이 아프다……. 민지가 저를 조금 걱정스럽게 쳐다

봤지만…… 전 서진녀석이 서 있는 궁합기계로 다가갔습니다. 서
진녀석이 저를 발견하곤 쳐다보더군요. -_-.

아씨……. 지금 눈 부어서 추할 텐데……. =_=;

어, 소은이네. - 사야

자자. -_- 사야 말은 무시하고. -_-;;

전 돈을 넣고 제 이름과…… 서진녀석이 볼 수 있도록 민서진이란
이름을 썼습니다.

소은이, 서진오빠 이름 쓴 거야? - 사야

개무시합시다. =_=……

삐리리리~ -_-; 하고 궁합 결과가 나왔습니다…….

소은아……. -_-;;; - 민지

하하하. -_-;; - 소은

제길……. 50%가 뭐야…… 50이……. =_=;;;

당황했지만, 어색하게 씨익 웃었습니다. =_=;

그때…… 민지가 있을 줄 알았는데……. 민지는 저쪽으로 밀려나
있고…… 하…… 하빈놈이…….

50%……? 나랑 해보자. - 하빈

내가 왜? -_-^ - 소은

하지만 하빈놈은 끼릭끼릭 하면서 저와 놈의 이름을 쓰곤 클릭을
눌렀습니다. 삐리리리~ 하고 궁합결과가 나오는데…….

98%네……. ^-^…… - 하빈

웃기지 마!!!!!!!! -_-+ - 소은

아아…… 니 낭군님이랑은 50% 나왔지? -_-. - 하빈

너 저리 안 가? - 소은

싫어. - 하빈

야야. 너 가라잖아. -_-^ - 민지

하빈놈은 인상 쓰는 민지를 보더니…….

니가 뭔데 상관이야. - 하빈

나 얘 친구라서 상관한다, 왜? -_-+ - 민지

뭐? -_-^ - 하빈

너 때문에 이 생각 없는 단세포가 생각이 많아져서 죽으려고 한다고!! - 민지

민지야……. 좋은 뜻인지…… 나쁜 뜻인지…… 나 정말 모르겠다……. -_-^;;

시끄러워. 계집애가 왜 이렇게 시끄러워. -_-^ - 하빈

계…… 계집애? 넌 걸레잖아!!!!!!!!!!!!!! -0-+ - 민지

아우씨……. 서진녀석과 사야논은 저 멀리 가고 있는데…….
ㅠ_ㅠ…… 이것들 때문에 따라가지도 못하고……. ㅠ0ㅠ;;;

걸레라도 깨끗한 걸레 더러운 걸레가 있는 거야!!!!!! - 하빈

걸레가 다 더럽지 깨끗한 거 더러운 거 따로 있냐!? - 민지

민지야…… 제발 그냥 가자……. ㅠ_ㅠ…… - 소은

씩씩거리는 민지는 못 참겠는지 가방을 높이 들었습니다. -_-; 민
지의 가방엔 두꺼운 참고서가 한 10권은 들어 있어서 무척 아픕니
다……. =_=;; 맞아봤습니다. -_ㅠ;; 눈물이 찔끔 나옵니다. 그러는
순간…….

야!!!!!!! 너 뭐 해!!!!!!!! - 민현

헉! =ㅁ=; 민현놈이다. -_-;; 민지, 높이 들었던 가방을 재빠르게
내리더군요. -_- 역시…… 사랑의 힘이란……. -_-b

뭐야. 지 꼴에 남친까지 있었어? -_-. - 하빈

뭐야!? - 민지

민지는 더 이상 분을 못 참겠는지 주먹을 꽈악 쥐더군요. 민지……
이제 흰띠 아닙니다……. 노랑띠입니다. =_=;;;

그때 민현놈 재빠르게 오더니…….

너 아무데서나 함부로 힘쓰지 말랬잖아. 니 거 맞으면 얼마나 아픈
데……. -_-^ - 민현

뭐야? -_-+ - 민지

갑자기 왜 민현놈과 민지의 싸움이 되는 거지? -_-

난 여자야!!!!!! 내 주먹이 아프긴 뭐가 아파!!!!!!!! -_-+ - 민지

아아…… 니가 여자였냐? -_- 정정할게. - 민현

민지 갑자기 입술을 꽈악 깨물더니…….

이제부터 안 해. - 민지

뭘? - 민현

민지 얼굴이 빨개지더니…….

이제 너한테 뽀뽀 안 해!!!!!!!!!! *)ㅁ⟨*!!!!!! - 민지

헉!! -_-;;; 민현놈은 머리색과 어울릴 정도로 얼굴이 빨갛게 익지
않고…… -_-;; 얼굴이 새파래지며…….

뭐야!! 왜 안 해준다는 거야!!!!!! O_O!!!- 민현

웃기지 마!! 나 갈래. - 민지

아이구~ 닭살이셔~ 닭살이야~. -_- 얌전한 닭이 벌써부터 닭살

292

만든다더니. -_-;;;; (명언 -_-) 하빈놈은 짜증난다는 듯 쳐다보더니 휘잉~ 하고 가더군요. -_- 제길…… 내가 이런 닭들과 함께 살았다니. -_-. (니넨 더했다 -_-)

민지야. -_-; - 소은

왜? - 민지

민현이랑 사귀게 된 거야? - 소은

어? *-0-*;; 으…… 응……. 뭐…… 그렇게 됐어……. - 민지

미치겠군. -_-…… 나와 서진녀석 빼고 모두 러브러브에 돌입 중이구만……. 에휴휴……. -_-…… 민현놈은 민지에게 손으로 전화하라고 표현하곤 다른 패거리들과 노래방을 가더군요. -_-.

전…… 집으로 가지 않고 서진녀석 집으로 갔습니다……. 벨을 눌렀는데…… 아무런 대답이 없다……. 아아……. 다들 어디 갔나……? -_ㅠ…… 집으로 가려고 터벅터벅 걷는데…… 따악~ 하고 서진녀석과 마주쳤습니다. ㅇ_ㅇ!! 아싸~ 럭키!!!

오빠!!! - 소은

어……. - 서진

그렇게 말하곤 저를 차갑게 지나치는 서진녀석입니다……. 전 녀석의 손을 홱 잡았습니다.

오빠. - 소은

왜. 할말 있냐? - 서진

전 녀석을 보며…….

그래요. 우리 서로에 대해 생각하는 시간을 좀 가져요. - 소은

서진녀석…… 잠시 저를 쳐다보더니…….

그래. 잘 생각했다. - 서진

전 녀석을 꽈악 껴안았습니다.

뭐야. - 서진

자요. 오빠 내 생각해요. 서로에 대해 생각하기로 했잖아요. 저 지금 오빠 생각하고 있으니까 오빠는 이제 내 생각해요. - 소은

서진녀석…… 아무런 반응도 없습니다……. 그저……아무 말 없이…… 서 있기만 할 뿐…….

나는…… 지금…… 서진오빠…… 생각하고 있는데…… 오빠는 나 유소은 생각 안 하고 있어요……? 오빠는……? - 소은

아무런 말도 안 합니다…….

사랑해요……. 무척이나…… 사랑해요…….

나…… 유소은이…… 민서진 사랑해요……. - 소은

갑자기 제 허리에 녀석의 손이 닿았습니다……. 깊은…… 바다 향……. 녀석은…… 여전히 제가 사주었던 향수를 뿌리고 있었나 봅니다…….

서진오빠……? - 소은

잠시만…… 이렇게 있자……. - 서진

전 녀석의 허리를 껴안은 채로…… 녀석은 제 어깨를 껴안은 채로 그렇게 서 있었습니다……. 따뜻해……. 하루 동안…… 그렇게 불안했던 기운이…… 사라지는 느낌…….

너 그 새끼랑 어떤 관계야? -_- - 서진

친구라니깐요. 그건 그렇고, 어떻게 사야인가 뭔가랑 데이트를 할 수 있어요? - 소은

그건…… 걔가 억지로 정한 거야. -_-. - 서진

따라간 오빠도 이상해요. -_-. - 소은

기분 좋다……. 녀석의 살포시 웃는 저 모습이…… 너무나…… 저의 기분을 좋게 만들고 있습니다……. 하루 동안…… 저 웃음 못봐서…… 죽는 줄 알았습니다…….

오빠. - 소은

왜? -_-. - 서진

나…… 오빠 껴안고 무슨 생각했는 줄 알아요……? - 소은

서진녀석이 모르겠단 표정을 짓자…… 전 씨익 웃으며…….

그러니까…… 나 '서진오빠랑 키스하고 싶어요~'라고 생각했어요. - 소은

서진녀석 벙하게 저를 보더니…….

너 요즘 너무 적극적으로 변한 거 같아. -_- - 서진

그래서 싫어요? - 소은

아니……. 가끔 놀라긴 하지만……. - 서진

서진녀석은 피식 웃더니…….

나한텐 좋은 현상이지. - 서진

서진녀석은 어느새 제 목을 잡고 살짝 입을 대었습니다……. 그리곤……조금 있다가 입을 떼며…….

그런데 너 눈이 왜 이러냐? -_-ㅋ; - 서진

그때 저의 눈은…… 붕어눈이었습니다. =_=;;;

야!! 이거 삐구 아냐? -_-^!! - 서진

-_-; - 소은

서진녀석과 함께 그때 그 궁합기계로 갔습니다. =_=…… 그때와 똑같이 50%가 나오더군요. -_-; 서진녀석은 열받아서 끼릭끼릭 하고 손잡이를 빼내려고 하더군요. -O-;

그만해요 오빠. -_-; - 소은

저도 이 기계 맘에 안 듭니다. -_-^! 쳇. 하빈놈과는 이상하게 나오고……. 왜 서진녀석과는 이렇게 나오는 거냐. 저도 열받아서 기계를 뻐억~ 찼더니…… -_- 삐리리리~ -_-; 하고 작동하더군요……. 서진녀석과 저는 회심의 미소를 짓고 다시 한번 재도전했습니다. -_-

에잇!! 이번엔 생일까지 쓰자!! +口+!!

와아!!!!!!!!!! 100%!!!!!! 100이다!!! >口<!! - 소은

역시…… -_- 폭력으로 해결 안 되는 것이 없군. -_-ㅋ;

서진녀석도 맘에 드는 듯 씨익 웃었습니다. -O-. 이럴 때 보면…… 녀석은 한 가지에 집중하면 꼭 해결해야 하는 성격 같습니다. -_- 네네…… 한마디로 똥고집. -_-. 그런데…… O_O…… 녀석 이마에 보지 못했던 대일밴드가…….

오빠, 그거 뭐예요? - 소은

뭐가? -_- - 서진

그…… 그 이마에 붙여져 있는 대일밴드요. 머리카락 때문에 못 봤

었네. ㅇ_ㅇ. - 소은

아…… 이거……? 아무것도 아니야. - 서진

아무것도 아니긴요. 대빵 큰 대일밴든데. -_-; 봐봐요~. - 소은

제가 낑낑대며 대일밴드를 떼어내자 녀석 약간 쓰린 듯 인상을 쓰

는데…….

허억 !!!!! ㅇㅁㅇ!!! 누가 이랬어요? - 소은

서진녀석 이마엔 심한 상처가 나 있었습니다. -_ㅠ 도대체 어떤

새뀌야? +ㅁ+!!!

녀석을 공원 벤치에 앉혀놓고 허둥지둥 약국에 가서 후시딘과 붕

대, 반창고, 솜, 소독약 등을 사왔습니다.

돈 날렸군……. -_-…… (왠지 아까운 -_-;)

벤치 쪽으로 가니 서진녀석 공원 나무에서 놀고 있는 아이들을 보

고 있더군요. -_-

이리 와 봐요. - 소은

서진녀석 소독약을 대니 쓰린 듯 인상을 쓰더군요.

언제였더라……. 그때처럼 등이 멍 자국 투성이인 건 아니겠

지……?

아야, 아파……. 살살 좀 해. - 서진

도대체 어디서 이렇게 한 번씩은 꼭 다쳐서 오는 거예요? - 소은

후시딘을 바르고 깨끗하게 붕대를 잘라서 반창고로 붙이니…….

녀석…… 이제 좀 괜찮다는 듯 편하게 앉더군요.

너 간호사 해라. - 서진

초등학교 3학년 때 꿈이 간호사였어요. ^___^ - 소은

흐음…… 지금은……? - 서진

지금은…… 정하지도 못했어요. - 소은

가방에 사왔던 약품들을 넣고 말하는 사이에 녀석이 어느새 제 앞에 와 있더군요. 헉! 이건 분명…… 키스 분위기. =ㅁ=;; 전 순간적으로 터억~ 하고 가방으로 녀석의 입을 막았습니다.

뭐야? - 서진

왜 자꾸 하려고 해요. 그리고 여긴 아이들도 많은데. -_-; - 소은

서진녀석 짜증난다는 듯…….

좋아하니까 스킨십을 하고 싶은 거야. - 서진

-_-;;;;

그…… 그래도 자제를 좀 해야……. - 소은

기다릴 수가 없어……. - 서진

그렇게 쳐다보면 나 약해지잖냐 이 자식아……. *@ㅠ@*;; (제정신 아님 -_-)

녀석이 다가오는 걸 멍~ 하니 보다가 얼굴과 얼굴 사이가 따악~ 3cm 남았을 때 정신을 차리고 피하려다가 녀석에게 어깨를 잡혔습니다. -_-;

어디 가냐? -_-^ - 서진

앗!! 오…… 오빠!! 강호동이다!!!!!!!!!! (+ㅁ+)/ - 소은

-_-……. - 서진

안 속는구나……. -_-;; (속는 게 이상한 거다 -_-;) 민안놈은 속던데……. -_-.

제가 씨익 웃자…… 녀석 또 인상 씁니다. -_-;

오빠. 왜 내가 웃으면 인상 써요? -_-; - 소은

집에서 거울로 웃는 니 얼굴 봐. -_- - 서진

무슨 뜻일까……? (-_-)a……. 아무튼 그냥 잊어버리고 -_-; 주위를 봤는데……. 서진녀석 공원에서 놀고 있는 아이들을 보고 있더군요.

오빠 뭐 해요? - 소은

어, 저기 놀고 있는 애새끼들 보고 있었어. -_-. - 서진

-_-;;; - 소은

꼬마애, 어린아이, 어린애, 아이들 등등 좋은 말 많이 있는데 애새끼? -_-;;;; 흠흠. -_-; 어쨌든 녀석은 노는 아이들을 재미있다는 듯 보고 있다가 갑자기 벌떡 일어나며…….

야야! 유소은!! 너 그 약품 들고 빨리 와봐. - 서진

에? -_-;; 네네!! - 소은

가방을 들고 서진녀석을 따라가자……. 엎어져서 울고 있는 아이를 들더니 흙을 털어주고 있더군요. 피식 웃음이 나오더군요. ^-^; 그리곤 저도 서진녀석과 같이 쭈그려 앉아서 울고 있는 남자아이의 팔꿈치에서 피가 흘러나오는 걸 보고 솜으로 닦았습니다.

아파도 조금만 참아. - 소은

서진녀석에게 했던 것처럼 해주었더니…… 그 아이는 울음을 그치고 저와 서진녀석을 보고 있더군요. 서진녀석도 진지하게 도와주며 무사히 아이 상처 치료하기 -_-; 를 끝냈습니다.

그 아이 저와 서진녀석을 보더니…….

엄마…… 아빠……. - 남자아이임 -_-

헤벌쭉~ -_-;; 하고 웃음이 나왔습니다. 서진녀석도 조금 놀랐는 지 두 눈을 크게 뜨다가 살짝 웃더군요. 그때 어떤 여자가 와 서…….

죄송합니다. 오늘 소풍을 왔었는데……. - 여자1

알고 보니…… 지금 이 공원에서 놀고 있는 아이들은 다 고아더군 요……. 그 엎어졌던 남자아이 이름은 김세류였습니다…… 세 류…… 세류……. 이름이 이쁩니다. ^^ 세류를 품에 안고 서진녀석 과 함께 벤치에 앉아 있는데…….

세류 몇 살이야? O_O. - 소은

5살. ^-^ 엄마는……? - 세류

어…… 엄마~. 크흑~ ㅠ_ㅠ 기분 좋다~. =ㅁ=!!! (모성애가 조금 있음 -_-)

으…… 응. 엄마는 17살이야. 아빠는 18살이고. - 소은

서진녀석 저를 보더니 살짝 웃습니다.

엄마, 찌찌. -0-. - 세류

으…… 응? O_O? - 소은

떠억!!!!!!!! OㅁO!!!!!!!

세류는 제 가슴을 손으로 쿡쿡 찌르고 있더군요……. ㅠㅁㅠ;;;

이…… 이걸 어떻게 할 수도 없고……. -_ㅠ……

서진녀석 인상을 쓰면서 세류를 화악~ 채가더니…….

세류. 아빠도 만져보지 못한 데를 만지면 어떡해! -_-+ - 서진

아빠가 만져…… 못해? -_-? 왜? - 세류

그…… 그건……. -_-;; - 서진

세류 이놈 은근히……. -_-;;;

세류 저에게 안기더니…….

엄마 품이 더 좋아. - 세류

-_-^…… 세류 이리 와. - 서진

싫어. 아빠 무서워. -_-;; - 세류

세류는 저를 꽈악 끌어안더군요. 저도 세류를 안고…….

서진오빠가 인상 쓰니까 무섭대잖아요. -_- 인상 풀어요. - 소은

서진녀석 세류가 맘에 안 드는 듯 툴툴거리고 있더군요.

세류야, 엄마 이름은 유소은이야, 유소은. 그리고 저기 툴툴거리는
아빠는 민서진이야……. 알겠지? - 소은

유……? -_-……. 엄ㅁㅏ~♡ -0-!!!! - 세류

으…… 응…… 그래……. -_ㅠ;; - 소은

5살짜리에게 이름을 가르치는 건 나중에 해야겠다. -_-;

나중에 세류가 고아원 집으로 간 뒤 서진녀석에게 가자…….

오빠, 안 가요? - 소은

왜? 세류랑 아예 살지 그래? -_-^ - 서진

화났어요? 미안해요. 세류가 계속 안아달라고 해서. - 소은

-_-^ - 서진

왠지…… 더욱더 화를 돋운 거 같습니다. -_-; 서진녀석 일어나더
니…… 공원 안으로 들어갑니다……. -0-;; 지…… 지금 늦었는
데……. 허둥지둥 녀석을 따라가니…….

오빠!! 서진오빠 좀 천천히 가요!! - 소은

아무 말도 안 하네……. -_-^…… 이 새끼가 씹어?

어디 가는 거예요. 지금 어두컴컴하……. - 소은

서진녀석 갑자기 뒤를 홱 돌아보더니…….

이 정도까지 사람이 들어올까? - 서진

아니…… 뭐…… 이 정도까진 지금 안 들어올걸요? - 소은

그래……? - 서진

이봐 이봐.-_-;; 왜 그렇게 사악하게 웃는 건데? -_-;

서진녀석 갑자기 풀숲에 저를 눕히더니…….

서진오빠……. -ㅁ-;; - 소은

서진녀석 갑자기 입을 맞추었습니다……. 녀석은 조심스럽게 제 허리를 휘감고 하더군요……. 이 녀석…… 욕구불만 걸렸나 봅니다. -0-;; 이놈 입이 조금씩 아래로 내려가는데……. 전 움찔거리며 녀석의 옷깃을 잡았습니다……. 녀석의 손이 제 가슴을……. 가슴!? *ㅇㅁㅇ*!!!!!!!!!!!!!!

까악!!!!!!!! 이 변태!!!!!!!!!!!!!!!!!!! - 소은

아으윽……. - 서진

전 미친 듯이 가방으로 녀석의 머리통을 내리쳤습니다. 헉헉거리며 가방을 다시 들었을 때 녀석이 갑자기 손을 번쩍 들며…….

그…… 그만…… 그만 때려……. 아파……. - 서진

어…… 어떻게……. -_-+;; - 소은

솔직히 나도 좋긴 했지만…… -_-;;; 우린 아직 어려 이 새끼야!! -_-+!! (-_-;)

전 아직도 가방을 위로 쳐들고 있었습니다. 전 서진녀석과 정확히 3m의 거리를 유지하였고, 서진녀석 머리를 긁적거리며…….

세류는 만져도 되고 난 만지면 안 돼? - 서진

그…… 그런 변태 같은……!! 소름 돋아!!!!!!!! -_-+ - 소은

그렇다고 그렇게 무자비하게 때리냐? - 서진

시끄러워요!! 잘못해 놓고선!!!!!!!!! - 소은

제가 씩씩거리며 녀석을 노려보자, 녀석 한숨을 쉬며…….

가슴팍이나 가려. - 서진

-_-+……-_-? - 소은

아까 내가 교복 단추 가슴까지 풀었단 말야. 잠가. - 서진

밑을 보니…… 떠억~. -ㅁ-;;

미…… 미리 말해줘야 할 거 아니에요!!! - 소은

말하려고 하는데 니가 때렸잖아. -_-. - 서진

허둥지둥 단추를 잠그고 공원에서 나올 때 저의 기분은 최저기압 303
이었습니다. -_-^.

야야. 화났냐? - 서진

오지 마요!! 가까이 오지 말라구요! -_-+ - 소은

제가 꽥꽥 소리치자 녀석은 하는 수 없다는 듯 저에게서 다섯 발자
국 떨어졌습니다. 계속 그렇게 해서 가는데, 갑자기 서진녀석 제
옆으로 오더니…….

야야. 진짜 화났어? 미안해. - 서진

됐어요. 떨어지기나 해요. - 소은

미안하다니깐……. - 서진

집 다 왔어요. 잘 가요. -_-+ - 소은

서진녀석 갑자기 표정이 툴툴거리게 변하더니…….

너 정말 화 안 풀 거야? - 서진

쓰읍……. *-0-*;; 그렇게 귀여운 표정으로 날 보면…… 어쩌란 말이냐……. -_-* 하지만 너의 죄는 치러야 하느니……. -_-;;;;

이제부터…… 나한테 다가오지도 만지지도 마요. 잘 자요. - 소은

야야!! 유소은!!!!! 야!!!!!!!!!! - 서진

니가 벌을 자초했다 이 넘아……. 크크크. +_+. (지금 즐거워하고 있음 -_-)

테디보이51

야야야!! 미안하다니깐!!!!!!! - 서진

뭐가요? -_-- 소은

그…… 그러니까……. -_-; - 서진

오늘은 토요일 -_- 토요일입니다. -_-…… 녀석 아침부터 동아리부에서 저에게 달라붙어 칭얼칭얼대고 있는데 저는 녀석과 1m 간격을 두고 다닙니다. -_-.

야야야야!!! 좀 가까이라도 있어보자. -_-^ - 서진

안 돼요. - 소은

못봐주겠군……. -_-^…… - 하연

하연냥 쯧쯧거리며 '말세야~' -_-; 하고 외치면서 건반을 두드리더군요. 민안놈은 조금 놀란 눈으로 보며…….

형. -_-. 나 형 이런 모습 처음 봤어. - 민안

시끄러……. -_-+ - 서진

304

제가 밖으로 휘잉~ 나오자 녀석도 나오며……

야야 그래. 안 만질 테니까 그 변태를 보는 듯한 눈 좀 어떻게 할 수 없냐? -_-^;; – 서진

싫은데요? -_-^ – 소은

서진녀석과 저 사이에 찌지지직~ 하고 스파크가 흐르는데, 민지가 저에게 오더니……

소은아, 너 오늘 고아원 간다고 하지 않았어? – 민지

아! 맞다!!! – 소은

마침 방과후라 동아리 방에 다시 들어가 가방을 가지고 나왔습니다. 서진녀석도 따라붙으며……

나도 세류 보고 싶어. -_-. – 서진

전 조금 미심쩍게 보았지만 서진녀석과 여전히 거리를 유지하며 가는 길. 같이 간다고 따라온 민현놈과 민지는 서로 조금 붙어서 웃으며 걷는데……. 뒤를 보니…… 서진녀석 삐졌는지 뾰루퉁한 표정으로 투덜투덜거리며 걷고 있더군요. —.—;;

야!!!! 너 변태 보는 듯한 눈 버리라고 했지!!!!! -_-^!! – 서진

흠흠. -_-. – 소은

이상하게도 서진녀석만 보면 그때 일 -_-; 이 생각나 저도 모르게 이상하게 녀석을 쳐다보게 됩니다. -_-;;

고아원에 도착하자……. 와아 역시나…… 귀여운 아이들…….

〉_〈!! 이런 아이들을 버리는 부모는 정말 나쁜 사람들이다…….

엄마!!!!!!!!!!! – 세류

엄마? -_-; – 민현

민현놈은 제 품에 안겨 있는 세류를 보더니

너를 엄마라고 부르냐? - 민현

엄마. 왜 바람 피고 있어? - _-^ - 세류

뭔 소리니……? - _-;; 민현놈과 저는 영문을 모르겠다는 듯 서로 쳐다봤는데…….

엄마 왜 이 아저씨랑 같이 놀아? 아빠 어디 뒀어!!!!!! - 세류

세류 씩씩거리며 저를 쳐다보는데……. - _-;

세류야. - _- 니네 아빠는 삐져서 지금 슬슬 오고 있단다. - _-……

민지는 아이들을 보고 귀여워서 어쩔 줄 모르더군요. - _-……

아빠!!!!!!!!! - 세류

세류는 서진녀석을 보고 마구마구 뛰어가더군요. - _- 그런데……

서진녀석…… 세류를 보고도 그냥 지나치더군요……. = _=;;

아빠……? - 세류

설마……. - _-;; 서진녀석 세류한테 질투 느끼는 거니……? —,—;;
그런 거니……? - _-;;

아빠……? 아빠 왜 그래? 응? - 세류

옷 구겨져. - _-. 놔. - 서진

서진녀석은 무언가 구겨진다는 걸 싫어하는 녀석입니다. - _- 입학식 때도 제가 툭 건드려서 교복 구겨졌다며 세탁비 내놓으라고 했던 녀석……. - _-……(테디보이 1편 참고 - _-) 전 지금까지 녀석에게 세탁비 안 주고 있습니다……. 크하하하~. - _-……

아빠!! 아빠~ 나랑 같이 놀자!! 아빠~. - 세류

너 이거 안……. - 서진

갑자기 철퍼덕 넘어진 서진녀석입니다. -_-;;;

저와 민지 그리고 민현놈은…… 똑같이…… 풋…… -_-;; 웃었다

가 녀석이 째려보는 바람에 고개를 돌려 먼 산을 바라봤습니다.

야!!!!!!! -_-^!! - 서진

아…… 아빠…… 미안해. 아빠…… 아빠도 세류 싫어……? - 세류

헉. -_-; 갑자기 뚝뚝 눈물을 흘리는 세류입니다. 서진녀석 적잖

게 당황했는지 가만히 세류를 쳐다보더군요. 그러다가 으휴 하고

한숨을 쉬며 세류를 안아들더니 토닥토닥거리더군요.

누가 싫어해? - 서진

아빠 세류 좋아……? - 세류

몰라 이놈아. -_-. - 서진

세류는 서진녀석을 보고 이쁘게 웃었는데 아아…… 감동이다…….

-_ㅠㅠ…… 서진녀석은 세류를 안고 그네를 태워주고 있습니다.

민서진 저러는 거 처음 본다……. - 민현

민현놈은 조금 놀랐는지 서진녀석을 쳐다보다가 피식 웃으며 다른

아이를 하나 안고 서진녀석 옆으로 가서 그 아이에게 그네를 태워

주더군요. -_-……

흐음……. - 민지

민현이 찾지? -_- 저쪽 놀이터에서 그네 태워주고 있어. - 소은

아…… 아니야…… 무슨……. *-_-*;; - 민지

그러면서 놀이터로 가는 민지입니다. -_-……

니네 언제부터 그렇게 됐니? -_-;

전 고아원에 있는 벤치에 앉아서 기분 좋게 불어오는 바람을 그대

로 맞고 있었습니다……. 눈을 떠보니 세류가 어느새 제 앞에 와 있더군요.

세류 아빠는 어디 갔어? - 소은

아빠가 세류 아이스크림 사준대. ^-^ - 세류

제가 살짝 웃자 세류 갑자기 제 무릎을 살짝 밟더니…… 제 볼에 쪽 하고…….

서…… 서진오빠……. =_=;; - 소은

저 멀리서 서진녀석이 투두둑 아이스크림을 떨어뜨리고…… 달려오더니…….

야!!!!!!! 김세류!!!!!!!!!!!!!!!!!! - 서진

아아…… 두 사람 다 귀찮아……. ㅠ_ㅠ…….

테디보이52

야!!!

관람차 타자니깐!!!!!!!!!!! - 서진

싫어!!!!! 회전목마 탈 거야!!!!!!!! -_-+ - 세류

-_-;;;; - 소은

일요일. -_- 서진녀석이 놀이동산에 가자고 해서 기뻐했는데……. 세류한테 말했더니 따라오겠다고 빠득빠득 우겨서 같이 롯데월드로 와 있습니다. -_- 서진녀석과 세류……. -_- 관람차다 뭐다……. -_-…… 지금 전 힘들어 죽겠습니다. T^T

엄마! 엄마는 회전목마 탈 거지? 그치? +_+ - 세류

응? -_-; - 소은

야, 유소은. -_-^ - 서진

가운데에 낀 저 좀 살려주십시오. -_-;; 오~ 주여!!! -_-;;;

까 아 아 아 ~ 〉ㅁ〈!! - 세류

세류 재미있어? ^^; - 소은

응! 응! - 세류

결국…… -_- 회전목마를 선택한 저입니다. -_-; 서진녀석은 역
시나 뚱~ 한 표정으로 건방지게 말을 타더군요. -_-.

엄마, 아빠 삐졌나봐. -0- - 세류

순간……. -_-;; 회전목마에 있던 모든 아이들과, 아이들과 함께
탔던 아줌마들이 저와 세류를 쳐다보았습니다……. 마……맞
다……. -_-;;

어…… 엄마라니~. 누나라고 불러야지~. 그치? ^0^;; - 소은

엄마, 왜 그래? -_-. - 세류

하하하하~ 얘가 누나란 말 대신 나보고 엄마라고 부르네~. 하하
하~. -_-;; - 소은

그제서야 눈총을 돌리는 사람들입니다. -_-; 안도의 한숨을 쉬는
데, 서진녀석이 큭큭 웃고 있더군요. -_-^

그만 웃어요. -_-^ - 소은

내가 뭘? - 서진

지금 웃음 참으려고 고개 숙이는 거 다 보여요. -_-^ - 소은

서진녀석이 피식 웃더니 제 머리카락을 쓰다듬어 주려고 손을 뻗
는 순간 전 피했습니다.

만지지 말아요. −_−^ − 소은

−_−^ − 서진

세류는 제 손을 잡곤 이리저리 돌아다니다 지쳐서 헥헥거립니다.

세류야…… 좀…… 쉬자……. −_−;; − 소은

응. 내가 주스 사올게~. ^−^!! − 세류

세류는 저에게서 1500원을 받아 자판기로 달려가더군요. −_−. 서
진녀석은 저와 1m 떨어진 곳에 앉더니…….

야…… 나 팔목 까졌나봐. − 서진

구라 까지 말아요. −_−. − 소은

진짜야. 봐봐……. − 서진

제가 힐끔 보니 정말로 녀석 팔뚝에서 피가 줄줄 흐르고 있었습니
다……. ⊙_⊙!!!!

전 후닥닥 녀석에게 가서…….

봐…… 봐봐요!! 피 봐~. 어디서 이렇게 됐……. − 소은

옆으로 후닥닥 온 제 입에 촉 하고 입을 맞춘 녀석입니다. −_−;;;

서진오빠……. −_−^…… − 소은

근데 진짜 다친 건 맞아. −_−. − 서진

할 수 없다는 듯 피식 웃자 ./. 텅터텅~ 하고 깡통 떨어지는 소리
와 함께 세류가 보였습니다. =_=;; 이거 어디서 많이 본 장면인데
말야……. —_—;;

세류 후닥닥 오더니 서진녀석 머리카락을 마구마구 잡아당기
며…….

뭐야!!! 아빠 왜 그래!!!!!!!!!!−_−+ − 세류

왜? 나는 엄마한테 뽀뽀하면 안 되냐? 아야야 이 녀석아 그만 잡
아당겨!!! - 서진

나빠!!!!!!!!! -_-+ - 세류

안 귀여우니까 귀여운 척하지 마 이 넘아. -_-^ 난 여자만 귀여워
보이니까. -_-^ - 서진

세류는 이번엔 퍽퍽 하고 서진녀석의 가슴을 때리더군요. 아
아…… 갑자기 이런 멘트가 생각나는구나. -_-

몰라 몰라 몰라 잉~. -_-;;;;;;;;;;;;

어억…… 이 새끼 꽤 아프네……. -_-^ - 서진

서진녀석이 마구 화를 내는 세류 입에 솜사탕을 하나 넣어주니 잠
잠해지더군요. -_-

어리긴 어리군. -_-;;;

집으로 가려고 지하철을 탔는데…….

오빠. 오빠 집 갑부니까 -_-;; 차 불러도 되는데 왜 꼭 지하철을 타
는 거예요? -_-? - 소은

서진녀석은 세류가 잠이 든 걸 확인하곤…….

세류가 그런 큰 차에 대해 두려움을 느낀대. - 서진

뭔 뜻인지 몰라서 쳐다보자…….

세류 버림받았을 때 차에서 이 고아원에 버려졌는데, 그때부터 그
차와 비슷한 검은색 차나 흰색 차를 보면 미친 듯이 운다고 한다
나……. 그래서 뭐……. - 서진

서진녀석 세류를 배려하고 있었나 봅니다……. 이럴 때 보면 영락
없는 세류 아빠 같습니다. ^-^

세류를 고아원 침대에 조심스럽게 내려놓고 집으로 돌아가는 길.
버스 안에서 왜 그렇게 졸린 건지……. 꾸벅꾸벅 졸다가 꽝~ 하고
버스 손잡이에 머리를 박자 녀석은……. -_-^…….

푸핫…… 큭큭……. - 서진

버스란 걸 의식했는지 녀석 크게 웃으려다가 입을 막고 큭큭거리
고 있더군요. -_-; 살며시 째려보자 녀석 저의 시선을 외면하며
창문을 바라보더군요. 살짝 입가에 미소가 지어진 채…….

쓰읍……. 그 모습이 멋있어서 봐준다. -_-*

선배. 잘 가요. - 소은

어. - 서진

뭐야. -_- '어'란 말밖에 없는 거야? -_- 왠지 서운한 마음으로
내렸습니다. 그런데 녀석이 창문을 툭툭 치더니 제가 쳐다보자 씨
익 웃어줍니다. 그리고 입김으로 창문을 뿌옇게 만들더니 '전화할
게'라고 쓰더군요.

쓰읍……. 닭살이지만 잘생겨서 봐준다. -_-* (감동 먹었음 -_-)

너무 귀여워~ 〉ㅁ〈!!! – 민지

그치, 그치? ^0^ – 소은

방과후에 세류가 학교로 놀러왔습니다. 민지는 세류를 보더니 맘
에 드는 듯 세류를 품에 안고 부비부비거리며 활짝 웃더군요. 세류
도 민지가 좋은지 민지가 사준 아이스크림을 먹으며 민지를 보고
살짝 웃어줍니다.

이모. ^ ^ – 세류

이모!? 까아아아~ 〉_〈!! 너무 귀엽다!!!!!!!!!! – 민지

민지는 세류를 품에 안고 너무 좋아했습니다. =_= 민지가 아기들
을 좋아하는 건 알았지만 이건 좀 오버다. –_–.

뭐야? –_–.

민현놈 언제 왔는지 민지 품에 안긴 세류를 조금 못마땅한 듯 쳐다
보더군요. ——

세류는 민현놈을 쳐다보더니.

엄마. 아직도 이 남자 만나? –_–^ – 세류

세류는 민현놈과 제 사이를 의심하고 있는 듯합니다. –_–;

민지는 아랑곳하지 않고 세류를 귀엽다는 듯 쳐다보더군요, 세류
갑자기 민지 품을 벗어나 벌떡 일어나더니 민현놈을 쳐다보
며…….

당신보다 우리 아빠가 더 멋있어!!!!!!!!!!! – 세류

세류 씩씩거리며 민현놈을 쳐다보았고, 민현놈 코웃음을 치며 민

지 옆에 앉더군요. 민지 그런 세류를 보더니 너무 귀엽다며 꼬옥 세류를 껴안는데 순간 세류가 제 옆으로 왔습니다. 민현놈이 세류를 제 품으로 옮기며…….

니 아들 잘 간수해라. -_- - 민현

왜 그래!! 귀여운데!! -_-+ - 민지

시끄러워. 왜 동아리 활동 안 왔냐? 빨리 와. - 민현

민지는 질질 끌려갔고, 전 세류의 손을 잡고 드럼부로 가는데…….

니네 일 쳤냐? - 하연

아니에요. -_-^;; - 소은

너보고 엄마라고 부르잖아. -_-; - 민안

그 두 사람을 무시하고 소파에 앉는데, 드럼부 문이 벌컥 열리며 서진녀석과 함께 사야눈이 보이더군요.

야!!!!!!! 너 자꾸 쫓아 다닐래!? - 서진

선배 자꾸 왜 그래요. -_-. - 사야

서진녀석은 저를 보더니 더욱더 사야를 드럼부 밖으로 내보내려고 했고, 전 열받아서 벌떡 일어나려는데…….

너 뭐야!!!!!!!!!!!!! - 세류

세…… 세류……. -_.-;;; 세류가 사야눈의 치마를 잡고 홀러덩~ -_-; 올리더군요. 아아……아이스케키. -_-;;;

까아아악!!!!!!!! >ㅁ<;;; - 사야

나이스, 세류. (-_-)!

나가!!!

왜 이렇게 엄마, 아빠는 내가 없으면 다른 남자 여자랑 노는 거야.

-_-^ - 세류

일 친 거 맞군. -_-; - 하연

하연냥은 저를 쳐다보더니…….

5살배기처럼 보이는데……. 언제 일 친 거냐? -_-;;; - 하연

언니!!!!!!!! -_-^!!!!!!!!!!! - 소은

사야논이 얼굴이 붉으락푸르락해진 채 세류에게 한 소리 하려고
하자 서진녀석이 세류를 안아 들더니…….

세류가 아빠 구해줬네? 그치? - 서진

아빠 바람 피지 마. - 세류

아…… 아빠……? - 사야

사야논이 못 믿겠다는 듯 서진녀석을 쳐다보자 서진녀석 일타의
가격을 날리더군요.

소은아. -_- 세류 분유는 사뒀지? - 서진

-_-;; - 소은

아무 말도 안 하고 있자 사야논…… 얼굴이 새파랗게 질리며 나가
버리더군요. -0-

형……. __-;; 실망이야. 어떻게……. - 민안

시끄러. 니가 생각하는 그런 거 아니야. -_-^ - 서진

서진녀석은 세류를 안고 소파에 앉더니…….

너 어떻게 왔냐? -_-. - 서진

봉사활동 온 누나가 여기에 데려다 줬어. - 세류

세류 환하게 웃으며 말했습니다.

누나? 그 누나 착한 사람이네. - 서진

세류…… 살짝 웃으며…….

응!! 비은누난데 진짜 착해!!! 나한테 맛있는 거 많이 사줬다? - 세
류

순간…… 서진녀석의 얼굴이 굳었고…… 저의 얼굴도 살짝 굳었습
니다…….

비은……? - 서진

응. 한비은 누나. 진짜 이쁘게 생겼어. 근데 엄마보단 안 이뻐. ^_^
내가 비은누나한테 아빠 이름 말하고 엄마 이름 말하니까 그 누나
가 나 여기에 데려다 주더라. 엄마 아빠가 있는 곳이라고. - 세류

어…… 그래……. - 서진

한비은 그녀인가 봅니다…….

하연냥은 갑자기…….

야 너 꼬맹이. -_-. 너 이제 집에 안 가냐? - 하연

나 꼬맹이라고 부르지 마. - 세류

세류 하연냥을 쳐다보며 매섭게 말했습니다. 하연냥 웃긴다는 듯
세류를 무섭게 째려보며…….

니가 째려봐도 하나도 안 무서워. -_-. - 하연

세류 서진녀석 품에 숨더군요.

누난 왜 째려보고 그래!! 누나 눈 찢어져서 얼마나 무서운 줄 알
아? -_-^!! - 서진

그때…….

민서진. -_-. 잠시 나 좀 볼까…… - 우현

헉! -_-;; 우현놈이었습니다. =_=;; 서진녀석 얼굴이 살짝 굳더군

요. ㅡ_ㅡ;; 그리고 끌려 나간 뒤 돌아온 녀석의 모습은……. 모래
밭에서 한바탕 굴렀나 봅니다. ㅡ_ㅡ;

테디보이54

뭐…… 뭐야……. 왜 나만 보충이야……. ㅡ0ㅡ;; ㅡ 소은
공부 좀 열심히 하지 그랬어. ㅡ_ㅡ……. ㅡ 민지
한 달에 한 번씩 한 과목의 시험을 보는 저희 명문고등학교는 ㅡ_ㅡ
…… 점수가 미달인 사람에겐 보충이란 실로 엄청난 벌을…….
우리 반은 보충이 유소은밖에 없구나……. ㅡ_ㅡ^…… ㅡ 담임
아아…… 제기럴……. ㅡ_ㅡ;;;; 전 터덜터덜 학교의 독서실로 향해
갔습니다. 이 학교, 공부에 관해 철저히 준비해 놨구만……. ㅡ_ㅡ^!!
털썩 하고 칸막이 책상에 앉는데…….
너도냐……? ㅡ_ㅡ…… ㅡ 진우
ㅡ_ㅡ;; ㅡ 소은
진우놈도 보충하려고 왔나 봅니다. ㅡ_ㅡ;; 아아…… 동지여…….
ㅡ_ㅠ……
너 60점 아래지? ㅡ_ㅡ. ㅡ 진우
응. ㅡ_ㅡ;; ㅡ 소은
반갑다. ㅡ_ㅡ…… ㅡ 진우
진우놈은 그런 말을 하며 어깨 위에 있는 토끼를 책상에 내려놓고
양배추를 먹이더군요. ㅡ_ㅡ;
요즘 연애사업에 뛰어들다보니……. ㅡ_ㅡ…… ㅡ 진우

연애사업? -_- 사귀는 사람 있어? - 소은

아니. -_-…… 이리저리 도와주다 보니……. -_-…… 서진이는

너랑 그렇게 히히덕덕 놀아도 A+ 나오던데. -_-…… - 진우

서진녀석 은근히 공부하고 있었나 봅니다. =ㅁ=…… 에휴휴휴.

-_-…….

교과서에 얼굴 박은 지 1시간 뒤……. 독서실에서 잠이 들어버린

저입니다. -_-…… 한참을 자다가 깨어보니 진우놈도 자고 있더

군요. -_-;;

야야, 일어나. -_-; - 소은

뭐야……. 왜 이렇게 어두워진 거야? -_-…… - 진우

진우놈은 끄응 하고 일어나며 가방을 메더니…….

너 서진이가 기다릴지도 모르겠다. -_-…… - 진우

순간 벌떡 일어나서 드럼부로 가니……. 없다……. ㅇ_ㅇ…… 먼

저 가버렸나……?

괜히 실망한 얼굴로 밖으로 나오니…… 헉. -_- 담배 물고 있는

불량학생. 무서워서 슬금슬금 돌아가려는데…….

너 왜 그러냐? -_-. - 서진

어어……? -0-;; - 소은

담배 물고 있던 불량학생은 서진녀석이었습니다. -_-;

오빠. 담배 피워요? -_-; - 소은

서진녀석 순간 담배를 빼더니 신발로 쓰윽 문지르며…….

아니……. -_-…… - 서진

그럼 신발 밑에 있는 건 뭐예요? -_-. - 소은

서진녀석 가만히 저를 쳐다보더니…….

사람은 괴로울 때 무언가가 필요한 거야……. -_-…… - 서진

뭐가 괴로운데요? -_-. - 소은

서진녀석 장난스럽게 씨익 웃으며…….

내 여자친구가 보충을 받을 정도로 공부에 신경을 안 썼다는게 안

타까워서. -_-…… - 서진

그…… 그건……. -0-;; - 소은

서진녀석 피식 웃더니…….

다음부터 우리 집에 저녁 5시에 꼭 온다. -_-. 알았냐? - 서진

왜요? -_-; - 소은

과외하러 와. -_- 무료다. - 서진

와우~. +0+!! 녀석과의 러브러브 과외~. >ㅁ<!!

채정누나가 가르쳐줄 거야. -_-. - 서진

퓨 슈슈슈슈 /~. -_-;;

채…… 채정언니가요? -_-; - 소은

공부 잘해. -_-. - 서진

의심이 가지만 말야……. -_-…… S대야. -_-. - 서진

서…… 서울…… 서울대!!!!!!!!!!!! +ㅁ+;;; 오오……. 채정냥…… 의

외입니다……. -0-;;

그럼…… 내일부터 와라. -_-. - 서진

그…… 그게 뭐야……? O_O;; - 소은

뭐긴 뭐야. -_- 이게 바로 커플링이란 거야. -_-* - 민지

제길……. -_-…… 3일 동안 서진녀석 집에서 채정냥에게 스파르타식 교육을 당한 뒤 -_-…… 겨우겨우 보충 통과하고…… -_- 오랜만에 민지를 보았더니………. 민지의 손엔 이쁘게 빛나는 반지 하나가 끼워져 있었습니다. -_-^!!

니넨 커플링 안 해? -_-? - 민지

풋. —,.— 유치하게 무슨 커플링이야~. 우린…… 마…… 마음으로 통하는 사이라니깐~. -0-!! - 소은

아…… 쓰파…… 커플링……. 커플링……. ㅠ_ㅠ…… (솔직히 부럽다 -_-)

동아리 활동에 태권도부를 살짝 들렀는데……. 민현놈의 오른쪽 손가락 네 번째에 녀석의 손과 어울리는 이쁜 반지가 끼워져 있더군요. -_ㅠ……

니가 여기 웬일이냐? -_-. - 민현

아니야……. -_ㅜ…… - 소은

전 제 목에 걸려 있는 목걸이를 보며 마음을 달랬지만 부러운 마음은 어쩔 수가 없더군요.

드럼부의 문을 열고 들어가자 보이는 건 저와 맞추었던 목걸이를 팔목에 걸고 드럼을 치고 있는 녀석.

오빠!! -_-+ 오빠는 왜 목걸이 팔목에 걸고 있어요? - 소은

어? -_- 약간 걸리적거려서 그냥 팔목에……. - 서진

전 녀석의 팔목에서 그 목걸이를 빼 녀석의 목에 걸어주었습니다.

난 걸리적거려도 하고 다닌단 말이에요. - 소은

알았어, 알았어. - 서진

서진녀석은 고개를 끄덕였고 전…… 소파에 앉아 녀석과 하연냥을 쳐다봤습니다.

하연냥 팔목에 못 보던 이쁜 팔찌가……. ㅇ_ㅇ……

언니. -_-. 그 팔찌 뭐예요? - 소은

어어? -_-*;; - 하연

하연냥 얼굴이 빨개졌다……. 고로…… -_-……

우현이랑 맞춘 건데……. - 하연

다들 무슨 끼리끼리 붐이 불었나……. -_-……

서진녀석과 저 그리고 민지와 민현놈은 노래방에 가기로 했습니다. 그런데…… ㅇ_ㅇ…… 민지 손에는 왜 반지가 안 끼워져 있는지…….

야. 너 왜 반지 안 껴!! -_-^!! - 민현

내…… 내가 언제 낀다고 했어? -_-*;; 억지로 준 거잖아!! - 민지

줘봐. - 민현

민현놈은 민지 주머니에서 반지를 꺼내더니 직접 끼워주더군요.

너 한 번만 더 빼봐라. 그때는 진짜 화낸다. - 민현

쳇. -_-. 저 신민지 가식녀……. -_-^ 아침시간부터 내~ 내~ 자율학습시간까지 반지 끼고 있다가 민현놈 만난다니깐 뺀 거 봐라. -_-^!! 얼굴 붉히는 거 봐……. 아유…… 재수 없어. -_-^ (-_-;)

오빠. -_-…… - 소은

왜? -_-. - 서진

서진녀석 퉁한 얼굴로 저를 쳐다보는데…… 무어라 할말이 없구나……. -_-;;

오…… 오빠 봐봐요~. 그때 언제 한번 오빠가 나한테 테디베어 열쇠고리 줬잖아요~. ^O^;; 나 가방에 걸고 다니는데……. - 소은

나 요즘 가방 안 가지고 다녀. -_-. - 서진

-_-;;;; - 소은

저 새끼 요즘 좀 이상하단 말야……. -_-^ 나 몰래 바람을 피기라도 하는 건가……. -_-+

노래방에 도착해서 민현놈이 신나게 노래 부르고…… 서진녀석은 아무런 말없이 과자만 먹는데……. -_-^……

오빠, 오빠도 노래 좀 불러 봐요. -_-. - 소은

내가 왜? -_-…… - 서진

-_-^……. - 소은

서진녀석은 민현놈이 민지 보면서 살짝 웃으며 노래 불러주는 걸 부러워하는 제가 안 보이나 봅니다. -_-^…… 서진녀석 이러지 않았었는데……. -_-^……

넌 노래 안 부르냐? -_-. - 서진

안 불러요!!!!!!!!!! -_-+!!!!!! - 소은

왜 소릴 질러……! -_-^…… - 서진

서진녀석은 민현놈과 민지가 노래 부르는 걸 보고 있었고, 전 괜히 탬버린만 죽어라 두드렸습니다. -_-……

노래방에서 나와 이쁜 머리핀을 파는 곳에 갔는데……. -_-.

너 아가타 좋아하냐? - 민현

아…… 아니야!! -_-*;; - 민지

넌 꼭 좋은 거 있으면 아니라고 그러더라. -_-…… - 민현

저렇게 샤바랑랑~ -_- 하고 꽃이 날리는 커플이 있는가 하면…….

오빠. -_- 이거 내가 진짜 좋아하는 핀인데……. - 소은

나 지금 돈 없어. -_-. - 서진

이렇게 냉기가 도는 커플도 있……. -_-…….

아악!!!! 내가 지금 뭐 하는 거야. -_-^!!

서진녀석은 멀뚱히 휴대폰을 가지고 틱틱 무언가를 누르며 관심 없는 듯 주위를 둘러보더군요. -_-. 민지와 민현놈과 헤어져 집으로 가는 길…….

오빠. -_- 내일 학교 가서 뭐 할 거예요? - 소은

글쎄……. - 서진

-_-^……

내일 시간 있어요? - 소은

몰라……. - 서진

아악~!!!!!!!!!!〉ㅁ〈!!!!!!!! 왜 저렇게 반응이 없는 거야!!!!!

전 우뚝 서서 서진녀석을 째려봤습니다.

왜 그래, 안 오고? - 서진

오빠 나한테 무슨 불만 있어요? -_-^ - 소은

아니. -_-. - 서진

그러면 왜 나를 아무런 느낌 없는 눈으로 쳐다보는 건데!! -_-+

집 앞에 다 오고…….

잘 가요. -_-+ - 소은

눈 부라리지 마. -_-. 니가 꿈에 나올까봐 무섭다. - 서진

서진녀석은 그런 말을 하고 가더군요……. 후닥닥 녀석의 앞으로

가니……. 녀석…… 저를 쳐다보며…….

왜 그래? - 서진

오빠…… 도대체 왜 그래요……? …… - 소은

뭘……? -_-;; - 서진

서진녀석 영문을 모르겠다는 듯이 저를 쳐다보더군요…….

전 울먹울먹거리며…….

서로 맞추기로 한 목걸이 막 이상한 곳에 걸어서 하고 다니고…….

계속 나랑 눈도 안 마주치고……. 무슨 말을 해도 반응도 없

고……. ㅠㅁㅠ…… - 소은

야야! 울지 마!! -_-;; - 서진

이제 내가 싫증난 거예요? ㅠㅇㅠ!!!!! 사랑이 식은 거죠!? 그렇죠!?

ㅠㅁㅠ!!! - 소은

서진녀석 풋 거리며 웃더군요. -_-^

야이 개쉑아……. 웃음이 나오냐? -_-+

웃지 마 이 나쁜 놈아!!! 우어어엉!! ㅠㅇㅠ!!!! - 소은

나쁜 놈……? -_-^ - 서진

서진녀석 피식 웃더니 제 얼굴에 손수건을 던지며…….

눈물부터 닦지 그래……. -_-…… - 서진

이거 봐!!! >ㅁ<!! 예전엔 꼬옥 안아줬으면서!!!!!!!!! ㅠ0ㅠ!! - 소은

-_-;;;

얘가 갑자기 어리광이 늘었네…… . - 서진

ㅠ_ㅠ…… - 소은

서진녀석 저를 안아주었습니다. 녀석을 파악 밀치고 째려보자 녀석 당황한 눈을 지으며…… .

뭐가 불만인데……? -_-;; - 서진

그렇다고, 해달라고 해주냐?! ㅠ0ㅠ!!! - 소은

막 나가네…… . -_-^…… - 서진

서진녀석 어떻게 해야 될지 모르겠다는 듯 손으로 머리를 쓸어 올리며 당황한 표정을 짓고 있습니다. 전 계속 눈물을 뚝뚝 흘리고 있고…… . 그때 제 눈앞에 따뜻한 캔커피…… .

먹어. - 우진

우진아…… . -_ㅠ…… - 소은

어느새 제 앞에 캔커피를 내밀며 웃고 있는 우리의 라일락 소년 우진놈이었습니다…… . +_+……

서진녀석 어느새 울음을 그친 저를 맘에 안 든다는 듯 쳐다보고 있었고…… .

전 지지리도 무드 없고 센스도 없는…… -_-^ (예전에는 멋있는 놈이라고 말하지 않았나…… -_-) 녀석을 째려보았습니다. 그리고 우진놈이 준 캔커피를 따며…… .

고마워. -_ㅠ…… - 소은

뭐야, 유소은. 이런 캔커피 원한 거였어? -_- 말을 하지. - 서진

시끄러워요. -_-^!! 정말 무드라곤 지지리도 없는 남자 같으
니……. - 소은

뭐? -_-^ - 서진

그렇게 딱딱하게 무슨 재미로 살아!! -_-+ - 소은

우진놈은 저를 보더니 당황한 듯…….

내가 뭐 잘못한 건가……? - 우진

아니야. 니가 무슨~. ^-^……

잘 가요 서진선배. -_-+ - 소은

선배……? -_-^ - 서진

그래요!! 잘 가요 서진선배!!-_-+ - 소은

전 휘잉 하고 우진놈을 보고 활짝 웃으며…….

잘 자 우진아~. >_< - 소은

어……. -_-;; - 우진

우진놈이 조금 떨떠름한 표정을 지었습니다. -_-. 전 눈썹을 꿈틀
거리는 녀석을 보고 씨익 웃으며…….

가다가 꼭 엎어지세요. 서진선배……. -_-+ - 소은

요즘 제 간이 배 밖으로 나왔나 봅니다. =_=;

야!!! 왼쪽 버튼 누르라고 했잖아!! -_-+ - 서진

선배가 작은 소리로 말하니까 내가 못 들었잖아요! -_-+ - 소은

선배!? 너 오빠라고 부르라고 했잖아!!! -_-^!! - 서진

이제부터 다시 선배로 하락했어요. -_-^ 빨리 버튼 눌러요!! 죽잖아요!!! -_-+ - 소은

이게…… -_-…… 저와 서진녀석의 일상입니다……. 오락실에서 보글보글이란 -_-. 비누방울 괴물 -_-(-_-;) 들과 함께 놀다가도 티격태격 서로를 원망합니다……. 언제부터 이렇게 됐을까? -ㅠㅠ……

야야, 두 사람 진짜 살벌해. -_-^ 니네 옛날에 서로 못 잊어서 괴로워했던 사람들 맞냐? - 우현

놔둬. -_-. 지 맘이지. - 하연

또 죽었잖아!!!!!!!!! -_-+ - 서진

서진녀석은 에이씨 하며 100원을 넣더군요.

이번엔 꼭 깨는 거다. -_-^ - 서진

선배나 잘해요. -_-+ - 소은

결국…… -_-…… 게임 오버……. -_-…… 녀석과 저는 미친 듯이 했지만 허무하게 끝나고 말았습니다. 주머니에 100원짜리가 더 없자……. -_-.

더 할 수 있었는데 선배가 죽어서 그런 거 아니에요! -_-+ - 소은

시끄러. 뭐가 내 탓이야!! -_-^!! - 서진

아주 유치원생들끼리 노는구만…… 놀아……. -_-…… - 하연

하연냥은 아이스크림을 입에 물고 비트매니아를 하고 있었는
데…… 우현놈과 척척 찰떡궁합인 게……. - _-^……

선배는 왜 우현오빠처럼 저렇게 잘 안 해줘요? - _+ - 소은

너야말로 하연누나처럼 왜 저렇게 잘 안 해주냐? - _-^ - 서진

발끈……. 울컥……. 제기럴!!!!!!!!!!!! +ㅁ+!!!!!!! 툭하면 내 탓이
래!!!!!!!!!! - _+

관두자. 너랑 싸우는 것도 지친다, 지쳐. - _-^ - 서진

나두예요. - 소은

전 잔뜩 짜증이 나 있는 얼굴을 하고 있는 서진녀석을 보다가 저도
모르게…….

이럴 때 우진이는 나를 위해서 먼저 해주는데……. - 소은

하고 중얼거렸습니다. 핫! 말을 잘못했구나 하고 정신 차렸을 땐
이미 서진녀석이 잔뜩 저를 차갑게 쳐다보더군요. - _-; 미안하다
고 고개를 돌리려는데……. 어느새 사야논이 서진녀석 옆에서 보
글보글을 해주고 있더군요. - _-^

야…… 너……. - 서진

서진녀석 짜증난다는 듯 말하려다가 저를 보더니…….

니가 100원 넣어. 2인용으로 하자. - _-. - 서진

자…… 잠깐만요 선배. - 사야

선배라니……. 오빠라고 불러라. - _-. - 서진

이…… 이 자식이……. - _-^……

사야논 벙찌다는 듯 서진녀석을 쳐다보며…….

지…… 진짜요? - 사야

그래. - 서진

사야논 세류한테 아직 다 안 혼났구나. -_-^!! 전 열받아서 벌떡 일어나 오락실 밖으로 나왔습니다. 그래……. 민서진 너 인생 그렇게 살아봐. -_-+!! 툴툴거리며 앉아 있는데…….

우진아……. O_O…… - 소은

여기 쭈그려 앉아서 뭐 해. -_-; - 우진

오냐!! 우진이 너 잘 만났다!! +_+!! - 소은

뭐? -_-; - 우진

우진놈을 데리고 오락실로 들어가니……. 서진녀석 저를 쳐다보고 우진놈을 쳐다보더니 짜증난다는 듯 시선을 돌리더군요. -_-^!! 전 우진놈과 함께 숨은그림 찾기를 했습니다. -_-.

와아아아~. 우진이 진짜 잘한다!!!! +O+!! - 소은

어릴 때 이런 거 좋아했거든. - 우진

우진놈이 씨익 웃으며 말하는데, 서진녀석의 싸가지 없는 웃음보다 허배 낫구만. -_-. (멋지네 어쩌네 하지 않았던가…… -_-;)

한참을 우진놈과 하다가 더워서 밖으로 나왔는데……. 입에 담배를 물고 있는 서진녀석이 보였습니다. -_-…… 서로 서로를 쳐다보며 짜증난다는 듯…….

사이 좋아 보이던데? -_-^ - 서진

아아 고마워요. -_-^ 선배도요. - 소은

서진녀석 담배를 입에 물더니…….

너 요즘 왜 그러냐? - 서진

뭐가요? - 소은

툭하면 나한테 화내잖아. -_-. - 서진

선배도 마찬가지예요. 우진이 봐요. 부드럽게 웃으면서 이해해주
는데 선배는……. - 소은

그 말을 하려다가 잔뜩 굳어버린 녀석의 얼굴을 보고 말을 삼켰습
니다. -_-;;; 그때 사야논과 우진놈이 함께 나오더군요.

그때 가만히 저를 쳐다보던 서진녀석은…….

잘 됐네……. 이참에서 말할게. 그렇게 내가 맘에 안 들면 우진인
가 뭔가랑 만나. 나도 니가 나를 싫어한다면 미련 없어. - 서진

녀석의 얼굴이 차갑게 굳으며 저를 쳐다보는데…… 그 모습이 마
치 녀석이 아닌 거 같아 가만히 서 있다가…….

나도……. 나 좋다는 한비은 만날 테니까…… 니도 니 좋다는 우진
이란 애 만나라. - 서진

서진녀석 차갑게 쳐다보며 말하는데……. 그 말에 저도 잔뜩 화가
나서…….

좋아요. 전적으로 동의해요. - 소은

녀석이 툭툭 내뱉는 말과 제가 무심코 던진 말에서 저와 녀석 사이
에는 심각한 오해가 생겨버렸나 봅니다. 녀석은 그렇게 말하는 저
를 보더니 담배를 끄며…….

잘해봐라. - 서진

그렇게 무심하게 가고 있는 녀석입니다……. 녀석의 얼굴은……
무표정도…… 무음정도 아닌……. 잔뜩 화가 난 얼굴에…… 약간
떨리는 목소리였습니다……. 저도…… 녀석과 같은……생각
과…… 행동을…… 하고 있습니다…….

뭐야!? O_O;; - 민지

몰라. -_-^ 이제 민서진이란 이름 내 앞에서 말하지도 마. - 소은

민지에게 어제 일을 말했더니 민지…… 놀라며…….

서…… 서진선배가 정말 그랬단 말야? -_-; - 민지

그래! 나한테만 툭툭 화내고. 정말……. - 소은

제가 맘에 안 든다는 듯 말하자…… 민지…… 저를 쳐다보며…….

너…… 서진선배가 변했다고 했지? - 민지

그래. 툭하면 화내고. 정말 무뚝뚝해. - 소은

너……. 니가 변했다는 생각은 안 해봤어? - 민지

어……? - 소은

민지 저를 쳐다보며 조심스럽게…….

서진선배가 좀 변하긴 한 거 같지만……. 난…… 너도 좀 변한 거 같아……. 뭐랄까……. 두 사람 다 굉장히 편안해 보이고……. 티격태격 싸우는 거 보면 난 살짝 웃음이 나오던걸? 그런데 두 사람 다 너무 편안하게 사귀니까…… 감정이 식은 거 같긴 한데 말야……. - 민지

내…… 내가 변했다고? O_O;; - 소은

응. -_-. 서진선배의 축소판을 보는 거 같아. 너도 모르게 어쩔 땐 손가락을 만지작거릴 때 있지? - 민지

응. -_-; - 소은

그거 서진선배 버릇이라고 니가 예전에 말했잖아. -_-…… - 민지

331

무언가…… 세게 한 대 얻어맞은 거 같습니다……. ㅇ_ㅇ;;;

너 요즘 키위주스 좋아하잖아. -_- 그거 서진선배가 좋아하는 거라고 니가 웃으며 말했잖아. - 민지

내…… 내가 그랬어……? - 소은

어. 너도 모르게 서진선배 습관이 너한테도 배어버린 거 같아. 서진선배도 보면 니 습관 그대로 따라하더라……. 니 교복단추 다 잠그면 갑갑하다고 한 단추씩 풀어놓잖아. 서진선배, 그 단정한 사람이 요즘 너처럼 한 단추씩 풀어놓고 다니는 거 보면……. 커플은 닮아가긴 닮아가나 보다…… 하고 나 생각하는데……. - 민지

제가 멍하니 있자…….

음…… 이건 내가 말해도 될지 모르겠지만 말야……. 민현이가 가르쳐 줬는데…… 사랑하는 사람이랑 오래갈수록 다투는 시간이 많아진대……. 그런데 그 싸움이 서로를 알아가는 계기가 된다고……. - 민지

하지만…… 서진오빠는…… - 소은

봐봐. 선배라고 부르기로 했다고 잔뜩 화내면서 말했으면서 너도 모르게 오빠라고 부르는 거 봐. -_-. - 민지

정말……. 녀석에게 길들여져 버린 걸까……?

방과 후에……동아리활동 땡까 먹고 -_- 세류가 있는 곳으로 갔습니다…….

세류 저에게 달려오며…….

엄마!!! >ㅁ<!! - 세류

응……. - 소은

세류 활짝 웃으며…….

엄마, 아빠도 와 있어. ^-^. - 세류

어? 어응……. -_-;; - 소은

지금이라도 미안하다고 말할까……? 생각해보니…… 저 아무런
이유 없이 녀석에게 툭툭 신경질 냈던 거 같습니다……. 뭐…… 녀
석도 그랬지만……. -_-^;;;

세류야. 아빠 어딨어? - 소은

아빠……? 아빠는 비은누나랑 어디 갔어. - 세류

응……? - 소은

엄마 왜 그래? 아빠 비은누나랑 어디 갔……. 어어! 엄마 저기 아
빠 온다!! - 세류

세류를 안고 뒤를 보니…… 활짝 웃고 있는 비은논……. 그런 비은
논 옆에 서 있는 서진녀석…….

여기 웬일이냐 니가? - 서진

띠꺼운 표정으로 저를 쳐다보는 서진녀석입니다…….

왜요. 난 오면 안 돼요? -_-^ - 소은

이해 못하겠다는 듯 조금 불안한 눈빛으로 저와 녀석을 쳐다보더
군요. -_-. 그건 그렇고…….

안녕하세요. - 소은

네……. - 비은

비은논 얼굴도 보기 싫습니다. -_-^

쥐. 무겁겠다. - 서진

괘, 괜찮아……. - 비은

비은놈이 들고 있는 장바구니를 들겠다고 나서는 서진녀석을 보고
괜찮다고 웃으며 말하는 비은놈…….

세류야. 엄마 갈게. – 소은

응? 왜? – 세류

왜냐고 묻는 세류를 보고 살짝 웃어주고, 괜히 눈물이 나올 거 같
아서 가방을 꽈악 쥐고 나가는데…….

야. – 서진

서진녀석의 목소리가 바로 뒤에서 들렸습니다. 전 녀석을 보지 않
고 뒤돌아서서…….

왜요? – 소은

서진녀석……. 가만히 제 어깨를 잡고만 있습니다……. 전 녀석의
앞에 서서…….

미안해요……. – 소은

서진녀석이 작게 '어?' 라고 소리치는 걸 들었습니다…….

미안하다구요……. 내가…… 잘못했으니까…… 화 풀라고…… 말
하려고 그랬는데……. – 소은

유소은. – 서진

그랬는데…… 나…… 이렇게까지 할 줄은 몰랐어요……. 내가 방
해했네요……. – 소은

서진녀석이 제 어깨를 꽈악 잡았습니다…….

놔요……. 나…… 집에 갈래요……. – 소은

야 유소은. ……내 말……. – 서진

전 제 어깨를 잡고 있는 녀석의 손을 놓곤…….

나…… 갈래요……. ……. – 소은

야……. – 서진

집에 갈 거라구요!!!!!!!!! 놔요!!!!!!!!!!!!!! – 소은

제가 울면서 고개를 들고 말하자……. 녀석은 다시 잡았던 제 손을
스르르 놓았습니다……. 전 그런 녀석을 눈물을 뚝뚝 흘리며 쳐다
본 다음 집으로 가는 버스를 탔습니다……. 왜 이렇게…… 자꾸만
엇갈리는지……. 뭐가 이렇게…… 녀석과 제 사이를 이렇게 만드
는지…….

테디보이58

우어어어어엉!!!!!!!!! ㅠㅁㅠ!!!!!!!!!! – 소은

아아아악!!!!!!!!!!!!!! ㅇㅁㅇ;;; – 민지

콰앙~. –_–;;;;;;;;;;

그…… 그러니까…… –_–;;; 비은뇬이랑 같이……? – 민지

ㅠㅇㅠ!!!! – 소은

집으로 가려다가 한풀이나 하려고 –_– 미친 듯이 울면서 민지 집
으로 달려왔습니다. –_– 민지는 제가 울면서 자신에게로 달려올
때 '웬 미친년이 나한테 달려오나' 해서 소릴 지르며 문을 콰악~
여는 바람에 전 민지네 집 문짝에 얼굴을 헤딩할 수밖에 없었습니
다. –_–……

진정하고……. –_–;; – 민지

진정 못해. 나한테 어떻게 그럴 수가 있어……. ㅠㅁㅠ…… – 소은

제가 키힝 거리며 눈물을 닦자 민지는 후유~ 하고 한숨을 쉬
며…….

그렇다고 그렇게 무식하게 우리 집 문짝으로 달려들면 어떡하냐?
-_-; - 민지

몰라. ㅠ_ㅠ. - 소은

민지는 심각한 표정을 지으며…….

우선 집으로 가봐. - 민지

왜? -_ㅠ - 소은

서진선배 와 있을지도 모르잖아. -_-. - 민지

민지는 저와 눈을 안 마주치며 말하더군요……. -_-……

너 혹시 이 야밤에 민현놈 만나기로 한 거니? -_-…… - 소은

무…… 무슨 소리야! -_-+;; - 민지

그래…… 방해자는 꺼져드리지……. ㅠ_ㅠ. 난 여기서도 방해
자…… 저기서도 방해자아아~. ㅠ_ㅠ…… - 소은

-_-;;; - 민지

민지는 500원을 쥐어주며 뭐라도 사먹으면서 가라고 하더군요.
-_-^;; 저 놈은 친구고 뭐고 없구나……. ㅠ_ㅠ.

전 질질 짜며……입에 핫바를 물고 집으로 향했습니다. -_-;

아이씨……. ㅠ_ㅠ…… 맛없어……. - 소은 (맛없어서 우는 걸
까…… 아니면 슬퍼서 우는 걸까…… -_-;)

그래도 돈이 아까워서 핫바를 다 먹고 치마를 뒤져 새콤달콤 포도
맛을 먹으면서 가고 있는데…….-_-. (살찐다 -_-) 저 멀리서 어
슴푸레하게 사람의 형체가 보였습니다…….

저…… 정말 서진녀석인가……? ○_○…… 힐끔 보니…… 벽에 기대 있는……. 헉!! 정말 서진녀석이다!!!!!! ○□○!!!!!!!!!!!!!

어…… 떡하지? 어…… 어떡해!!)□〈;;(막상 생각했던 게 현실로 되니 당황 -_-) 전 저도 모르게 다른 집 담벼락에 털썩 앉아버렸습니다……. 어…… 언젠간 가겠지……. -_-;;;; 에이씨…… 따뜻한 핫바 빨리 먹지 말걸……. ㅠ_ㅠ……(-_-;)

왜 이렇게 안 가……=_=;; - 소은

힐끔 시계를 보니…… 새…… 새벽 2시잖아……. -_-;; 녀석 벽에 기대 있는 그 자세 그대로 아직도 기다리고 있습니다. 어…… 어떡하냐……. 그냥 나갈까……? -_-;;

미치겠네…… 정말……. =_=;; - 소은

그 말을 마지막으로…… 살짝…… 눈을 감고 있었는데…… 잠이 들어버렸습니다. =_=;; 아…… 아 따뜻한…… 핫바……. 코코아도 맛있는데……. 푹신하다……. =□=……

푹신……? ○_○;; 벌떡 일어나 보니…… 떠억~. ○□○!! 왜 내 옆에 웃통 벗고 자고 있는 서진녀석이 보이는 거냐……. 여…… 여긴 어디야!!!!! ○_○;; 아…… 우리 집……. -_-;;;

도대체 무슨 일이 있었던……? - 소은

저도 모르게 큰 소리로 중얼거리다가 으음거리며 뒤척이는 녀석을 보고 말을 삼켰습니다……. 전 녀석의 품으로 다시 들어갔습니다……. 따뜻하다……. 킥 하고 웃음이 나왔습니다…….

어렴풋이 다시 잠이 들려는데…….

얘 아직도 자네……. - 서진

서진녀석 깨어났는지 몸을 살짝 일으키며 말하더군요……. 전 꿋
꿋하게 자는 척했습니다. 서진녀석…… 일어나려고 했습니다…….
아…… 안 돼……. >_<!!

야……. - 서진

전 저도 모르게 녀석의 맨 허리를 껴안았습니다. -_-* 서진녀석
피식 웃더니…….

너 깨어 있었냐……? - 서진

좀만 더 자요……. - 소은

제가 눈을 감고 있어서인지 녀석의 표정은 잘 모르겠지만 중요한
것은 녀석이 다시 침대 속에 들어와 제 옆에 있었다는 겁니다. ^-^
그런데……. 녀석 갑자기 벌떡 일어나더니…….

야. 눈 떠봐. - 서진

왜요? 더 잘래요……. - 소은

야, 안 돼. - 서진

뭐가요? -_-; - 소은

서진녀석 곤란하다는 듯…….

맨가슴에 여자 숨결 느껴지면…… 나도 어떻게 할지 몰라. - 서진

서진녀석 그런 말을 하곤 교복 남방을 입더군요……. 그리곤……
제가 누워 있는 침대에 눕더니…….

눈 부었어……. - 서진

눈 만지지 마요……. 나 잘래요……. - 소은

길바닥에서 아주 쿨쿨 자고 있던데 뭘. -_-. - 서진

번쩍 눈을 뜨니…… 녀석의 얼굴이 제 얼굴 바로 앞에서 보였습니

다. -_-* 녀석은 쿡쿡 웃으며 얼굴이 빨개진 저를 보며 장난스럽게 웃던 모습을 지우곤…….

너……. 그렇게 니 마음대로 하는 거 아니다……. - 서진

아무 말 안 하고 듣고 있자…….

너……. 어제 울면서 집에 간다고 놓으라고 했을 때……. 나……진짜……. - 서진

서진녀석 말을 못 잇곤…….

진짜 미치는 줄 알았다……. 너 그렇게 우는 거…… 처음 봤어……. 나 같은 놈 정말 싫다는 듯 소리치는데……. 나도 모르게 손을 놓게 만들더라……. - 서진

서진녀석의 숨소리가 침묵 속에 들리더니…….

미안하다……. - 서진

서진녀석을 쳐다보니…….

내가 내 생각만 했던 거 같다……. - 서진

서진녀석 아무런 말없이 있다가…….

왜 아무 말도 안 하고 쳐다보기만 해? - 서진

말이 안 나와…… 뭐라고 해야 할지…… 모르겠으니까……. 내가…… 더욱더 미안하니까……. 제가 울먹울먹거리며 말하려고 하니까 녀석 기겁을 하더니…….

또 우냐!? 왜 자꾸 울어!!! - 서진

안 울어요……. -_ㅜ…… - 소은

제가 계속 눈물을 닦고 있자…… 갑자기 제 입을 덮친 녀석입니다……. 한참을 울고 있어서 산소가 부족했던 저는 녀석을 마구마

구 밀쳤고…….

야!!!!! -_-+ - 서진

숨 모자란데 하면 어떡해요!!! -_-+ - 소은

서진녀석 머리카락을 쓸어 올리며…….

넌 키스하는데 밀치면 좋냐!? - 서진

그러면 어떡하라구요! -_-^;; - 소은

무언가…… 나아진 게 없는 듯합니다……. =_=;;

테디보이 1

초판 1쇄 펴낸 날 | 2003년 4월 25일
초판 8쇄 펴낸 날 | 2003년 10월 6일

지은이 | 유정아(은반지)
펴낸이 | 임동선
펴낸곳 | 늘푸른소나무

신고일자 | 1997년 11월 3일
신고번호 | 제1-3112호
주소 | 서울시 마포구 서교동 353-1 서교타워빌딩 1007호
전화 | 02-3143-6763~5
팩스 | 02-3143-6762
E-mail | esonamoo@naver.com

ISBN 89-88640-18-7
ISBN 89-88640-20-9(세트)